POLIANA MOÇA

POLIANA MOÇA

ELEANOR H. PORTER

TRADUÇÃO
PAULO SILVEIRA

24ª EDIÇÃO

Editora
Nova
Fronteira

Título original: *Pollyanna Grows Up*

Direitos de edição da obra em língua portuguesa no Brasil adquiridos pela EDITORA NOVA FRONTEIRA PARTICIPAÇÕES S.A. Todos os direitos reservados. Nenhuma parte desta obra pode ser apropriada e estocada em sistema de banco de dados ou processo similar, em qualquer forma ou meio, seja eletrônico, de fotocópia, gravação etc., sem a permissão do detentor do copirraite.

EDITORA NOVA FRONTEIRA PARTICIPAÇÕES S.A.
Rua Candelária, 60 – 7º andar – Centro – 20091-020
Rio de Janeiro – RJ – Brasil
Tel.: (21) 3882-8200 – Fax: (21) 3882-8212/8313

CIP-BRASIL. CATALOGAÇÃO NA PUBLICAÇÃO
SINDICATO NACIONAL DOS EDITORES DE LIVROS, RJ

P878p   Porter, Eleanor H., 1868-1920

         Poliana moça / Eleanor H. Porter ; tradução Paulo Silveira. - [24. ed.]. - Rio de Janeiro : Nova Fronteira, 2018.
         256p. : il.

         Tradução de: Pollyanna Grows Up
         ISBN 9788520922804

         1. Ficção americana. I. Silveira, Paulo. II. Título.

                                  CDD: 028.5
18-52301   CDU: 087.5

SUMÁRIO

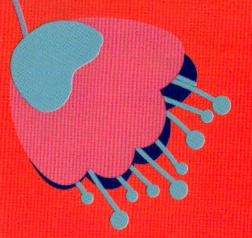

CAPÍTULO 1
DELLA ABRE O CORAÇÃO ♥ 9

CAPÍTULO 2
VELHOS AMIGOS ♥ 17

CAPÍTULO 3
UMA DOSE DE POLIANA ♥ 29

CAPÍTULO 4
O JOGO DO CONTENTE E RUTH CAREW ♥ 37

CAPÍTULO 5
POLIANA DÁ UM PASSEIO ♥ 45

CAPÍTULO 6
SOCORRO OPORTUNO ♥ 59

CAPÍTULO 7
UM NOVO CONHECIDO ♥ 67

CAPÍTULO 8
JAMIE ♥ 75

CAPÍTULO 9
PLANOS E PROVIDÊNCIAS ♥ 83

CAPÍTULO 10
NA CASA DOS MURPHY ♥ 89

CAPÍTULO 11
UMA SURPRESA PARA RUTH CAREW ♥ 97

CAPÍTULO 12
POR TRÁS DO BALCÃO ♥ 105

CAPÍTULO 13
UMA ESPERA E UM TRIUNFO ♥ 113

CAPÍTULO 14
JIMMY E O MONSTRO DE OLHOS VERDES ♥ 123

CAPÍTULO 15
O TEMOR DE TIA PAULINA ♥ 129

CAPÍTULO 16
À ESPERA DE POLIANA ♥ 135

CAPÍTULO 17
A CHEGADA DE POLIANA ♥ 143

CAPÍTULO 18
UM CASO DE ADAPTAÇÃO ♥ 151

CAPÍTULO 19
DUAS CARTAS ♥ 157

CAPÍTULO 20
OS HÓSPEDES PAGANTES ♥ 163

CAPÍTULO 21
DIAS DE VERÃO ♥ 171

CAPÍTULO 22
CAMARADAGEM ♥ 179

CAPÍTULO 23
PRESO A UM PAR DE MULETAS ♥ 187

CAPÍTULO 24
JIMMY DESPERTA ♥ 193

CAPÍTULO 25
O JOGO DO CONTENTE E POLIANA ♥ 201

CAPÍTULO 26
JOHN PENDLETON ♥ 209

CAPÍTULO 27
O DIA EM QUE POLIANA NÃO JOGOU ♥ 215

CAPÍTULO 28
JIMMY E JAMIE ♥ 221

CAPÍTULO 29
JIMMY E JOHN ♥ 229

CAPÍTULO 30
JOHN PENDLETON ESCLARECE ♥ 235

CAPÍTULO 31
LONGOS ANOS DEPOIS ♥ 241

CAPÍTULO 32
UM NOVO ALADIM ♥ 251

CAPÍTULO 1
DELLA ABRE O CORAÇÃO

Della Wetherby subiu a imponente escada da casa de sua irmã, na avenida Commonwealth, e acionou a campainha elétrica. Do alto do chapéu enfeitado de plumas até a sola do sapato de salto baixo, a moça irradiava saúde e disposição. Mesmo sua voz, quando cumprimentou a criada que abriu a porta, vibrava com a alegria de viver:

— Bom dia, Mary. Minha irmã está em casa?

— Sim, senhora — respondeu, hesitante, a criada. — A senhora Carew está, mas não quer ver ninguém.

— Verdade? — Della sorriu. — Como não sou ninguém, ela vai me ver. Não se preocupe... — E acalmou a criada, que parecia amedrontada. — Onde é que ela está? Na sala?

— Sim, senhora. Mas...

Della Wetherby, porém, já estava no meio da escada. E a criada, olhando em desespero para trás, tornou a entrar.

No vestíbulo do andar de cima, sem vacilar, a visitante dirigiu-se a uma porta entreaberta e bateu.

— Está bem, Mary… — disse uma voz desanimada. — Eu não disse… É você, Della! — A voz, agora, denotava surpresa e carinho. — Querida! De onde está vindo?

— Sou eu mesma. — Della já havia atravessado metade do aposento. — Estou vindo de um domingo e tanto na praia, com duas outras enfermeiras, e vou voltar para o Hospital. Por isso é que vim aqui, mas não pretendo demorar. Vim para isto. — E beijou a dona da voz desanimada.

A senhora Carew franziu o rosto e recuou, com frieza. A expressão de alegria em sua face sumiu, substituída por um ar de desalento:

— Ora, eu já devia saber. Você nunca se demora aqui.

— Aqui! — exclamou Della, rindo e erguendo os braços.

De repente, o tom de sua voz e sua atitude mudaram, e ela encarou a irmã com ternura.

— Ruth, querida, não posso… Não posso morar aqui. Você sabe — concluiu, com carinho.

— Eu não sei. Não sei, mesmo! — A irmã parecia irritada.

— Sabe sim, querida. Sabe que não concordo com isso tudo: essa tristeza, essa falta de interesse, essa insistência no sofrimento e na amargura.

— Eu sou assim mesmo…

— Só que não devia ser.

— E por que não?

— Escute aqui. — Della não conteve um gesto de impaciência. — Você tem 33 anos, boa saúde… ou teria, se se cuidasse, e dispõe de muito tempo e muitíssimo dinheiro. Aposto que todo mundo concordaria em que você deveria encontrar algo para fazer, numa manhã tão linda como a de hoje, em vez de ficar trancada em casa e pedir à empregada para dizer que não quer ver ninguém.

— Mas eu não estou querendo mesmo…

— Pois eu vim vê-la, à força.

Ruth Carew sorriu fracamente e virou o rosto:

— Será possível que não entenda, Della? Eu sou diferente de você. Não consigo esquecer…

— Já sei. Está se referindo a Jamie, é claro — cortou Della. — Eu também não esqueço, querida. Mas o desespero não vai nos ajudar a encontrá-lo.

— Durante oito anos tentei encontrá-lo, sem me desesperar! — Ruth se esforçou para conter o choro.

— Sei que você tentou, querida — disse Della. — E nós duas vamos continuar a procurá-lo. Esse desânimo é que de nada adianta.

— Não tenho vontade de fazer outra coisa — murmurou Ruth, com a voz abafada.

Fez-se silêncio e Della se sentou, olhando, contrariada, para a irmã. Até que voltou a falar:

— Ruth, me desculpe se insisto, mas será que você não vai sair disso? Sei que ficou viúva, mas, afinal de contas, sua vida de casada durou pouco, só um ano, e seu marido era bem mais velho que você, que era quase criança quando se casou. Tempo tão curto deve ser visto por você como um sonho. Não é possível que você destrua sua vida, ora!

— Não... — murmurou Ruth, sempre abatida.

— Quer dizer que você vai continuar assim?

— Bem... se conseguisse encontrar Jamie...

— Eu sei, eu sei... Mas, querida, será que não há outra coisa no mundo que possa fazê-la feliz? Só Jamie?

— Não vejo outra coisa. — Ruth deu um suspiro.

— Ruth! — exclamou a irmã, irritada, para logo acrescentar, com uma risadinha: — Querida! Gostaria de lhe dar uma dose de Poliana. Não conheço ninguém mais necessitado disso.

— Não sei o que é Poliana. — Ruth fechou a cara. — Mas seja o que for, não me faz falta. Isto aqui não é o seu querido Hospital e eu não sou sua paciente. Lembre-se disso.

Della pareceu sorrir pela expressão mais dos olhos que dos lábios:

— Poliana não é remédio, querida, embora haja quem a considere um tônico. Poliana é uma menina.

— Menina? Como queria que eu soubesse? Você tem a sua *beladona* e pode ter também a sua *poliana*. Além do mais, você está sempre me pedindo para tomar alguma coisa. Ouvi muito bem você dizer *dose*, e isso significa alguma espécie de remédio.

— Bem, Poliana é uma espécie de remédio. — Della sorriu. — Os médicos do Hospital acham mesmo que ela é melhor que qualquer remédio. É uma menina de 12 ou 13 anos, Ruth. Esteve no Sanatório no último verão e a maior parte do inverno. Só estive com ela uns dois meses, pois ela saiu logo depois que cheguei. Mas foi o bastante para ficar encantada com ela. O Hospital todo ainda fala de Poliana e joga o seu jogo.

— Que jogo?!

— É o jogo que ela inventou, o jogo do contente — respondeu Della. — Jamais esquecerei como o aprendi. Havia, no tratamento de Poliana, um curativo bem desagradável e doloroso. Tinha de ser feito todas as terças-feiras de manhã e, logo que comecei a trabalhar no Sanatório, chegou minha vez de aplicar o tal tratamento. Eu me senti apavorada: pela experiência com outras crianças, sabia o que me esperava. Irritação e choro, na melhor hipótese. Para minha surpresa, Poliana me recebeu sorrindo, dizendo que tinha prazer em me ver. Pode acreditar: dos seus lábios saiu só um gemido, durante o doloroso tratamento. Acho que eu disse qualquer coisa, manifestando minha surpresa, e ela se apressou em explicar: "Eu também achava isso e tinha muito medo, até que pensei: 'É como os dias de Nancy lavar roupa, e devo me sentir feliz toda terça-feira, pois vou passar uma semana inteira livre desse tratamento.'"

— Fantástico! — exclamou Ruth. — Só que não estou vendo nenhum jogo aí!

— Eu também não via, até que ela me contou. Poliana era órfã, filha de um pobre pastor do Oeste. Foi educada pela Auxiliadora Feminina e ganhava cestas de donativos dos missionários. Quando ainda era pequena, quis ganhar uma boneca e esperava, confiante, que o presente viesse na próxima cesta. O que chegou, porém, foi um par de muletas. Ela chorou e então seu pai lhe ensinou o jogo do contente: ficar feliz com tudo o que acontecesse, mesmo se esperasse outra coisa. E lhe explicou que devia ficar alegre com as muletas, porque não precisava delas. Isso foi o começo. Poliana achou o "jogo" muito divertido e passou a praticá-lo. E quanto mais era difícil descobrir o lado agradável, mais interessante se mostrava o jogo.

— Isso é impossível! — exclamou Ruth, sem entender.

— Não acharia impossível! Se visse os resultados daquele jogo no Sanatório — continuou Della. — O doutor Ames me contou que ouvira dizer que Poliana havia revolucionado a cidade de onde viera com aquela invenção. Ele conhece o doutor Chilton, marido da tia de Poliana. Por falar nisso, acho que a vida conjugal dos dois deve muito a Poliana. Briguinhas do casal foram apaziguadas por ela. Ouça isso: há dois ou três anos, o pai de Poliana morreu e ela foi morar com a tia, no leste do país. Em outubro, foi atropelada e ficou sabendo que nunca mais poderia andar. Em abril, o doutor Chilton mandou-a para o Hospital, onde ela ficou até março, durante quase um ano. Voltou para casa praticamente curada. Você precisava ver a menina. Nada perturbava sua felicidade. Poder andar era a felicidade completa. Ouvi dizer que a cidadezinha foi recebê-la, com banda de música e tudo. Não adianta, porém, falar sobre Poliana; é preciso conhecê-la. Foi por isso que eu disse que você deveria receber uma dose de Poliana.

— Peço licença para discordar de você — disse Ruth, erguendo a cabeça. — Não preciso ser "revolucionada" e aqui não há briguinhas de casal. Na verdade, nada me seria mais insuportável do que ter a meu lado uma meninota compenetrada e convencida, a me lembrar sempre quanto eu deveria ser grata. Não suportaria…

— Ora, Ruth! — interrompeu-a uma sonora gargalhada de Della. — Poliana compenetrada e convencida! Essa não! Se você conhecesse a menina! Bem que eu disse. Não adianta falar dela, é preciso conhecê-la. Poliana compenetrada e convencida? Essa não!

Della não conteve outra risada. Em seguida, encarou a irmã, de novo preocupada:

— Falando seriamente, não se pode fazer alguma coisa? Você não devia desperdiçar a vida assim. Por que não sai um pouco… por que não conversa com outras pessoas?

— Para quê? — estranhou Ruth. — Você sabe muito bem que jamais gostei de muita conversa, muita fofoca.

— Que tal alguma atividade? Assistência social, por exemplo?

— Já falamos sobre isso muitas vezes, Della. Dou dinheiro para obras de caridade. Muito dinheiro, nem sei bem quanto, mas é muito. Não vejo vantagem em sair por aí visitando os pobres.

— Ora, você bem que podia dar um pouco de si mesma, querida! — disse Della, afetuosamente. — Se pudesse se interessar por alguma coisa, além de sua vida, isso só lhe faria bem, e…

— Escute, Della — interrompeu a outra, impaciente. — Gosto muito de você, e sua visita me deixou contente. Mas o que não tolero é ouvir sermões. Pode ser bom para você transformar-se num anjo e andar fazendo curativos, lavando feridas etc. e tal. Talvez você possa se esquecer de Jamie desse modo. Eu não posso. Isso só me faria pensar ainda mais nele, imaginando se ele também não estará sofrendo. Depois, não tenho estômago para isso… mexer com essa espécie de gente.

— Já tentou?

— Claro que não, ora!

A voz de Ruth denotava, ao mesmo tempo, desprezo e indignação.

— Como é que pode saber, se nunca tentou? — Della parecia desapontada. — Bem, tenho que ir, querida. Vou me encontrar com as moças na estação. O trem parte às doze e trinta. Desculpe tê-la incomodado — acrescentou, beijando a irmã.

— Você não me incomodou — protestou Ruth. — Só queria que me compreendesse!

Um minuto depois, Della atravessou os sombrios aposentos e chegou à rua. Sua fisionomia já não era a mesma que mostrava quando chegou, menos de uma hora antes, como se tivesse desaparecido sua disposição, vivacidade e alegria de viver. Andou passo a passo meio quarteirão, cabisbaixa. Depois ergueu a cabeça e respirou fundo.

— Uma semana naquela casa me mataria — murmurou. — Acho que nem mesmo Poliana ia conseguir acabar com aquela tristeza. A única coisa que poderia alegrá-la seria a certeza de que não ficaria lá para sempre.

A confessada descrença na capacidade de Poliana mudar para melhor o lar de Ruth Carew não era, no íntimo, a convicção de Della, como ficaria provado em pouco. Logo que chegou ao Hospital ficou sabendo de uma coisa que a fez percorrer de volta os oitenta quilômetros até Boston, no dia seguinte.

Encontrou tudo igual na casa da irmã e, sem demora, tratou de explicar, ante a surpresa da outra:

— Tive de voltar, Ruth, e você vai ter de fazer o que eu quero. Escute! Poliana pode ficar aqui, é só você querer.

— Mas eu não quero! — respondeu Ruth, friamente.

Mas Della prosseguiu, entusiasmada:

— Ontem, quando voltei, fiquei sabendo que o doutor Ames recebera uma carta do doutor Chilton, o marido da tia de Poliana. Ele vai à Alemanha, no inverno, para fazer um curso de especialização, e levará a esposa, se conseguir convencê-la a deixar Poliana num internato, enquanto estiverem fora. A tia de Poliana, porém, não está disposta a deixar a menina em qualquer colégio e, assim, não poderia viajar. Surgiu a nossa oportunidade, Ruth. Podemos ficar com Poliana durante o inverno e ela frequentaria um colégio aqui.

— Que ideia mais absurda! — protestou Ruth. — Não quero nenhuma criança aqui para me importunar!

— Ela não vai importuná-la. Já deve ter feito 13 anos, e é a menina mais adiantada que já conheci.

— Não gosto de crianças "adiantadas" — replicou Ruth, dando uma risada, o que fez sua irmã tomar novo alento.

Talvez tenha sido o inesperado pedido. Talvez tenha sido o fato de que o caso de Poliana tivesse, de algum modo, tocado o coração de Ruth. Ou apenas sua incapacidade de recusar os apelos da irmã. O fato é que quando, meia hora mais tarde, Della Wetherby saiu, às pressas, levava consigo a promessa de Ruth de receber Poliana em sua casa.

— Mas não se esqueça — advertira Ruth ao despedir-se da irmã. — No momento em que a tal menina começar a me fazer sermões, eu a mando de volta. E você pode fazer dela o que quiser.

— Não vou me esquecer e nem fico preocupada — disse Della, despedindo-se e pensando consigo mesma: "Metade da tarefa já está feita. Resta a outra metade: fazer com que Poliana venha. Ela virá, sim. Vou lhe fazer uma carta irresistível".

CAPÍTULO 2
VELHOS AMIGOS

Em Beldingsville, naquela noite de agosto, a senhora Chilton esperou que Poliana fosse para a cama, antes de conversar com o marido sobre a carta que recebera pela manhã. Ela teria de esperar, de qualquer modo, pois as trabalhosas horas no consultório e as longas cavalgadas pelas montanhas não permitiam que sobrasse muito tempo ao médico para o diálogo doméstico. Quase nove e meia da noite o marido chegou à sala de sua casa, onde a esposa o aguardava. Tinha um ar de cansaço, mas iluminou-se ao avistar a mulher. A seguir, uma expressão de surpresa e curiosidade se refletiu em seus olhos:

— Aconteceu alguma coisa, Paulina? O que foi?

— É uma carta que recebi — explicou a esposa, com um sorriso triste. — Nem imaginei que você iria notar, só de olhar para mim.

— Eu adivinho seus pensamentos — brincou o marido. — De que se trata?

— Vou ler a carta — disse a senhora Chilton, depois de pequena hesitação. — É de Della Wetherby, do Hospital.

— Pode ler. — O médico espichou-se no sofá.

A senhora Chilton não começou logo a ler a carta. Levantou-se e cobriu o marido com um cobertor. Havia apenas um ano que ela se casara. Tinha, agora, 42 anos e parecia, às vezes, que em tão curto período de vida conjugal ela procurasse concretizar as demonstrações de amor e carinho que acumulara em vinte anos de solidão e carência de afeto. O médico — que se casara aos 45 anos e que nenhuma recordação tinha a não ser também solidão e carência de afeto — não se opunha a essa concentrada "compensação". Até parecia apreciar aquilo, embora tivesse o cuidado de não manifestar tal contentamento de forma mais entusiástica: descobrira que a senhora Paulina fora senhorita Paulina durante tanto tempo que se mostrava inclinada a entrar em pânico e reter suas piegas manifestações de carinho se elas fossem recebidas com muito reconhecimento. Assim limitou-se a bater-lhe de leve na mão, quando Paulina passou a ler a carta de Della:

Já comecei a escrever-lhe seis vezes, sempre rasgando a carta iniciada. Agora, resolvi não "começar" e passar diretamente ao assunto. Estou querendo Poliana. Pode ser?

Conheci a senhora e seu marido em março último, quando levaram Poliana para casa, mas acho que não se lembram de mim. Pedi ao doutor Ames (que me conhece bem) para escrever a seu marido, a fim de que a senhora (espero) não tenha receio de nos confiar sua sobrinha.

Sei que pretende ir à Alemanha com seu marido, mas terá de deixar Poliana. Assim, ouso pedir que nos permita tomar conta dela, e vou lhe dizer por quê.

Tenho uma irmã, a senhora Carew, uma pessoa solitária e infeliz. Vive num mundo sombrio, onde não entra um raio de sol. Acho que se há alguém capaz de fazer entrar um raio de sol no sombrio mundo de minha irmã é sua sobrinha Poliana. A senhora consentiria nisso? Gostaria de poder dizer-lhe quanto ela fez pelo Sanatório daqui, mas é impossível contar. A senhora teria que ver. Percebi há um tempo que não se pode contar sobre Poliana. Basta começar e soa como se ela fosse pretensiosa e doutrinadora, além de... impossível. Mas eu e a senhora sabemos que ela não é nada disso. Estou certa de que a senhora concordará comigo: se Poliana entra em cena, tudo muda. É por isso que desejo levá-la para perto de minha irmã. Claro que ela frequentaria um colégio. Estou convencida de que seria o único remédio capaz de curar a ferida que há no coração de minha irmã.

Não sei como terminar esta carta: é mais difícil do que começar. Talvez eu não esteja querendo terminá-la. Queria continuar falando sem parar, para não lhe dar a chance de dizer "não". De qualquer modo, se a senhora estiver inclinada a dizer a terrível palavra, lembre-se de que ainda estou falando e lhe dizendo quanto precisamos de Poliana.

Atenciosamente e com esperança,
Della Wetherby

— É isso aí — disse Paulina Chilton, ao terminar a leitura. — Já leu alguma carta parecida com esta ou já ouviu um pedido mais absurdo?

— Não sei — respondeu o médico, sorrindo. — Não acho assim tão absurdo querer ficar com Poliana.

— E a maneira como ela fala? Curar o coração ferido da irmã! Como se Poliana fosse algum remédio!

— Bem... — O médico deu uma risada. — Acho que ela é mesmo um remédio. Eu já disse que gostaria de poder receitá-la e comprá-la como uma caixinha de comprimidos. Charlie Ames me disse que os médicos do Hospital costumavam dar aos pacientes uma dose de Poliana o mais cedo possível, depois de internados, durante o ano em que ela esteve lá.

— Ora! — protestou Paulina Chilton.

— Você acha então que ela não deve ir?

— Claro que não! Acha que vou deixar a menina com gente desconhecida... e que gente! Só faltava essa! Quando voltássemos da Alemanha, aquela enfermeira estaria com Poliana engarrafada e com uma etiqueta do lado de fora, ensinando como a "dose" deve ser ministrada!

O médico tornou a rir, mas só por um momento. Sua fisionomia se modificou quando enfiou a mão no bolso e tirou uma carta, dizendo:

— Eu também recebi uma carta do doutor Ames, hoje de manhã. Chegou a minha vez de ler uma carta.

E leu:

Caro Tom,

Della Wetherby pediu-me para recomendá-la, assim como sua irmã, o que faço com prazer. Elas pertencem a uma distinta família, e eu as conheço desde que eram crianças. Não se preocupe quanto a isto.

Eram três irmãs, Doris, Ruth e Della. Doris se casou com um rapaz chamado John Kent, contra a vontade da família. Kent era de boa família, mas ele próprio não era grande coisa: esquisitão e bem pouco simpático. Ficou furioso com a atitude dos Wetherby, e as duas famílias quase não se comunicaram, até que nasceu um menino. Os Wetherby adoravam a criança, Ja-

mes, ou Jamie, como o chamavam. A mãe, Doris, morreu quando o menino tinha quatro anos, e os Wetherby se esforçaram para que a criança lhes fosse entregue em definitivo. De repente, Kent desapareceu, levando o menino. Nunca mais se soube dele, embora o tivessem procurado por toda parte.

Aquela perda provocou a morte do senhor e da senhora Wetherby — os dois faleceram pouco depois. Ruth já havia se casado e enviuvado. Seu marido se chamava Carew, riquíssimo e bem mais velho que ela. Viveu apenas um ano após o casamento, deixando-a com um filhinho, que também faleceu antes de completar um ano.

Desde que Jamie desapareceu, Ruth e Della não tiveram outro objetivo senão encontrá-lo. Gastaram dinheiro, moveram céu e terra, sem resultado. Algum tempo depois, Della resolveu ser enfermeira e tem trabalhado esplendidamente: tornou-se uma mulher alegre, eficiente e saudável, sem contudo esquecer o sobrinho desaparecido e sem nunca desprezar qualquer indício que surgisse a respeito do menino.

Ruth Carew é diferente. Depois de perder o filho, parece ter concentrado todo seu afeto maternal no filho da irmã. Como é fácil imaginar, ficou devastada quando ele desapareceu, há oito anos. Longos anos de sofrimento, de tristeza e amargura. Naturalmente, tem a seu alcance tudo o que o dinheiro pode comprar. Todavia, nada lhe interessa, nada lhe agrada. Della acha que é hora de tirá-la dessa vida sombria e que Poliana, a sobrinha de sua esposa, é a chave mágica que abrirá a porta de uma nova existência para a infeliz mulher. Assim, espero que você se disponha a satisfazer seu pedido. Eu também lhe ficaria muito grato: afinal, Ruth Carew e sua irmã são amigas muito queridas de minha mulher, e minhas também, e qualquer favor feito a elas é como se nos fosse feito.

Com a amizade de sempre,
Charlie

Ao fim da leitura da carta, fez-se longo silêncio, até que o médico perguntou:

— E então, Paulina?

O silêncio continuou, e o médico, encarando a esposa, notou que seus lábios, habitualmente firmes, tremiam. Tranquilamente esperou que ela falasse. Finalmente, Paulina perguntou:

— Para quando você acha que elas a esperam?

— Quer dizer que você vai deixá-la ir? — indagou o doutor Chilton, surpreendido.

— Que pergunta, Thomas Chilton. — A esposa parecia indignada. — Você acha que, depois de uma carta dessas, eu poderia negar? E o doutor Ames também pediu... Depois do que ele fez por Poliana, acha que eu lhe recusaria alguma coisa?

— Bem, querida. Só espero que Ames não tenha a ideia de pedi-la... — murmurou o marido, com um sorriso malicioso.

— Pode escrever ao doutor Ames dizendo que vamos mandar Poliana — disse Paulina, com um olhar desdenhoso. — E peça-lhe que diga a Della para nos enviar as instruções. Tem de ser antes do dia dez do mês que vem, quando você vai partir, e é claro que, antes de embarcar, quero deixar tudo providenciado.

— E quando vai falar com Poliana?

— Amanhã, provavelmente.

— E o que vai dizer a ela?

— Ainda não sei, só o necessário. Aconteça o que acontecer, não podemos deixar que Poliana fique convencida, julgando-se importante. Toda criança se prejudica quando mete na cabeça a ideia de que é uma espécie de... de...

— De vidro de remédio, com as instruções, não é?

— Isso mesmo — admitiu a esposa. — É sua falta de consciência que salva a coisa toda. *Você* sabe disso, querido.

— É, eu sei.

— Ora, eu e você, e metade dos habitantes da cidade, fazemos com ela o jogo do contente, e temos nos dado muito bem. Mas, se Poliana deixar de fazer com naturalidade a brincadeira que o pai lhe ensinou, e pensar que é muito importante, vai ficar insuportável. Assim, não vou dizer a ela que vai ficar com Ruth Carew para animá-la ou curá-la. — Paulina se levantou, decidida.

— Acho que você está certa — concordou o médico.

No dia seguinte, Poliana foi informada de tudo.

— Queridinha... — começou a tia, quando as duas ficaram a sós, naquela manhã. — Gostaria de passar o inverno em Boston?

— Com você?

— Não. Vou à Alemanha com seu tio. Mas a senhora Carew, amiga do doutor Ames, quer que você fique em sua casa durante o inverno. Acho que vou permitir.

— Mas em Boston não vou ver Jimmy, nem o senhor Pendleton, ou a senhora Snow. — Poliana não escondia a tristeza. — Não conheço ninguém em Boston, tia Paulina!

— Ora, querida. Você não conhecia ninguém antes de vir para cá.

— É mesmo, tia! — exclamou Poliana, com um sorriso. — E isso quer dizer que, quando chegar a Boston, estarão à minha espera outros Jimmies, senhores Pendleton e senhoras Snow que ainda não conheço, não é?

— É, sim, minha querida.

— Então posso ficar satisfeita com isso. Sabe, tia Paulina? Você sabe fazer o jogo do contente melhor do que eu. Nunca tinha pensado nas pessoas que não conheço e vou ficar conhecendo. E lá também há gente simpática. Conheci muitas pessoas quando estive lá dois anos atrás, com a senhora Gray. Foram duas horas de viagem... — Poliana recordava: — Na estação havia um homem simpático, que me mostrou onde eu podia beber água. Será que ele ainda está lá? E havia uma senhora encantadora, com uma filhinha... moram em Boston, segundo me disseram... A menina se chama Susie Smith, e talvez eu as encontre de novo. Havia também um menino e outra senhora com um bebê. Só que esses moram em Honolulu, e é difícil vê-los de novo. De qualquer maneira, há a senhora Carew. Quem é ela, tia Paulina? Alguma parenta nossa?

— Não, meu bem. — Paulina parecia meio preocupada, ainda que sorridente. — A senhora Carew é irmã de Della Wetherby, aquela moça do Hospital. Lembra-se dela?

— Irmã dela? — Poliana ficou entusiasmada. — Irmã dela? Então deve ser um encanto. Eu adorava Della Wetherby, com umas ruguinhas engraçadas em torno dos olhos e da boca, quando sorria e contava lindas histórias! Só convivi com ela dois meses... foi para o Hospital pouco antes de eu sair de lá. A princípio fiquei triste, mas depois fiquei contente com isso, porque senão iria ficar muito mais triste quando fosse me despedir dela. Agora, sinto como se fosse vê-la de novo, imagine!, já que vou estar com a irmã dela.

— Ora, Poliana. — Paulina mordeu os lábios. — Não vá achando que as duas se parecem muito uma com a outra...

— Mas elas são irmãs, tia Paulina! Irmãs sempre se parecem. Na Auxiliadora Feminina havia quatro irmãs. Duas eram gêmeas e tão parecidas que a gente nem sabia quem era a senhora Peck e quem era a senhora Jones. Até que nasceu uma verruga no nariz da senhora Jones e, então, ficou fácil. A primeira coisa que se fazia era olhar para a verruga, e foi o que eu lhe disse, uma vez em que ela se queixava de que as pessoas a chamavam de senhora Peck. Então, eu disse que, se as pessoas olhassem para a verruga, não iriam confundir. Ela não gostou muito do que eu disse, nem sei por quê. Até pensei que ela ia ficar satisfeita, afinal era a presidente da Auxiliadora Feminina e, naturalmente, queria ser tratada com respeito: os melhores lugares, atenção especial, essas coisas. O fato é que ela não gostou e, tempos depois, ouvi a senhora White dizer à senhora Rawson que a senhora Jones estava disposta a fazer tudo para se livrar da verruga, até mesmo botar sal no rabo de uma ave. Uma tolice. A senhora acha, tia Paulina, que botar sal no rabo de uma ave faz verruga cair?

— Claro que não, menina! Quanta bobagem você aprendeu com aquelas senhoras da Auxiliadora, nossa!

— A senhora se aborrece, tia Paulina? Não quero aborrecê-la de forma alguma, mas foi bom ter estado com as senhoras da Auxiliadora e me sinto feliz quando me lembro daquele tempo: estou livre delas e morando com uma tia muito boa. Não é motivo para me sentir feliz?

— Claro, querida — concordou Paulina sem conter o riso e sentindo certo remorso ao se dar conta de que ainda experimentava a velha irritação em face da permanente alegria de Poliana.

Nos dias seguintes, quando se cruzavam no caminho cartas tratando da estada de Poliana em Boston, durante o inverno, a menina se preparava para a viagem, despedindo-se dos amigos de Beldingsville. A essa altura, todos os habitantes da cidadezinha de Vermont conheciam Poliana e faziam o jogo do contente.

Poliana foi de casa em casa, anunciando que passaria o inverno em Boston. Não houve quem não se mostrasse triste pela ausência da menina, desde Nancy, na cozinha de tia Paulina, até na casa do morro onde morava John Pendleton.

Nancy dizia a todo mundo — menos à sua patroa — que achava uma loucura aquela viagem a Boston.

Em sua mansão na montanha, John Pendleton pensava o mesmo e não hesitava em dizer isso à própria senhora Chilton. Quanto a Jimmy — o menino de 12 anos que Pendleton acolhera em casa a pedido de Poliana e que acabara por adotar —, este ficou indignado.

— Você mal acabou de chegar! — disse a Poliana, no tom de voz de um menino que tenta esconder que tem um coração.

— Que é isso? — retrucou Poliana. — Estou aqui desde março. Além do mais, é por pouco tempo. Só vou passar o inverno.

— Bem, você ficou fora daqui um ano inteiro e se eu soubesse que pretendia sair de novo logo depois, a primeira coisa que eu fazia era não receber você com bandeiras e banda de música, quando voltou do Hospital.

— Ora, Jimmy! Não lhe pedi para me receber com bandeiras e banda de música. Ainda por cima, você cometeu dois erros. Não devia dizer "eu fazia" e "era", e sim "eu faria" e "seria".

— Isso não tem importância!

— Tem, sim. Você mesmo me pediu para corrigi-lo quando falasse errado. O senhor Pendleton quer que você fale certo.

— Fique sabendo que, se você tivesse sido criada em um asilo, sem parentes que se interessassem por você, em vez de viver cercada por um bando de velhas que só faziam ensiná-la a falar direito, acho que não ia falar melhor do que eu!

— Fique sabendo, Jimmy Bean, que as senhoras da Auxiliadora não eram umas velhas... Bem, muitas delas eram mesmo idosas — apressou-se Poliana em corrigir, levada pelo hábito de dizer a verdade, mesmo nos momentos de raiva. — E...

— E fique sabendo que não me chamo Jimmy Bean!

— É mesmo? Que está querendo dizer?

— Fui adotado legalmente. Há muito tempo ele queria fazer isso. Agora, me adotou. Passei a me chamar Jimmy Pendleton e tenho que chamá-lo de tio John. Bem, quanto a isso... quer dizer... ainda não me acostumei.

O menino continuava a falar, mas já não havia expressão de raiva no rosto dela. Poliana bateu palmas, entusiasmada:

— Ótimo! Agora vocês são parentes! Parentes que se amam, quero dizer. Você não precisa nem mesmo explicar que ele não é seu parente, porque o sobrenome é igual. Estou felicíssima!

O menino pulou do muro onde estavam sentados e se afastou, corado e com os olhos úmidos. Devia aquilo a Poliana, sabia muito bem. E, no entanto, tinha acabado de dizer a ela... Chutou com força uma pedrinha, depois outra e mais outras. Pensou que as lágrimas que lhe umedeciam os olhos iam acabar descendo pelas faces. Chutou outra pedra, mais outra, depois apanhou uma terceira e atirou-a longe. Um minuto depois, voltou para junto de Poliana, no muro.

— Aposto que chego correndo até aquele pinheiro ali, na sua frente — desafiou.

— Aposto que não chega! — A menina se pôs de pé.

A corrida não chegou a se realizar: Poliana se lembrou a tempo de que apostar corrida era um dos prazeres que lhe estavam proibidos. Jimmy não se incomodou — as lágrimas já não ameaçavam escorrer-lhe pelo rosto. Jimmy recobrava a calma.

CAPÍTULO 3
UMA DOSE DE POLIANA

Aproximava-se o dia 8 de setembro — Poliana chegaria —, e Ruth Carew se sentia cada vez mais nervosa. Dizia que só se arrependera uma vez de ter concordado em receber a menina. Uma única vez, até agora. De fato, antes de se passarem 24 horas, escrevera à irmã pedindo que a liberasse da promessa. Della respondera que era tarde demais: tanto ela quanto o doutor Ames já haviam escrito aos Chilton.

Recebera, pouco depois, uma carta de Della informando que a senhora Chilton havia concordado e chegaria a Boston em breve para as providências quanto ao colégio. Assim, nada mais restava a ser feito. Ruth compreendeu e curvou-se ao inevitável. Na verdade, procurou ser o mais delicada possível quando Della e Paulina Chilton chegaram. E ficou muito contente com o fato de Paulina não poder se demorar, pela premência do tempo.

Talvez tenha sido bom que a chegada de Poliana tivesse de ser, mais tardar, no dia 8, pois a passagem do tempo, em vez de fazer Ruth Carew acostumar-se com a perspectiva de ter mais uma pessoa em casa, tornava-a mais impaciente e irritada com aquela "anuência absurda para o plano louco de Della".

Esta, por sua vez, não ignorava o estado de espírito da irmã. Se se mostrava, na aparência, muito confiante, estava no íntimo com medo de que o resultado não fosse grande coisa. Mantinha, porém, sua fé em Poliana e adotou a ousada resolução de deixar a menina travar sozinha a feroz batalha. Fez com que Ruth fosse recebê-las na estação, no dia da chegada. Terminados os cumprimentos, afastou-se apressadamente, alegando compromisso anterior. Ruth se viu, de repente, sozinha com Poliana.

— Oh, Della! Você não deve... Eu não posso... — murmurou, nervosa, enquanto a enfermeira se afastava, fingindo não ouvir.

Visivelmente aborrecida, Ruth teve de dar atenção à menina.

— Que pena! — exclamou Poliana, acompanhando também com os olhos, pensativa, a enfermeira. — Ela não ouviu, não foi mesmo? Eu não queria me separar dela tão cedo. Mas, agora, fiquei com a senhora e estou alegre por isso.

— Bem, você está comigo... e eu com você. Venha por aqui — disse Ruth, sem muito entusiasmo e apontando para a direita.

Poliana se virou e caminhou ao lado de Ruth, pela estação ferroviária. Olhou uma ou duas vezes para o rosto pouco amigável da outra. Depois de alguma hesitação, falou:

— Acho que a senhora pensou que eu fosse bonita...

— Bonita? — repetiu Ruth.

— Sim... de cachos... essas coisas. A senhora imaginava como eu seria, e eu também imaginava como a senhora seria. Só que eu sabia que a senhora tinha de ser bonita e simpática, por causa de sua irmã. Eu podia fazer a comparação com ela, mas a senhora não tinha com quem me comparar. Sei que não sou bonita, tenho sardas, e é muito desagradável esperar uma menina bonita e me ver...

— Que bobagem, menina! — atalhou Carew, um tanto irritada. — Venha. Temos de apanhar sua bagagem e depois vamos para casa. Pensei que minha irmã fosse conosco. Parece que ela não vai ficar... nem esta noite.

— Eu sei. — Poliana sorriu. — Ela não podia. Deve ter ido se encontrar com alguém. No Hospital, sempre havia alguém querendo falar com ela.

As pessoas não lhe dão folga. Mas deve ser bom saber que se é tão querida por todos.

Não houve resposta, talvez porque, pela primeira vez na vida, Ruth Carew perguntasse a si mesma se haveria alguém no mundo que quisesse a sua companhia. Não que ela fizesse questão disso, pensou, olhando de cara fechada para a menina.

Poliana não notou a cara fechada: não tirava os olhos da multidão em torno. E teve de dizer, muito feliz da vida:

— Meu Deus! Quanta gente! Há mais gente hoje que da outra vez em que estive aqui. Mas ainda não vi nenhum conhecido. A senhora simpática com o bebê mora em Honolulu e não podia mesmo estar aqui. Mas havia uma menina, Susie Smith, que mora em Boston. Será que a senhora conhece Susie Smith?

— Não conheço nenhuma Susie Smith — respondeu Ruth, seca.

— Pois ela é um encanto! E muito bonitinha. Tem cabelos pretos e anelados, como um anjo do céu. Mas não faz mal. Se eu me encontrar com ela, a senhora fica conhecendo. Nossa! Que automóvel lindo! Vamos nele? — quis saber Poliana, quando pararam perto de uma limusine, cujo motorista, fardado, mantinha a porta aberta, sorrindo.

Ruth Carew respondeu como alguém que achava que automóvel não é para passeios, mas um meio de locomoção de um lugar desagradável para outro, provavelmente não menos desagradável:

— Sim, vamos de carro para casa. — E voltou-se para Perkins, o motorista.

— Então, o automóvel é seu? Que lindo. A senhora deve ser muito rica, muito mais do que essas pessoas que têm carpetes em todos os quartos, como os White. A senhora White é uma das minhas senhoras da Auxiliadora. Sempre pensei que eles eram ricos, mas agora sei que só é mesmo rico quem tem anéis de brilhantes, empregados, casacos de pele, vestidos de seda e veludo e um carro igual a este. A senhora tem tudo isso?

— Bem... — respondeu Ruth, sem jeito. — Acho que sim...

— Então, a senhora é muito rica. Minha tia Paulina também tem, só que o carro dela é um cavalo. Eu adoro andar nisto! A senhora sabe? Nunca tinha andado de automóvel, a não ser naquele que me atropelou. Eles me puseram no carro, depois de me tirarem de baixo dele. Mas nem percebi e não pude aproveitar. Depois, nunca mais andei em um. Tia Paulina não gosta. Tio Tom, sim, gosta, e tem vontade de ter um. Diz que vai ter um, para o seu trabalho. Ele é médico e os outros médicos da cidade já têm. Não sei como vai ser. Tia Paulina tem medo. A senhora sabe: ela quer muito que tio Tom tenha tudo quanto queira, só que ela quer que ele queira só o que ela quer. Está entendendo?

— Claro, querida. — Ruth não pôde deixar de rir, com um brilho surpreendente nos olhos.

— Sabia que ia entender — disse Poliana, contente. — De qualquer modo, achei que tinha dito uma coisa meio esquisita. Tia Paulina diz que não se importaria de ter um automóvel, desde que fosse o único existente no mundo, para não haver perigo de algum passar por cima dela. Mas... Deus! Quantas casas! — E olhava em torno, admirada. — Bem, é preciso que haja muitas casas, para caber aquela gente toda que vi na estação e mais todas as pessoas que andam pelas ruas. Naturalmente, quanto mais gente houver, mais gente podemos conhecer. Gosto de conhecer pessoas. A senhora não gosta? Gosto dos outros. E a senhora?

— Gostar dos outros?

— Sim, dos outros. Qualquer pessoa... todas.

— Não, Poliana, não posso dizer que gosto — respondeu Ruth friamente e cerrando as sobrancelhas.

Seus olhos tinham perdido o brilho, voltados, com desconfiança, para Poliana. E a si mesma, Ruth dizia: "Aí vem, se não me engano, o sermão número um sobre o meu dever de amar o próximo, à maneira da irmã Della!"

— Não gosta? — espantou-se Poliana. — Eu gosto muito. As pessoas são tão simpáticas e diferentes! Aqui deve haver muita gente assim. A senhora nem imagina como me sinto feliz em ter vindo. Sabia que ia ser assim logo que me disseram que a senhora era irmã da senhorita Wetherby. Adoro aquela moça, e sabia que ia adorar a senhora também. As irmãs sempre se parecem, mesmo se não são gêmeas, como a senhora Jones e a senhora Peck. Elas não eram iguaizinhas, por causa da verruga. Mas sei que a senhora não está entendendo o que eu digo, e vou explicar melhor.

Assim aconteceu: Ruth Carew, que esperava um sermão sobre ética social, teve de ouvir, com surpresa e certo desconforto, o caso de uma verruga no nariz da senhora Peck, uma das senhoras da Auxiliadora. Quando Poliana acabou de contar o caso, a limusine tinha chegado à avenida Commonwealth, e a mocinha começou a manifestar entusiasmo com a beleza do lugar. Havia um "jardim tão bonito em toda a sua extensão" e tudo era lindo, "depois de tantas ruazinhas estreitas". Completou, com entusiasmo:

— Acho que todo mundo gostaria de morar aqui!

— Talvez. Só que não seria possível — retrucou Ruth Carew.

Interpretando erroneamente a expressão estampada no rosto de Ruth, como se ela tivesse manifestado o desgosto pelo fato de não morar, ela própria, na bela avenida, tratou de corrigir:

— Eu não quis dizer que as ruas estreitas não são também muito bonitas. Talvez seja até melhor morar lá, porque não se tem de andar muito para fazer compras... Oh! Mas a senhora mora aqui? — perguntou, quando o carro parou diante do portão da casa de Ruth.

— Claro que moro aqui — confirmou a viúva.

— Imagino como deve se sentir feliz, morando num lugar tão lindo! — exultou a menina, descendo do carro. — Não é mesmo?

Ruth não respondeu e, pela segunda vez, Poliana emendou:

— Eu não quis dizer que a senhora seja orgulhosa. Talvez a senhora tenha pensado que disse isso, como às vezes tia Paulina pensa. Não quis me referir a essa alegria de ter algo que os outros não têm, mas à alegria de viver que a gente sente e dá vontade de sair gritando. — E se pôs na ponta dos pés, como se estivesse dançando.

Enquanto o motorista virava as costas e mexia em alguma coisa no carro, a senhora Carew subiu na frente a escada de pedra.

Cinco dias depois, Della Wetherby recebeu uma carta da irmã, a primeira que recebia depois que Poliana chegara a Boston:

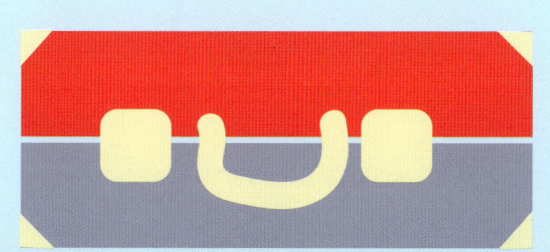

Querida irmã,

Pelo amor de Deus, por que não me deu uma ideia do que eu poderia esperar dessa menina que você me impingiu? Já estou quase louca e não posso mandá-la embora. Tentei três vezes, mas sempre, antes que eu fale, ela me interrompe, dizendo que se sente feliz, satisfeita de estar aqui e como foi bom que eu tivesse deixado que viesse morar comigo enquanto sua tia está na Alemanha. Como, diante disso, eu poderia replicar "por que não volta para sua casa? Não a quero aqui"? O mais absurdo é que não creio que jamais tenha passado pela cabeça dela a ideia de que não a quero aqui. Não sei como fazer para que ela entenda.

É claro que, quando ela começar com os sermões, ou a me dar conselhos sobre como ser feliz, eu a mandarei andar. Você sabe — e eu já lhe disse isso — que não permitirei tal coisa. Duas ou três vezes pensei que ela estivesse começando um sermão, mas sempre termina com algum caso idiota sobre as tais senhoras da Auxiliadora. Por sorte dela, deixa de lado o sermão, se está querendo ficar.

Poliana é impossível, Della. Em primeiro lugar, está entusiasmada com a casa. Desde que chegou, pediu para ver todos os aposentos e não se satisfez enquanto não acabou com todas as sombras da casa, para poder admirar "essas coisas lindíssimas" que, segundo pensa, são mais bonitas que as do senhor Pendleton, acho que o nome é esse, alguém de Beldingsville. Pelo menos, o tal não é uma Dama de Caridade. Para você ver quanto já estou sabendo.

Depois, como se não bastasse me fazer andar de quarto em quarto, eis que descobre um vestido de baile de cetim branco que eu não uso há anos e insiste comigo para usá-lo. Acabei fazendo isso, pois me vi impotente diante de sua insistência.

Isso foi só começo. Fez questão de ver tudo e me contou um caso acerca das "cestas dos missionários". Não pude deixar de rir, mesmo que estivesse com vontade de chorar, pensando nas roupas horríveis que a coitada tinha de usar. Depois dos vestidos, vieram as joias, e ela ficou tão admirada com os dois ou três anéis que cometi a loucura de tirar do cofre, e tive a impressão de que seus olhos iam pular das órbitas, de tão arregalados. Pode acreditar, Della, pensei que ela tivesse ficado doida. Fez-me usar todos os anéis, broches, pulseiras e colares e colocou em minha cabeça as duas tiaras de brilhantes (descobriu onde estavam), até que fiquei por ali, sentada, carregada de pérolas, diamantes e esmeraldas, como uma deusa pagã num templo hindu. Especialmente, quando a maluquinha começou a dançar em volta de mim, batendo palmas e cantando: "Que lindo, que lindo! Tinha vontade de pendurar a senhora na janela. Seria um belíssimo prisma!"

Já ia perguntar a ela o que queria dizer, mas a menina caiu no chão, chorando. Sabe por quê? Porque se sentia feliz por ter olhos que podiam ver! Que acha disso?

Não é tudo, só o começo. Poliana está aqui há quatro dias — os dias mais cheios que já vivi. Já conta entre os seus amigos o limpador de chaminés, o policial de serviço e o jornaleiro, para não falar dos criados da casa. Todos estão encantados com ela. Mas não pense que eu também estou. Seria capaz de mandá-la de volta, imediatamente, se não me sentisse obrigada a cumprir a promessa de hospedá-la durante o inverno. Quanto a me fazer esquecer Jamie e acabar com o meu sofrimento, é impossível. Ela só serve para me fazer sentir a perda mais intensamente, pois é ela que está comigo e não Jamie. Como disse, vou ficar com Poliana, até ela começar a fazer sermões. Então a mandarei para você. Só que, por enquanto, ela ainda não fez isso.

Com amor, mas também com consternação,
Ruth

— Ela ainda não pregou sermões... — murmurou Della consigo mesma, rindo, enquanto dobrava a carta da irmã. — Ah, Ruth, Ruth! No entanto, você confessa que abriu todos os quartos, deixou o sol entrar em sua casa e se enfeitou de seda e joias... E não faz ainda uma semana que Poliana chegou! Só que não fez sermão, não fez sermão!

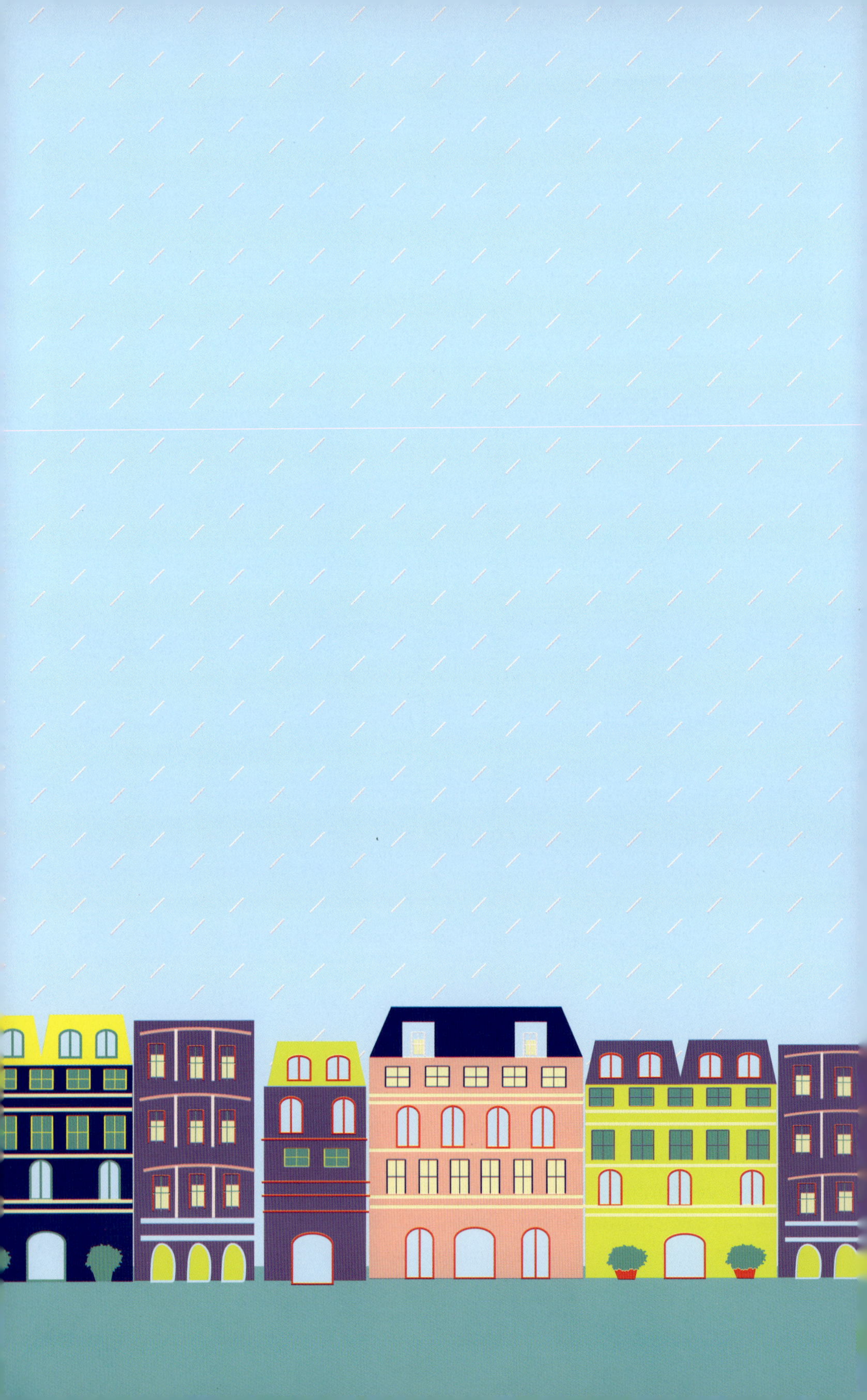

CAPÍTULO 4
O JOGO DO CONTENTE E RUTH CAREW

Se Boston era uma experiência nova para Poliana, para a cidade a menina era também uma nova experiência. Ainda que gostasse de Boston, Poliana achava a cidade grande demais.

— Sabe, tinha vontade de conhecer todos aqui, e não é possível — disse ela a Ruth no dia seguinte ao de sua chegada. — É como os jantares de tia Paulina em dia de festa. Há tanta coisa para se comer que a gente acaba sem comer direito... fica escolhendo e não se decide. Claro que a gente fica feliz vendo tanta coisa, quer dizer, tanta coisa boa, e não coisas como remédios e enterros, Deus me livre! Ao mesmo tempo, eu sempre queria que os jantares de festa de tia Paulina se prolongassem mais, até os dias em que não há coisas gostosas, como bolos e tortas. Sinto a mesma coisa a respeito de Boston. Queria levar uma parte dela comigo, para Beldingsville... assim eu teria alguma coisa nova no próximo verão. Claro que isso não é possível. Cidades não são como os bolos com glacê que a gente guarda. Para falar a verdade, mesmo com os bolos não é fácil. Já tentei e não deu certo: o bolo fica duro, até o glacê. Então quero aproveitar enquanto estiver aqui!

Ao contrário das pessoas que acham que, para se conhecer o mundo, deve-se começar pelos lugares mais afastados, Poliana começou a "conhecer Boston" com cuidadosa exploração do ambiente que a rodeava: a bela mansão da avenida Commonwealth. Isso ocupou todo o seu tempo e atenção, durante alguns dias, juntamente com suas tarefas escolares.

Havia muita coisa para ver e aprender e tudo era maravilhoso — desde os aposentos sempre iluminados até o grande e silencioso salão de baile, com paredes forradas de quadros e espelhos. E quanta gente simpática! Além da senhora Carew, havia Mary, que se encarregava da limpeza, atendia à porta quando a campainha soava, levava Poliana ao colégio e a trazia de volta. Havia Bridget, cozinheira, que não se afastava da cozinha, Jennie, que servia a mesa, e Perkins, o motorista. Todos eram muito simpáticos e, no entanto, tão diferentes!

Poliana chegara numa segunda-feira e, assim, passou-se uma semana até o domingo seguinte. Na manhã desse dia, ela desceu para o andar de baixo, exclamando, radiante:

— Adoro os domingos!

— É mesmo? — perguntou Ruth, com voz de quem não gostava nem de domingos nem de qualquer dia da semana.

— Claro! Por causa da igreja e da escola dominical. De que é que a senhora gosta mais? Da igreja ou da escola?

— Realmente... — começou Ruth, que raras vezes fora à igreja e nunca à escola dominical.

— É difícil dizer, não é? — atalhou Poliana, séria. — Na verdade, acho que gosto mais da igreja, por causa de meu pai. Ele era pastor, a senhora sabe, e agora está no céu, com minha mãe e os outros da família. Às vezes imagino que ele está vivo, e é melhor na igreja, quando o pastor está falando. Fecho os olhos e penso que é meu pai que está ali. Ajuda muito. A senhora não acha que é bom a gente imaginar as coisas?

— Não sei, Poliana.

— Ora, pense como as coisas que imaginamos são melhores do que as reais... Quer dizer, não é o seu caso, pois as suas coisas reais são tão boas!

Ruth Carew, irritada, abriu a boca para replicar, mas Poliana não lhe deu tempo:

— Comigo, as coisas reais estão bem melhores do que eram. Durante o tempo em que estive doente, quando não podia andar, eu ficava imaginando o tempo todo. Ainda hoje fico imaginando, muitas vezes, sobre meu pai etc. Hoje vou imaginar que é meu pai que está no púlpito. A que hora nós vamos?

— Vamos?!

— Sim, à igreja.

— Poliana, eu não... isto é, eu...

Ruth limpou a garganta e tentou dizer que não frequentava a igreja, ou que raramente ia até lá. Mas não conseguiu, diante da expressão que se estampava no rosto de Poliana. E disse:

— Bem... Lá para as dez e quinze... se formos a pé.

Assim aconteceu que, naquela bela manhã de setembro, Ruth Carew ocupou, pela primeira vez em meses, o banco reservado à sua família no templo frequentado pela alta sociedade, o mesmo que frequentava quando menina e para o qual contribuía com dinheiro.

Para Poliana, o culto daquela manhã foi motivo de admiração e alegria. A maravilhosa música que vinha do coro, os raios de sol varando os vitrais, a voz sonora do pastor e o sussurro das preces, tudo a deixou em êxtase, quase sem voz. Só quando já estavam perto de casa, de regresso, desabafou:

— Senhora Carew, eu estava pensando como sou feliz porque a gente só vive um dia de cada vez.

Ruth fechou a cara — não queria ouvir sermão. Já fora obrigada a aturar a pregação do púlpito — pensou, furiosa — e não suportaria o daquela menina espevitada. Depois, aquela história de "viver um dia de cada vez" era uma das teorias favoritas de Della. Quantas vezes sua irmã lhe dissera: "Mas você só tem que viver um minuto de cada vez, Ruth, e tudo pode durar um minuto de cada vez!"

— É mesmo? — perguntou secamente.

— Claro. Já imaginou a gente viver ontem, hoje e amanhã ao mesmo tempo? Tanta coisa boa ao mesmo tempo. Eu tive ontem, estou tendo hoje, vou ter amanhã e o próximo domingo. Francamente, senhora Carew, se hoje não fosse domingo e eu não estivesse no meio da rua, ia sair dançando, cantando e gritando. Não posso resistir. Como é domingo, tenho de esperar até chegar em casa e, então, cantar um hino, o mais alegre que houver. Qual é o hino mais alegre que existe? A senhora sabe?

— Não sei dizer — respondeu Ruth, em voz baixa.

Para alguém que esperava ouvir sempre que as coisas eram más, escutar que deveria viver um dia de cada vez era estranho, para não dizer coisa pior. Imaginem: ouvir que tinha muita sorte de desfrutar um dia de cada vez, porque tudo era bom!

Na manhã seguinte, segunda-feira, Poliana foi ao colégio pela primeira vez, sozinha. Já conhecia o caminho e o trajeto era curto. Estava gostando do colégio — um pequeno colégio particular para meninas —, experiência nova no gênero. Mas Poliana gostava de experiências novas.

Ruth não gostava de novas experiências e enfrentara muitas naqueles dias. Para uma pessoa cansada de tudo, teria de ser um aborrecimento conviver de perto com alguém que via em tudo fascínio e novidade. Além de aborrecida, Ruth estava exasperada. Tinha de confessar a si mesma, porém, que, se lhe perguntassem a causa da sua irritação, a única resposta seria esta: "É porque Poliana é tão alegre." E ela própria não teria coragem de responder uma coisa dessas.

Escreveu a Della para dizer que a palavra "alegre" lhe fazia mal aos nervos e às vezes desejava nunca ouvi-la de novo. Ainda admitia que Poliana não pregara sermões, nem mesmo tentara fazer o jogo do contente. O que a menina fazia era considerar natural e provada a "alegria" de Ruth — verdadeira provocação para quem não admitia a alegria.

Foi na segunda semana de Poliana em Boston que o aborrecimento de Ruth transbordou para manifesta irritação. A causa imediata foi a conclusão de um dos casos contados por Poliana a respeito das senhoras da Auxiliadora.

— Estávamos jogando — explicou. — Mas a senhora talvez não saiba como é o jogo. Vou mostrar como é. É um jogo muito interessante.

— Não é preciso, Poliana — disse Ruth, erguendo o braço. — Já sei tudo a respeito desse jogo. Minha irmã me contou. E devo lhe dizer que não estou... não estou interessada nele.

— Claro que não, senhora Carew. — Poliana parecia se desculpar. — Eu ia lhe ensinar o jogo. Mas é claro que a senhora não pode jogar!

— Não posso?! — indagou Ruth, que, embora não estivesse disposta a fazer aquele joguinho idiota, também não se dispunha a ouvir alguém dizer que não podia jogá-lo.

— Não pode, a senhora não vê? O jogo consiste em descobrir que em tudo há um lado bom. A senhora não poderia procurar o lado bom de uma coisa ruim, pois tudo o que lhe acontece é bom! Não pode jogar, está vendo?

Ruth Carew ficou tão irritada que não se conteve, perguntando friamente:

— Você acha? Pois fique sabendo que não vejo nada que possa ser motivo de alegria para mim.

A menina ficou sem entender um instante e depois exclamou, estarrecida:

— O quê, senhora Carew?

— Isto mesmo que você ouviu — disse a viúva, esquecida de que não estava disposta a ouvir sermões de Poliana.

— Mas... — murmurou a menina, incrédula. — Esta casa é tão linda!

— Ora, é apenas um lugar para comer e dormir... e não gosto de comer e dormir.

— Há tantas coisas maravilhosas!

— Estou cheia delas.

— E o seu carro, que pode levá-la aonde quiser?

— Não quero ir a lugar algum.

— Mas pense nas coisas e pessoas que a senhora veria! — Poliana mal conteve um grito de espanto.

— Não me interessam.

— Não entendo, senhora Carew. — Poliana, mais uma vez, arregalou os olhos. — Antes sempre havia coisas ruins para as pessoas fazerem o jogo do contente, e quanto piores fossem, mais engraçado era o jogo, quer dizer, descobrir o lado bom das coisas. Mas, se não há coisas ruins, não sei como se poderia jogar.

Durante algum tempo fez-se silêncio. Ruth ficou sentada, olhando pela janela, mas a expressão irritada de seu rosto, aos poucos, transformou-se em ar de tristeza. Virou-se e disse:

— Pensei que não devia falar isto com você, Poliana. Mas resolvi falar. Vou lhe dizer por que nada me alegra.

E passou a contar a história de Jamie, o menino que, há oito anos, partira para outro mundo, deixando fechada a porta entre os dois.

— A senhora não o viu nunca mais? — indagou Poliana com olhos marejados.

— Nunca.

— Vamos encontrá-lo, senhora Carew. Tenho certeza.

— Ora, já procurei por toda parte, até no exterior.

— Ele deve estar em algum lugar.

— Talvez tenha morrido, Poliana.

— Não! — protestou Poliana. — Por favor, não diga isso! Vamos imaginar que ele está vivo. Podemos imaginar, e isso faz bem. Depois de imaginarmos que ele está vivo, podemos imaginar que vamos encontrá-lo. E isso ajudará ainda mais.

— Receio que ele esteja morto — murmurou Ruth.

— Só que não tem certeza, não é?

— Certeza, não.

— Quer dizer que a senhora só imaginou isso. E se pode imaginar que ele está morto, pode muito bem imaginar que ele está vivo, e será bem melhor. Tenho certeza de que um dia a senhora o encontrará. Está vendo? Agora a senhora pode fazer o jogo do contente! Pode jogar com Jamie. Pode se sentir feliz todos os dias, pois cada dia a torna mais perto do dia em que vai encontrá-lo. Viu só?

Ruth Carew não "viu". Levantou-se, exclamando:

— Não, menina! Você não entende. Vá brincar ou ler, ou fazer qualquer coisa. Estou com dor de cabeça e vou me deitar.

Muito séria e visivelmente perturbada, Poliana saiu da sala sem se apressar.

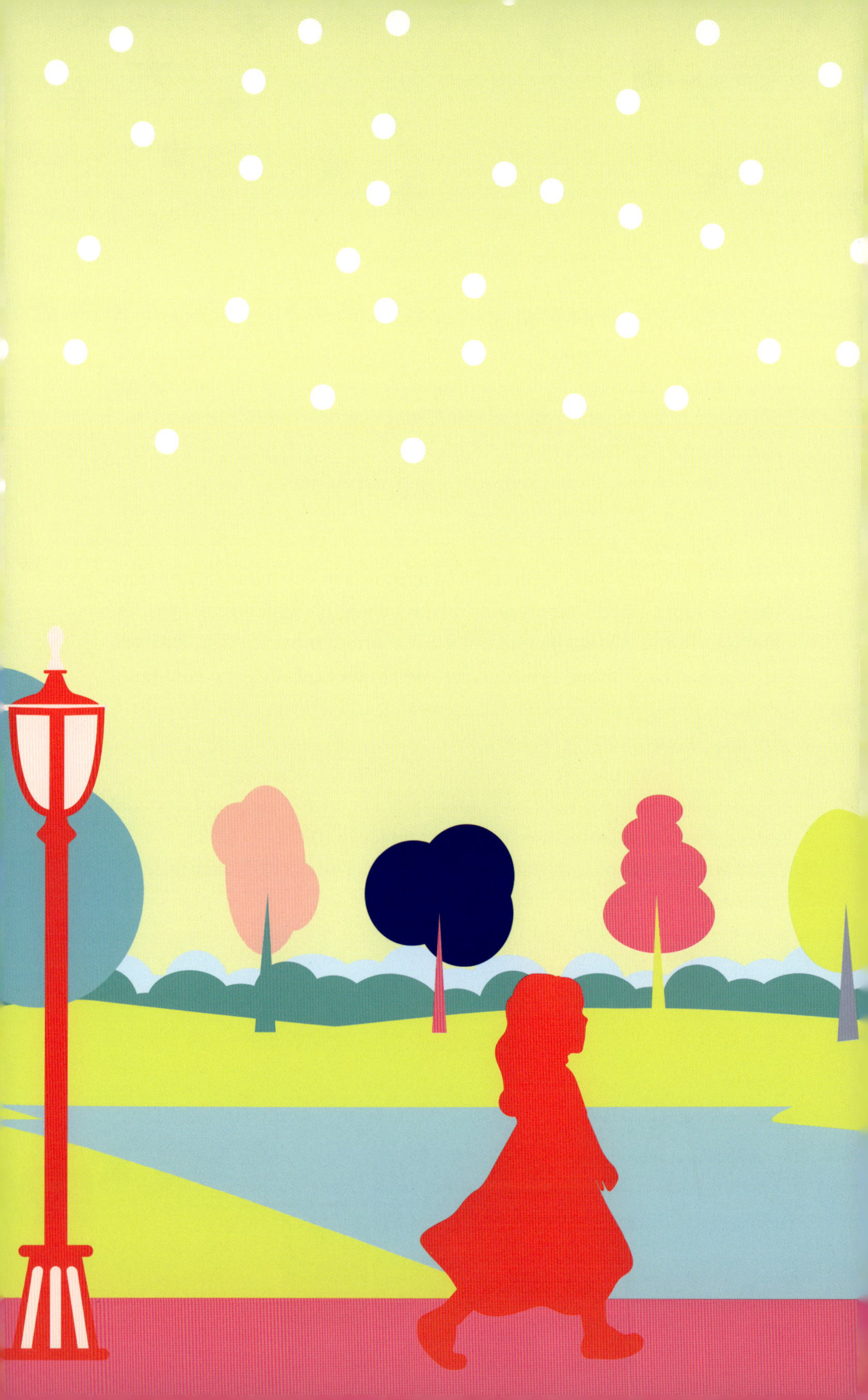

CAPÍTULO 5
POLIANA DÁ UM PASSEIO

Na tarde do segundo sábado Poliana fez seu memorável passeio. A menina ainda não havia saído sozinha, a não ser para ir ao colégio. Jamais Ruth poderia admitir que ela tentasse explorar por conta própria as ruas de Boston e, por isso, nem se preocupou em proibir-lhe que o fizesse. Só que em Beldingsville um dos prazeres da menina era caminhar pelas ruas da pequena cidade, em busca de amizades novas e aventuras. Naquele sábado à tarde, Ruth Carew dissera, como tantas vezes antes:

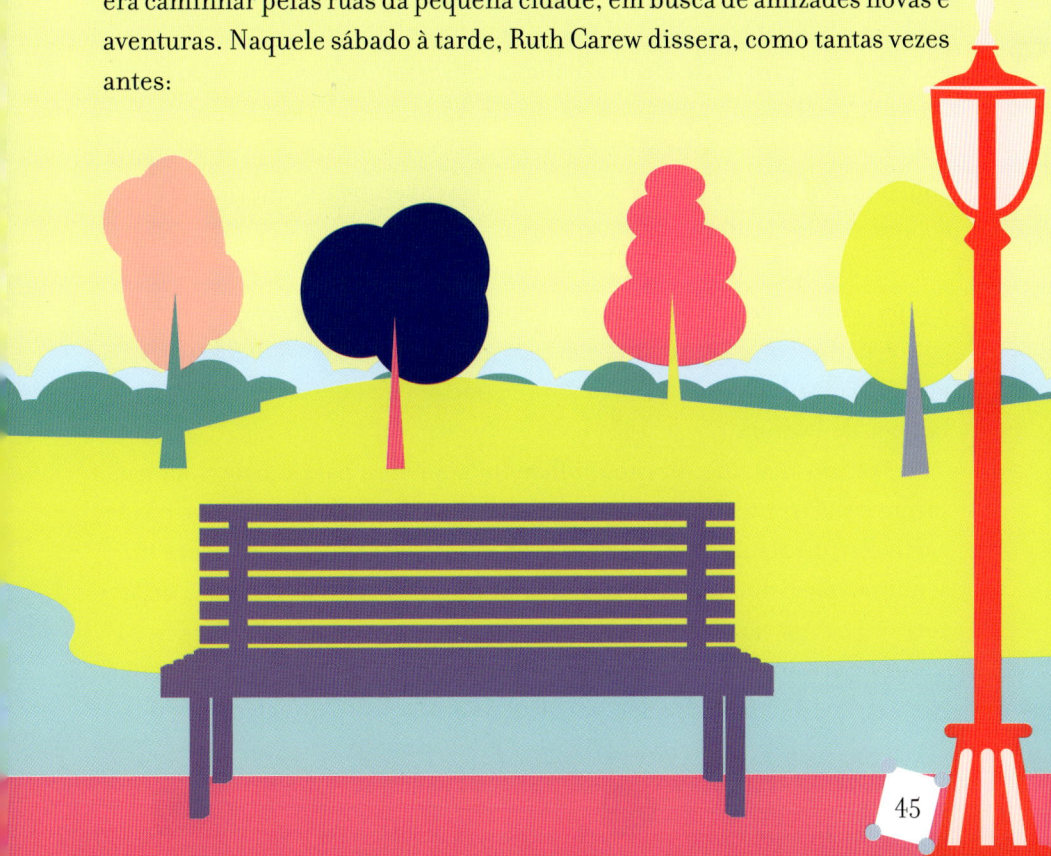

— Vá para onde quiser, faça o que quiser. Mas, por favor, não me faça mais perguntas hoje!

Até então, quando ficava sozinha, Poliana achava muita coisa com que se distrair sem sair de casa. Se as coisas inanimadas não bastassem, havia Mary, Jennie, Bridget e Perkins. Naquele dia, porém, Mary estava com dor de cabeça, Jennie ocupada em ajeitar um chapéu, Bridget fazendo torta de maçã e Perkins não foi encontrado. O dia era lindo e nada havia em casa tão convidativo como o brilho do sol e a leveza do ar lá fora. Assim, Poliana saiu.

Por algum tempo, contemplou em silêncio as pessoas bem-vestidas, homens, mulheres e crianças que andavam diante da casa ou pelo jardim que havia no meio da avenida. Depois, acabou de descer a escada da casa e parou, olhando para a direita e a esquerda.

Decidiu-se por um passeio. O dia estava lindo e convidativo, e ela ainda não tinha feito um passeio de verdade: só o trajeto da casa para o colégio e do colégio para a casa, o que dava na mesma. A senhora Carew não ia se importar se ela desse um passeio naquele dia. Pois não lhe dissera para fazer o que quisesse, menos perguntas? Tinha a tarde toda para passear e quanta coisa poderia ver numa tarde inteira?! Bem, iria... por ali. Com uma pirueta de alegria, Poliana saiu caminhando, e decidida, pela avenida. Sorria para todos e se sentia desapontada — mas não surpreendida — ao ver que ninguém correspondia ao seu sorriso: já se acostumara com isso, em Boston. Continuava a sorrir na esperança de que, de repente, alguém correspondesse ao seu sorriso.

A casa de Ruth Carew ficava no começo da avenida e, assim, em pouco tempo, Poliana se viu diante de uma rua que lhe cortava o caminho em ângulo reto. Do outro lado da rua, em toda a sua glória de outono, ficava o que Poliana considerou o mais belo parque que já vira em sua vida: o Passeio Público de Boston.

Por um instante, hesitou, olhando fixamente para a beleza da paisagem à sua frente. Nem por um segundo duvidou que fosse propriedade particular de algum milionário. Certa vez, no Hospital, conhecera uma senhora, que o doutor Ames dissera morar numa bela casa cercada de árvores e jardins, como aquele parque. Poliana teve vontade de cruzar a rua e entrar no parque, mas achou que não tinha esse direito. É verdade que havia outras pessoas andando por ali, mas deviam ser convidados do dono do parque. Depois, viu duas mulheres, um homem e uma menina atravessarem o portão e concluiu que ela também poderia fazer o mesmo. Então, cruzou agilmente a rua e entrou no parque.

De perto, ainda era mais bonito. Passarinhos esvoaçavam acima de sua cabeça e um esquilo lhe cortou os passos. Homens, mulheres e crianças sentavam-se em bancos, em meio às árvores, e raios de sol faziam as gotas de água mais luzidias. Ouviu gritos de crianças e o som de música. Mais uma vez, hesitou. Depois, com certa timidez, aproximou-se de uma moça bem-vestida, que vinha em sua direção, e perguntou:

— Por favor... é alguma festa?

— Festa? — A moça olhou-a, espantada.

— Quero dizer... Não faz mal eu estar aqui?

— Que ideia! Claro que não. É para todo mundo, ora!

— Obrigada, então — disse Poliana. — Estou contente por ter vindo.

A moça não respondeu e olhou ainda espantada para Poliana, enquanto se afastava. A menina continuou seu caminho achando natural o dono do parque ser tão generoso a ponto de dar uma festa para quem quisesse entrar. Numa curva do trajeto, encontrou uma menina que empurrava um carrinho de boneca. Parou, sorrindo, e não chegou a dizer meia dúzia de palavras quando, nem viu de onde, surge uma jovem, andando depressa e falando em tom irritado:

— Venha, Gladys! Mamãe já não lhe disse para não falar com crianças desconhecidas?

— Mas eu não sou uma criança desconhecida! — protestou Poliana. — Moro aqui, em Boston.

Só que a moça e a menina já estavam longe. Por um momento, Poliana ficou em silêncio, desapontada. Depois, ergueu a cabeça e seguiu caminho. Pensou: "De qualquer modo, posso ficar alegre com isso, e talvez encontre alguém mais simpático. Quem sabe, Susie Smith ou o Jamie da senhora Carew... Seja como for, posso imaginar que os estou encontrando e, se não encontrá-los, conhecerei alguém!" E olhou esperançosa para as pessoas que passavam, cada uma preocupada consigo mesma.

É verdade, Poliana se sentia solitária. Criada pelo pai e pelas senhoras da Auxiliadora de uma pequena cidade do Oeste, passara a considerar todas as casas da localidade como seu lar e todas as pessoas como amigas. Tendo ido morar com a tia em Vermont, aos 11 anos, logo deduziu que a situação só iria mudar porque as casas e os amigos seriam novos e, assim, mais interessantes — seriam "diferentes", e ela gostava de coisas e pessoas "diferentes". Desde o começo, o que mais a entusiasmava em Beldingsville eram as longas caminhadas pela cidade e as visitas aos novos amigos. Era natural, pois à primeira vista Boston lhe parecera ainda mais promissora em relação a novas possibilidades.

Agora, porém, Poliana tinha de admitir que Boston era, sob certo aspecto, decepcionante: estava lá há duas semanas e ainda não conhecia as pessoas, mesmo as que moravam em frente ou ao lado. Mais incrível: Ruth Carew não conhecia muitas delas nem tinha relações com qualquer uma, sempre indiferente aos seus vizinhos. Para Poliana, isso era quase inacreditável e não parecia que se pudesse fazer alguma coisa para mudar a atitude da viúva.

— Não me interessam, Poliana — dizia Ruth, sempre.

Poliana — que se interessava, ao contrário — era obrigada a se conformar.

Naquele dia, a menina iniciara o passeio cheia de esperança e, até agora, continuava decepcionada. Havia ali pessoas que deviam ser simpáticas — se ao menos pudesse travar conhecimento com elas. O pior é que não parecia haver a menor possibilidade de vir a conhecê-las, pois elas não davam sinal de interessar-se por isso. Depois, Poliana ainda estava preocupada com aquela dura advertência sobre "crianças desconhecidas". Disse consigo mesma:

— Está bem. Vou tratar de mostrar que não sou uma "criança desconhecida". — E se pôs a andar com decisão.

Pondo em prática a ideia, sorriu amavelmente para a primeira pessoa que encontrou e disse:

— Que dia lindo, não é mesmo?

— O quê!... Ah! É mesmo... — resmungou a senhora a quem se dirigira e que tratou de acelerar o passo.

Por mais duas vezes, Poliana tentou, sempre colhendo resultados decepcionantes. Em pouco, chegou à margem de uma lagoa, que brilhava com os raios de sol filtrados por entre as árvores. Era linda e por ela passavam pequenos botes com crianças, que riam e gritavam de alegria. Enquanto olhava, Poliana foi se sentindo cada vez mais insatisfeita. Avistou, então, um homem sentado perto da lagoa e foi em sua direção, indo sentar-se na outra ponta do banco. Em outra ocasião, ela teria se aproximado sem hesitar e puxado conversa. Os maus acolhimentos recentes lhe tinham trazido, contudo, uma desconfiança rara. Olhou com discrição para o homem.

Não tinha um aspecto agradável. A roupa, embora nova, estava empoeirada e exibia muito desmazelo. Era igual (embora Poliana não soubesse) à roupa que o Estado costuma dar aos prisioneiros que acabam de cumprir pena. O homem tinha o rosto pálido e não fazia a barba há pelo menos uma semana. Com as mãos enfiadas nos bolsos, permanecia imóvel e de cabeça baixa. Poliana ficou em silêncio durante bastante tempo, até que tentou, com esperança:

— Que dia bonito, não é mesmo?

— Hein?... O que foi que você disse? — perguntou o homem, como se ela não tivesse se dirigido a ele.

— Eu disse que é um dia lindo. Mas não me preocupo muito com isso. Quero dizer, naturalmente gosto quando o dia é bonito, mas é só um meio de começar as coisas, e trato logo de falar de outros assuntos... qualquer assunto. Eu só estava querendo conversar com o senhor... sobre qualquer coisa.

O homem deu uma risadinha, um tanto esquisita para Poliana, que não sabia (como o homem sabia) que há muito tempo não escapava uma risada daqueles lábios.

— Está dizendo que quer que eu converse com você? — O desconhecido parecia um tanto triste. — Está bem. Não sei como, mas vou tentar. Acho que uma mocinha elegante como você pode conversar com gente melhor que um velho pé-rapado como eu.

— Mas eu gosto de velhos pés-rapados! — protestou Poliana. — Quer dizer, gosto de pessoas mais velhas, e não sei o que é pé-rapado. Assim, não posso não gostar de pé-rapado. Mas, se o senhor é pé-rapado, estou vendo que gosto de pé-rapado — concluiu, convicta.

— Fico muito lisonjeado! — O homem sorriu.

Embora sua fisionomia expressasse certa dúvida, o fato é que ele se aprumou e pareceu mais confiante. Perguntou:

— Sobre o que vamos conversar?

— Sobre qualquer coisa, o assunto não importa. Tia Paulina diz que, seja sobre o que for que eu fale, no fim acabo falando sobre as senhoras da Auxiliadora. Afinal, foram elas que me criaram. Podemos falar sobre esta festa. Eu estou achando ótima!

— Que festa?

— O senhor sabe. Essa gente toda aqui, isso é uma festa, não é? Uma senhora me disse que era para todo mundo e então eu fiquei, embora ainda não tenha visto a casa de quem dá a festa.

— Bem, senhorita... — O homem apertou os lábios para não rir. — Talvez seja mesmo uma festa. Mas o "dono da casa" que dá a festa é a Prefeitura de Boston. Isto aqui é o Passeio Público, um parque para todo mundo, compreende?

— Verdade? Quer dizer que posso vir todas as vezes que quiser? É muito melhor do que pensei! Eu estava com medo de nunca mais poder voltar aqui. Mas fico contente de não ter sabido disso antes, senão não teria sentido a alegria que sinto agora. As coisas boas ficam melhores quando a gente tem medo de que elas não aconteçam, não acha?

— Bem, se ficarem melhores mesmo... — admitiu o homem, com certa melancolia.

— Sem dúvida. — A menina não parecia notar a tristeza do desconhecido. — Não acha lindo este lugar? Será que a senhora Carew sabe que o parque é para todos? Creio que todos devem ter vontade de ficar aqui o máximo possível, admirando esta beleza.

— Algumas pessoas têm de trabalhar — disse o homem, fechando a cara. — Têm que fazer outra coisa, não podem ficar o tempo todo admirando a beleza das coisas. Mas eu não sou uma delas.

— Então você deve ficar contente, não é mesmo? — disse Poliana, interessada em acompanhar com os olhos as evoluções de um barquinho que singrava o lago.

Os lábios do desconhecido se moveram, mas ele nada disse. Estava visivelmente irritado. Poliana continuou:

— Eu gostaria de não ter nada para fazer. Mas tenho de ir ao colégio. Gosto muito de lá, mas há tantas coisas de que gosto mais! De qualquer modo, sinto-me feliz de poder ir ao colégio, principalmente quando lembro que o inverno passado eu pensava que nunca mais ia poder frequentar um colégio em minha vida. Sabe? Fiquei sem andar durante algum tempo. E a gente só entende como certas coisas são importantes quando elas nos faltam. Pernas são importantes. E os olhos, então? Já pensou como é bom a gente poder enxergar? Nunca tinha pensado nisso, até que fui para o Hospital. Lá havia uma senhora que ficara cega um ano antes. Tentei fazer com que ela praticasse o jogo, isto é, tentar descobrir uma coisa que nos dê alegria. Ela me disse que não podia e que, se eu quisesse saber por quê, cobrisse os olhos com um lenço durante uma hora. Eu fiz isso e foi horrível. Já experimentou?

— Como? Não... nunca, ora. — O desconhecido parecia espantado, ou constrangido.

— Pois não experimente... é simplesmente horrível. A gente não consegue fazer nada. Eu fiquei com os olhos vendados uma hora inteirinha. Depois, sempre me sinto feliz quando vejo alguma coisa linda, como isto aqui, tão feliz que sinto vontade de chorar, porque posso ver. Agora ela está fazendo o jogo, aquela senhora que ficou cega. A senhorita Wetherby me contou.

— O jogo?

— Sim. O jogo do contente, eu não lhe disse? Descobrir algo que nos dê alegria. Agora, ela descobriu uma coisa. Seu marido é político e ela lhe pediu para fazer uma lei de proteção aos cegos, especialmente às crianças cegas. E foi conversar com os deputados, explicando a eles o que é ser cega. A tal lei foi aprovada, afinal, e todos dizem que, se não fosse pelo esforço desenvolvido por ela, não haveria a lei. Aquela senhora diz que se sente feliz por ter ficado cega — assim pôde ajudar tanta gente. Como vê, ela está fazendo o jogo do contente. Mas estou vendo que o senhor nada sabe a respeito desse jogo. Vou lhe contar como começou.

E Poliana, animada, se pôs a contar a sua decepção quando, em vez de uma boneca, havia ganhado um par de muletas. Quando terminou sua história, fez-se um silêncio prolongado. Depois, o desconhecido se levantou, abruptamente.

— Já vai embora? — perguntou Poliana, desapontada.

— Já — respondeu o homem, sorrindo meio sem jeito.

— Mas vai voltar mais tarde, não é?

— Não... espero que não. — O homem ainda sorria. — Sabe de uma coisa, mocinha? Hoje fiz uma grande descoberta. Pensei que estava liquidado, que não havia mais lugar para mim em parte alguma. Descobri agora que tenho dois olhos, dois braços e duas pernas. E agora sei como usá-los e vou fazer com que alguém compreenda que sei usá-los!

— Que tipo estranho! — exclamou Poliana, enquanto o homem se afastava. — Mas era simpático... e muito diferente também.

Poliana se levantou e continuou o passeio, sentindo-se de novo alegre e confiante. O homem não tinha dito que aquele era um parque público e que todos tinham o direito de entrar lá? Aproximou-se do lago e atravessou uma ponte que levava ao ponto onde os barquinhos atracavam. Ficou olhando, feliz da vida, para as crianças, na esperança de avistar os cachos negros de Susie. Gostaria de dar um passeio de barco, mas viu num letreiro que custava cinquenta centavos e ela estava sem dinheiro. Sorriu para várias moças e, por duas vezes, tentou iniciar uma conversa. Ninguém, entretanto, lhe dirigiu a palavra, e as pessoas com quem falou a olharam friamente, mal resmungando uma resposta.

A menina tomou outro caminho e, então, avistou um menino muito pálido, numa cadeira de rodas. Quis falar com ele, mas o garoto estava tão interessado na leitura de um livro que ela achou melhor se afastar. Logo encontrou uma moça, bonita, mas um pouco triste, sentada sozinha, com o olhar perdido, como o desconhecido de antes. Com um gritinho de alegria, Poliana se aproximou:

— Bom dia! Tenho muito prazer em encontrá-la. Eu a estava procurando há muito tempo. — E sentou-se na extremidade livre do banco.

— Oh! — exclamou a moça, surpresa e com uma expressão de expectativa nos olhos. — Pensei... Que está dizendo? Nunca vi você em minha vida.

— Eu também nunca vi você. — Poliana sorriu. — Mas estava procurando por você. Quer dizer, não sabia como você seria, exatamente. Só procurava alguém que estivesse só, querendo companhia. Assim como eu. Há tanta gente aqui, está vendo?

— Estou vendo, sim — disse a moça, indiferente. — Mas é uma pena que você tenha descoberto isso tão cedo, coitada!

— Descoberto o quê?

— Que o lugar do mundo onde há mais solidão é entre as pessoas de uma cidade grande.

— É mesmo? — Poliana se pôs a pensar. — Não sei como alguém pode se sentir solitário quando há tantas pessoas em volta. Mas... — Hesitou um pouco e acrescentou: — Eu mesma estava solitária hoje e havia gente em torno de mim. Só que ninguém se preocupava comigo ou me notava.

— É assim mesmo. — A moça sorriu com amargura. — Não se preocupam, não notam… A multidão não vê.

— Ora, algumas pessoas veem e se preocupam — contestou Poliana. — Devemos ficar alegres por isso. Quando eu…

— Sim, algumas notam… demais. — A moça estremeceu, assustada e olhando para o caminho que se abria além de Poliana.

A menina baixou a cabeça, acabrunhada. Os sucessivos maus acolhimentos da tarde a haviam tornado muito sensível.

— Está se referindo a mim? — gaguejou. — Queria que eu não a tivesse notado?

— Não é isso. Estou me referindo a alguém muito diferente de você. Alguém que não deveria notar. Até que gostei muito de você ter falado comigo. Mas, a princípio, pensei que você fosse alguém de minha terra.

— Então você não mora aqui? Eu também sou de fora.

— Bem, vivo aqui agora — disse a moça. — Se é que se pode chamar de viver o que faço.

— E o que é que faz? — indagou Poliana, interessada.

— Vou lhe dizer — começou a moça. — De manhã à noite, vendo rendas e fitas para mocinhas que conversam, riem e conhecem umas às outras. Depois, vou para casa… moro num quartinho nos fundos… e tenho de subir três lances de escada. No meu quarto só cabe um velho catre, uma mesinha com uma moringa, uma cadeira capenga e… eu mesma. É uma fornalha no verão e uma geladeira no inverno. Foi o único lugar que encontrei e é lá que tenho de ficar, quando não estou trabalhando. Hoje, saí. Não quis permanecer no quarto e nem me enfiar em alguma biblioteca para ler. Hoje é o nosso último feriado deste ano. E vou aproveitar, uma vez na vida. Sou ainda jovem e gosto de me divertir, como as outras moças. Hoje vou rir e me divertir.

— E faz muito bem! — aprovou Poliana. — Fico satisfeita vendo que você pensa assim, como eu. Depois, a Bíblia diz para nos alegrarmos, diz isso umas oitocentas vezes. Você deve conhecer os trechos da Bíblia que nos manda rejubilar…

— Não, não conheço — disse a moça, secamente e com uma expressão estranha. — Não estava pensando na Bíblia.

— Entendo. Eu sei... Mas meu pai era pastor...

— Pastor?

— Sim. O seu também era? — perguntou Poliana.

— Era, sim — respondeu a moça, corando ligeiramente.

— Ah! E está, como o meu, junto de Deus e dos anjos?

— Ainda vive. Voltou para casa — disse a moça.

— Então, você deve ficar feliz! — exclamou Poliana com inveja. — Às vezes fico pensando que, se pudesse ver meu pai ao menos uma vez... Você vê seu pai, não é mesmo?

— Não frequentemente. Sabe? Agora estou morando aqui.

— Mas você pode vê-lo. Eu não posso ver o meu. Ele foi para o céu, encontrar-se com minha mãe e os outros da família. Você tem mãe aqui na terra?

— Tenho — respondeu a moça, dando sinais de que queria ir embora.

— Nesse caso, você pode ver os dois! — exclamou Poliana. — Como deve se sentir alegre! Não há ninguém de que a gente goste mais do que dos nossos pais, não é? Eu sei, pois perdi meu pai quando tinha 11 anos. E sendo já órfã de mãe, fiquei com as senhoras da Auxiliadora, até ir para a casa de tia Paulina. As senhoras da Auxiliadora são muito boas, mas não são iguais às mães... e mesmo tia Paulina...

Poliana se sentia à vontade falando. Achava a coisa mais natural expor o que pensava e contar sua vida a uma pessoa estranha, como aquela moça que encontrou num banco do Passeio Público de Boston. Para a menina, todas as pessoas — homens, mulheres ou crianças, conhecidas ou não — eram amigos. E gostava tanto de conversar com desconhecidos quanto com conhecidos, sem contar que havia sempre a excitação do mistério e da aventura quando se tratava de alguém que ela não conhecia.

Assim, ela contou à moça que via pela primeira vez tudo o que lhe veio à cabeça a respeito do pai, da tia Paulina, de sua pequena cidade no Oeste e de sua viagem para Vermont. Falou sobre novas e antigas amizades e, é claro, explicou o jogo do contente — sempre falava nisso, cedo ou tarde.

De sua parte, a moça falou pouco. Mas já não continuava apática, como no começo. Ocorrera sensível mudança em sua atitude. As faces coradas, testa franzida, olhos inquietos e um movimento nervoso nos dedos eram evidentes sinais de que travava uma luta interior. Vez por outra olhava para o caminho, por trás de Poliana, e foi depois de um desses olhares que apertou com força o braço da menina, dizendo:

— Escute, não vá embora já! Fique aí mesmo. Estou vendo um homem e sei que está vindo para cá. Seja o que for que diga, não dê atenção a ele. Fico aqui, com você. Está ouvindo?

Antes que Poliana se refizesse da surpresa, viu, parado diante de si, um jovem muito bonito.

— Ah! Você está aqui! — disse ele, dirigindo-se à companheira de Poliana. — Acho que devo começar pedindo desculpas. Atrasei-me um pouco.

— Não faz mal — respondeu a jovem. — Decidi não ir.

— Meu bem, não fique com raiva de mim só porque cheguei um pouco atrasado! — disse o rapaz, com uma risadinha.

— Não é por isso. — A moça corou ligeiramente. — Eu não vou mesmo.

— Bobagem! — exclamou o recém-chegado, agora com voz áspera. — Você disse, ontem, que iria.

— Mudei de ideia. Já disse a esta minha amiguinha que vou ficar com ela.

— Ah, mas se quiser ir com esse jovem gentil — começou Poliana, mas se interrompeu ao ver o olhar da moça.

— Já disse que não quero ir. Não vou.

— Mas o que é isso? Por que essa mudança de atitude? — perguntou o rapaz com uma expressão no rosto que o tornava menos bonito para Poliana. — Ontem você disse...

— Eu sei — interrompeu a jovem, nervosa. — Mas sabia que não devia. E agora tenho mais certeza. É isso... — E a moça virou as costas.

O homem tornou a falar, a princípio com bons modos, persuasivo, depois furioso. Disse afinal, com voz baixa e irritada, algo que Poliana não entendeu. Em seguida, afastou-se. A moça olhou-o tensamente, até perdê-lo de vista. Depois, aliviada, apertou com a mão trêmula o braço de Poliana. E disse:

— Obrigada, menina. Devo-lhe muito mais do que imagina. Adeus!

— Mas você não pode ir embora! — protestou Poliana.

— Tenho de ir. Ele pode voltar e, quem sabe, da próxima vez, posso não resistir. — A moça deu um suspiro, levantou-se e disse, depois de certa hesitação: — Você entende... ele é do tipo que nota demais... e que seria melhor não notar... não me notar!

— Que moça esquisita! — murmurou Poliana, olhando para a moça que se afastava. — Bem, é muito simpática, mas também muito diferente.

Levantou-se e se pôs a andar sem pressa.

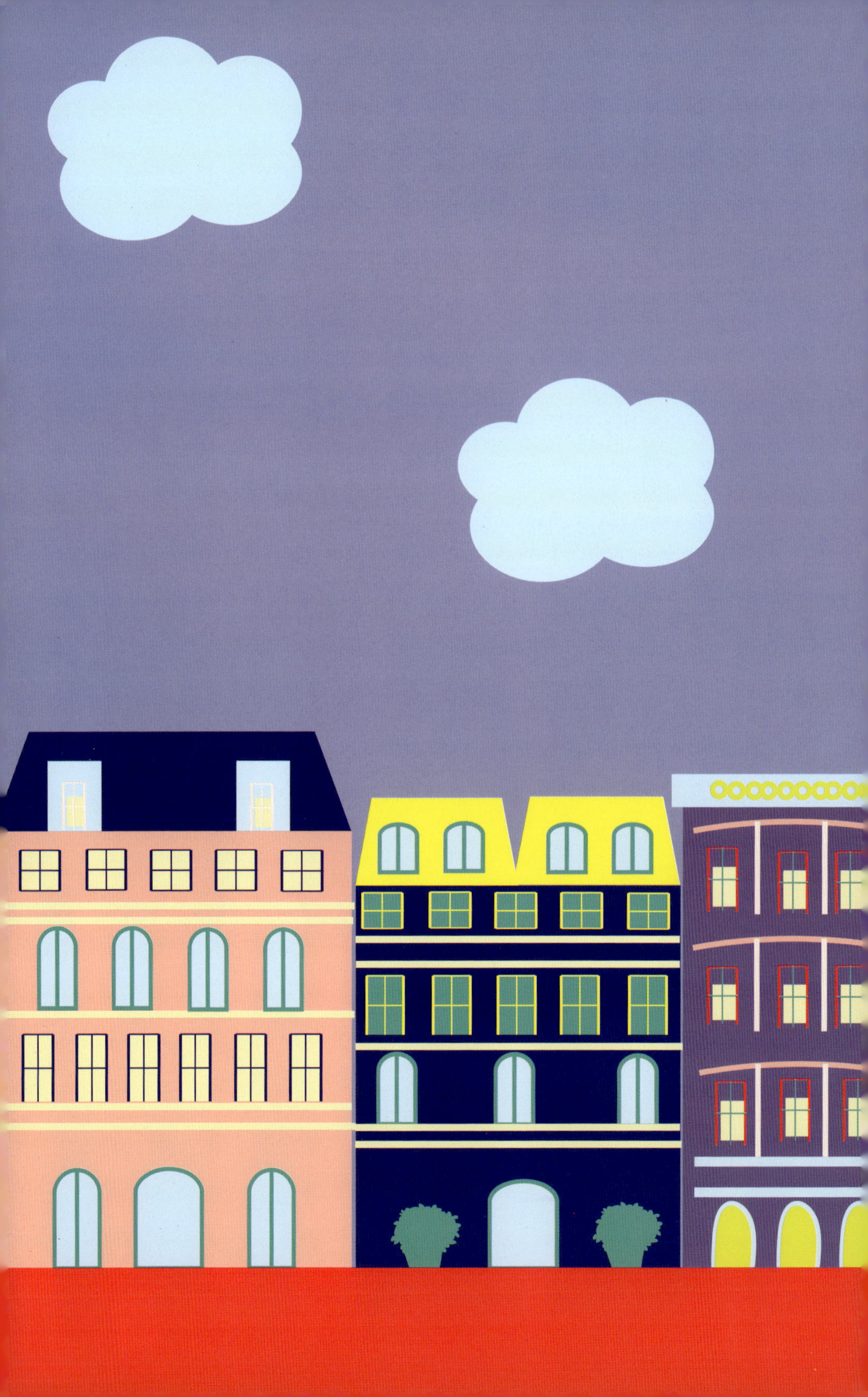

CAPÍTULO 6
SOCORRO OPORTUNO

Poliana não tardou a chegar à extremidade do parque, no cruzamento de duas ruas. Era uma esquina com grande movimento de carros, carruagens, carroças e pedestres. A vitrine de uma farmácia exibia uma enorme garrafa vermelha e ouvia-se o som de um realejo. Depois de hesitar um pouco, Poliana saiu do parque e começou a andar apressada pela rua, na direção de onde vinha a música. Estava deslumbrada. As lojas exibiam objetos maravilhosos e, em volta do realejo, viu uma dezena de crianças dançando — uma gracinha! Poliana se pôs a segui-lo a distância, só para ver as crianças dançando. E acabou numa esquina tão movimentada que um homenzarrão, de capote azul e cinto, ajudava as pessoas a atravessar a rua. Por um instante, ela o observou em silêncio. Depois, timidamente, ela própria tratou de cruzar a rua.

Foi uma magnífica experiência. O grandalhão de capote azul lhe fez um sinal e até mesmo foi ao seu encontro. Depois, por um largo espaço, com motores barulhentos e cavalos indóceis de cada lado, ela conseguiu chegar à outra calçada. Isso lhe deu uma sensação tão deliciosa que, um minuto mais tarde, voltou. Por duas vezes, de novo, após curtos intervalos, percorreu o fascinante caminho que, magicamente, abria-se para ela a um simples aceno do homenzarrão. Só que, da última vez, o homem perguntou, cismado:

— Escute aqui, mocinha. Não foi você que atravessou a rua faz um minuto? E que já tinha feito o mesmo antes?

— Foi, sim, senhor. Já atravessei a rua quatro vezes.

— É mesmo? — O policial estava prestes a explodir.

— E a cada vez, gosto mais! — continuou Poliana.

— Ah, é assim? E que acha que eu faço aqui? Passo o dia a ajudá-la a atravessar a rua de um lado para o outro?

— Ora, é claro que o senhor não está aqui por minha causa! — protestou Poliana. — Tem essa gente toda aí. Sei que o senhor é um policial. Conheço um, onde moro, na casa da senhora Carew, mas é daqueles que só ficam andando de um lado para o outro. O senhor sabe, não é? Pensei que vocês fossem soldados, com esses botões dourados e os bonés azuis, mas agora estou melhor informada. Acho que são uma espécie de soldado, porque são valentes, ajudando as pessoas a cruzar a rua no meio dessa confusão toda.

— Bem... bem... — murmurou o policial, sem jeito, corando como um colegial. — Como se... — Mas cortou a frase pelo meio, enquanto levantava o braço.

Logo depois, escoltava uma velhinha apavorada. Se agora estufava um pouco mais o peito, devia ser apenas um inconsciente tributo aos olhos atentos da menina, que permanecia onde ele a havia deixado. Momentos depois, após orientar cocheiros e motoristas, o policial voltou para junto de Poliana.

— Esplêndido! — exclamou a menina. — Gosto de ver o senhor trabalhando. Parece um dos filhos de Israel atravessando o mar Vermelho, não é? O senhor impedindo as ondas, para que as pessoas possam atravessar. E como deve ficar alegre fazendo isso! Eu pensava que ser médico fosse o mais alegre trabalho do mundo, mas agora estou vendo que, afinal, ser policial é melhor ainda, pois ele ajuda as pessoas que têm medo.

O homem deu uma risadinha, embaraçado, e voltou para o centro da rua, deixando Poliana na calçada. Por algum tempo, a menina contemplou o fascinante "mar Vermelho" e, em seguida, lançando para trás um olhar saudoso, virou as costas e se pôs a caminho. "Acho melhor voltar para casa", pensou. "Já deve estar quase na hora do jantar." E tentou encontrar o caminho de volta.

Somente depois de confundir-se em algumas esquinas e de ter dado duas voltas que a levaram ao mesmo lugar, Poliana pôde compreender que "voltar para casa" não era tão fácil como pensava que fosse. E somente quando chegou diante de um edifício que tinha certeza de jamais ter visto antes foi que descobriu que estava perdida.

Viu-se numa rua estreita e suja, margeada de pardieiros e algumas casas comerciais bem pobres. Homens e mulheres conversavam, mas Poliana não entendia uma só palavra do que diziam. Notava que todos a olhavam, desconfiados, como se soubessem que ela não era dali. Pediu por diversas vezes que lhe indicassem o caminho, mas em vão. Ninguém sabia onde morava a senhora Carew... E das duas últimas vezes, as pessoas responderam com uma mistura de palavras que, depois de refletir algum tempo, Poliana concluiu que devia tratar-se de holandês, a língua dos Haggermann, únicos estrangeiros que havia em Beldingsville.

Apavorada, a menina andava de rua em rua. Estava com fome e muito cansada. Os pés lhe doíam, e nos olhos ardiam as lágrimas que tentava conter. O pior é que já escurecia. "De qualquer maneira", pensou, "vou ficar alegre por me encontrar perdida, já que vai ser muito bom quando encontrar o caminho e isso vai me fazer feliz".

Foi numa esquina mais movimentada que ela afinal parou, desanimada. Dessa vez, não pôde conter as lágrimas e, como não tinha lenço, enxugou-as com as costas das mãos.

— Olá, menina! Por que está chorando? — perguntou uma voz jovial. — Que é que há com você?

Aliviada, Poliana se viu diante de um garoto que carregava um monte de jornais debaixo do braço.

— Que bom encontrar você! — exclamou ela. — Estava querendo tanto ver alguém que não falasse holandês!

— Que holandês, nada! — O menino sorriu. — Aposto que são uns latinos.

— Bem, inglês é que não eram. — Poliana fez uma cara de incompreensão. — E não souberam responder às minhas perguntas... Talvez você possa. Sabe onde mora a senhora Carew?

— Não sei, não! Pode me revistar.

— O quê? — perguntou Poliana, sem entender.

— Estou brincando. — O menino sorriu de novo. — Nunca ouvi falar nessa dona.

— Será que alguém aqui sabe? — indagou Poliana. — Saí de casa para passear e me perdi. Já andei muito e não consigo descobrir a casa. Está na hora do jantar e ficando escuro. Preciso encontrar a casa... tenho de voltar.

— É mesmo? Isso me faz esquentar a cuca!

— Acho que a senhora Carew deve estar aflita.

— Escute aqui — disse o jornaleiro. — Sabe ao menos o nome da rua onde ela mora?

— Só sei que é uma avenida.

— Avenida? Bem, já melhorou. Sabe o número da casa? Faça força para se lembrar.

Poliana, desorientada, não respondeu.

— Quer dizer que você não sabe nem o número da casa onde mora? — admirou-se o garoto.

— Só lembro que tem um sete...

— Essa é boa! Sabe que tem um sete... e quer que eu reconheça a casa quando a tiver visto!

— Se eu pudesse vê-la, ia reconhecer logo — disse Poliana, esperançosa. — E acho que ia reconhecer a rua também, por causa do jardinzinho que há no meio dela.

Dessa vez foi o menino quem fez cara de espanto:

— Uma rua com um jardinzinho no meio?

— Sim, com árvores e grama, um caminho no meio e bancos...

— Já sei! — quase gritou o jornaleiro. — Você mora na avenida Commonwealth. Sabe o caminho, não?

— Não sei. Você sabe?

— Claro. Eu levo você até lá. Mas espere aqui, até que eu acabe de vender esses jornais todos.

— Quer dizer que você me leva para casa? — perguntou Poliana, ainda sem entender muito bem.

— Ora, vai ser canja, se você reconhecer a casa.

— Conheço a casa, ora! — exclamou Poliana. — Mas que negócio de canja é este? Onde é que tem canja?

O menino lançou-lhe um olhar de desdém e sumiu no meio da multidão. Logo depois, Poliana ouviu os seus gritos estridentes:

— Jornais! *Herald*! *Globe*! Quer um jornal, senhor?

Poliana deu um suspiro de alívio e encaminhou-se para um vão de porta. Estava cansada, mas contente: apesar de todos os contratempos que enfrentara, confiava no garoto e tinha certeza de que ele a levaria para casa. "É um menino simpático e bonzinho", pensou, acompanhando com os olhos a desenvoltura do pequeno jornaleiro por entre a multidão. "Fala umas palavras esquisitas, mas foi bom tê-lo encontrado."

O rapazinho logo voltou, com as mãos vazias e dizendo:

— Vamos, menina. Vamos ter de ir a pé!

Os dois caminharam em silêncio a maior parte do tempo. Pela primeira vez na vida, Poliana se sentia cansada demais para falar e o menino procurava seguir o caminho mais curto para levá-la à casa. Quando chegaram ao Passeio Público, Poliana exclamou:

— Conheço este lugar! Passei uma tarde muito agradável aqui, hoje. Minha casa fica bem pertinho. Agora, eu sei.

— Não lhe disse que ia levar você até a avenida? Agora, trate de identificar a casa.

— Eu sei qual é a casa! — afirmou Poliana, certa de que se encontrava em lugar conhecido.

Era noite fechada quando Poliana subiu a escada da casa. O jornaleiro tocou a campainha, a porta se abriu e Poliana se viu diante de Mary, Ruth Carew, Bridget e Jennie. As quatro estavam lívidas — a ansiedade estampada nos olhos.

— Onde é que você se meteu, menina? — perguntou Ruth.

— Só fui dar um passeio e me perdi — começou a explicar a menina. — E este garoto...

— Onde foi que a encontrou? — atalhou a viúva, dirigindo-se ao jornaleiro que, embasbacado, olhava para o vestíbulo, todo iluminado. — Onde foi que você a encontrou?

Por um breve instante, o rapazinho encarou a viúva e, depois, seus olhos pareceram piscar. Respondeu, com seriedade:

— Encontrei a menina na praça Bowdoin, acho que ela vinha da Zona Norte, pois me disse que aqueles latinos não lhe tinham ensinado o caminho. Então, tive de trazê-la até aqui, madame.

— Esta menina sozinha na Zona Norte! — exclamou Ruth.

— Não estava sozinha — disse Poliana. — Havia muita gente. Não é, menino?

Mas o menino, de carinha brejeira, já estava saindo.

Na meia hora seguinte, Poliana aprendeu muita coisa. Aprendeu que meninas bem-educadas não andam sozinhas em cidades desconhecidas, nem se sentam em bancos de praça para conversar com estranhos. Ficou sabendo também que tinha sido por um "milagre maravilhoso" que voltara para casa naquela noite, que escapara de muitas consequências desagradáveis, que Boston não era Beldingsville e que não podia, nunca mais, se esquecer disso.

— Mas, senhora Carew — argumentou —, estou aqui e nada aconteceu comigo. Acho que devia estar muito alegre por isso, em vez de ficar pensando em coisas ruins que podiam ter acontecido.

— Está bem, Poliana, acho que sim... acho que sim — admitiu a viúva. — Mas você me pregou um susto tão grande que quero ter certeza, certeza absoluta, de que não fará isso de novo. Agora venha, querida, você deve estar morrendo de fome.

Somente quando já caía no sono foi que Poliana murmurou, com voz arrastada:

— O pior de tudo é que nem ao menos perguntei como aquele menino se chama, nem onde ele mora. Agora, não posso nem mesmo dizer a ele: "Muito obrigada!"

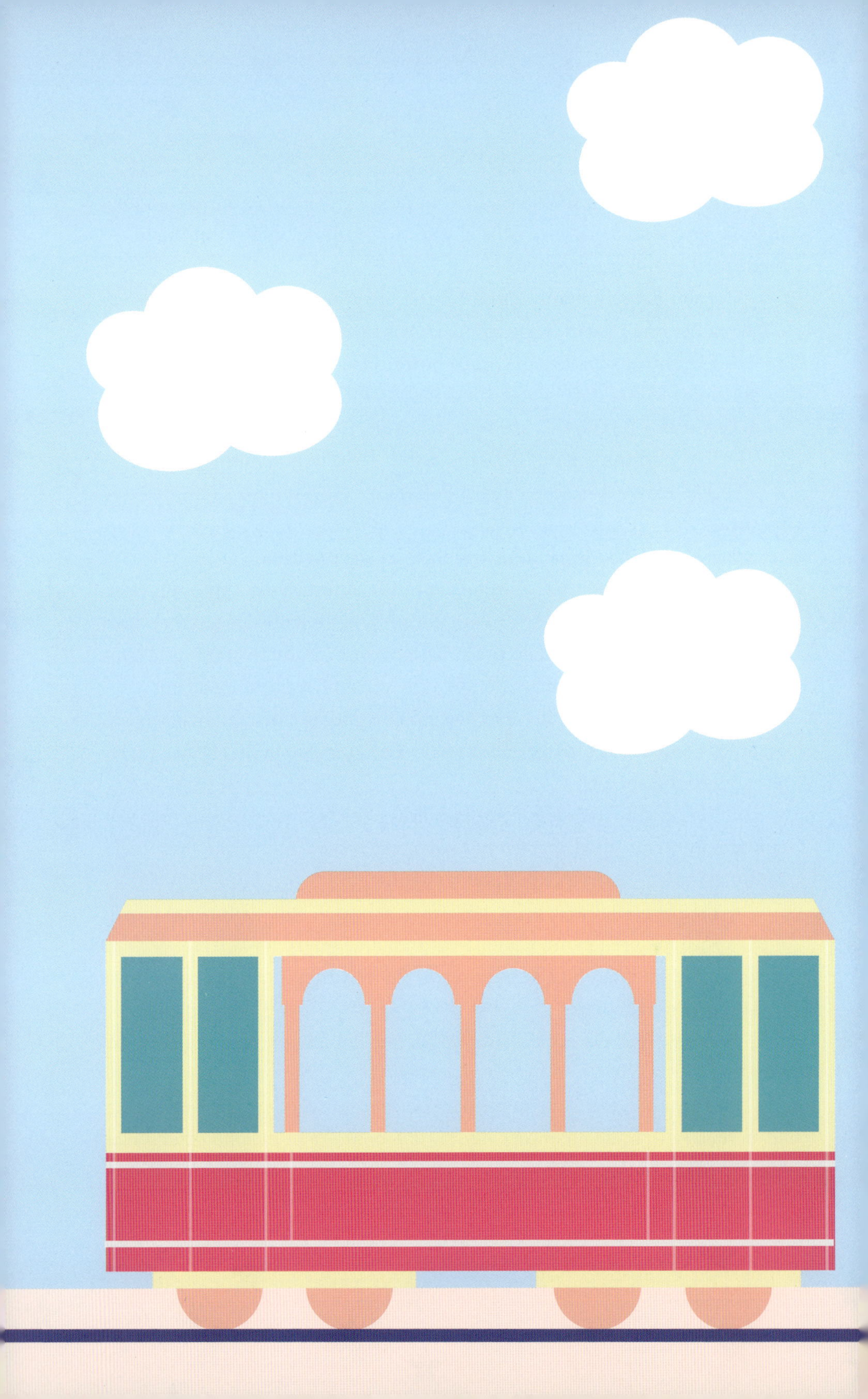

CAPÍTULO 7
UM NOVO CONHECIDO

Depois do complicado passeio, as andanças de Poliana passaram a ser vigiadas. A não ser para ir à escola, ela não podia sair de casa, somente em companhia de Mary ou da própria Ruth. Para a menina, contudo, nada tinha de desagradável o fato: gostava tanto da senhora Carew como de Mary e se deleitava em sua companhia. E as duas mostravam boa vontade. Até a viúva passara a se esforçar para distraí-la, depois do susto que passara e da sensação de alívio que se seguira.

Assim, em companhia de Ruth Carew, Poliana foi a concertos e matinês, visitou a Biblioteca Pública e o Museu de Belas Artes. E, acompanhada de Mary, fez muitos passeios "para conhecer Boston" e visitou o Palácio do Congresso e a Velha Igreja do Sul.

Por mais que gostasse do automóvel, Poliana preferia os bondes, como, surpreendida, Ruth Carew descobriu certa vez.

— Vamos de bonde? — perguntou Poliana.

— Não. Perkins vai nos levar — respondeu a viúva que, notando o desapontamento de Poliana, tratou de acrescentar: — E eu pensei, mocinha, que você gostasse de andar de automóvel!

— Gosto — respondeu Poliana. — Só não disse porque, naturalmente, é mais barato do que o bonde...

— Mais barato que o bonde?! — espantou-se Ruth, interrompendo a outra.

— E não é? O bonde custa cinco centavos por pessoa, e o carro não custa nada, pois é seu. É claro que gosto muito de andar de carro — acrescentou, antes que a senhora Carew pudesse falar. — Só que no bonde tem muita gente, e é divertido olhar para as pessoas. A senhora não acha?

— Bem, Poliana, não concordo. — E a viúva afastou-se.

Aconteceu que, dois dias depois, ouviu falar de novo a respeito de Poliana e dos bondes, dessa vez pela boca de Mary.

— É estranho, senhora — disse a criada em resposta a uma pergunta da patroa. — A senhorita Poliana atrai a atenção de todo mundo sem fazer o menor esforço. Não que ela faça alguma coisa. Acho que é só porque ela é tão alegre, tão satisfeita da vida. Só a senhora vendo! Quando ela entra num bonde, cheio de passageiros e até de crianças choronas, em cinco minutos tudo fica diferente. As pessoas param de discutir e as crianças deixam de chorar. Às vezes é alguma coisa que a menina me diz e eles ouvem. Ou o modo como ela agradece a alguém que insiste em lhe ceder o lugar... e estão sempre fazendo isso, quer dizer, agora... nos cedendo o lugar. Ou então quando ela sorri para uma criança ou para um cachorro. Os cães abanam o rabo para ela, e as crianças lhe sorriem e procuram se aproximar dela. Uma alegria, a senhora nem imagina. Só vendo.

— É... muito engraçado... — murmurou a viúva, e se afastou.

Naquele ano, o mês de outubro foi particularmente ameno, quase quente, com dias lindos, e logo ficou evidente que era preciso muito tempo e paciência para satisfazer a necessidade que Poliana tinha de passear, para apreciar o bom tempo. Se Ruth Carew dispunha de todas as horas que quisesse, faltava-lhe paciência, e não permitia que Mary se ocupasse em acompanhar os caprichos e as fantasias da menina.

Naturalmente, seria impossível manter Poliana em casa, naquelas maravilhosas tardes de outubro. Assim, em pouco tempo, ela se viu de novo, e sozinha, no Passeio Público de Boston. Aparentemente, estava livre, mas, de fato, era prisioneira de altas muralhas de regras e imposições: não devia conversar com estranhos, nem brincar com crianças desconhecidas e, em hipótese alguma, sair do parque, a não ser para tornar à casa. Mary, que a levara ao Passeio Público, certificara-se de que ela conhecia bem o caminho de casa, que começava exatamente no cruzamento da avenida Commonwealth com a rua Arlington. E ela tinha de voltar para casa assim que o relógio da torre da igreja marcasse quatro e meia da tarde.

Depois disso, Poliana foi muitas vezes ao Passeio Público. De vez em quando, com colegas de escola, mas, a maior parte sozinha. A despeito de algumas restrições, divertia-se bastante. Olhava para as pessoas, ainda que não lhes dirigisse a palavra, mas podia conversar com os esquilos, os pombos e os pardais, que surgiam em bandos para receber nozes e grãos de milho que ela lhes levava. Procurava sempre os velhos amigos do primeiro dia: o homem que ficara feliz por ter olhos, braços e pernas, e a moça que não quisera acompanhar o rapaz bonito. Nunca mais os viu, porém. Com frequência, via o menino na cadeira de rodas e tinha vontade de conversar com ele. O menino também alimentava os pombos, passarinhos e esquilos — e os pombos chegavam a pousar em sua cabeça, enquanto os esquilos procuravam nozes em seus bolsos. Mas Poliana sempre notava uma circunstância estranha: a provisão de alimentos se esgotava logo e o menino não escondia sua decepção, a mesma dos esquilos que lhe revolviam os bolsos e, no entanto, não tratava de remediar a situação — levando mais alimento no dia seguinte. Para Poliana, isso não passava de descuido.

Quando não estava brincando com os bichinhos, o menino ficava lendo, sempre. Em sua cadeira de rodas havia sempre dois ou três livros, já estragados, e uma ou duas revistas. Ele parava sempre no mesmo lugar, e Poliana ficou curiosa de saber como ele chegava até lá. Afinal, num dia inesquecível, descobriu. Era feriado escolar e ela foi mais cedo para o Passeio. Logo depois que chegou, viu o menino sendo empurrado na cadeira de rodas por outro menino de nariz chato e cabelos louros. Ao ver o rosto do menino louro, Poliana soltou um grito de alegria e foi ao seu encontro:

— É você?! Eu o conheço, embora não saiba o seu nome! Você me achou, lembra-se? Estou muito contente de encontrá-lo de novo. Queria tanto lhe agradecer!

— Puxa! É a menina da avenida que se perdeu! — exclamou o rapazinho. — E então? Está perdida de novo?

— Não, ora! — Poliana dançava de tanta alegria. — Nunca mais vou me perder, pois não posso me afastar daqui. Também não devo falar com os outros. Só que com você eu posso, é meu conhecido. E posso falar com ele também, se você me apresentar — acrescentou, olhando para o menino inválido, que sorria.

— Está ouvindo? — perguntou, dando um tapinha no ombro do garoto. — Ela está querendo ser apresentada a você. Madame — e assumiu uma atitude pomposa —, este aqui é meu amigo, *Sir* James, lorde do beco Murphy...

— Deixe de tolice, Jerry! — interrompeu-o o inválido, voltando-se para Poliana e acrescentando: — Já a vi aqui muitas vezes antes. Fico olhando quando você dá comida aos pombos e aos esquilos, e sempre traz tanta coisa! Acho que você também gosta mais de *Sir* Lancelote. Claro que há *Lady* Rowena, também, mas ontem ela não foi muito amável com Guinevere, tomando-lhe o jantar. Não acha?

Poliana franziu a testa, piscou os olhos e ficou olhando para um e para o outro, sem entender. Jerry deu uma risada e, depois, com um impulso mais forte na cadeira de rodas para colocá-la em sua posição habitual, preparou-se para se afastar, deixando o inválido. Antes, olhou para Poliana e disse:

— Pode ficar sossegada. Esse cara não está bêbado nem é doido. Esses são os nomes que ele dá a seus amiguinhos — explicou, apontando os bichos que se aproximavam de todos os lados. — E nem ao menos são nomes de gente, mas tirados dos livros que vive lendo. Sabe de uma coisa? Ele prefere passar fome a deixar de dar comida aos bichinhos. Não é incrível? Divirta-se, *Sir* James — acrescentou, dirigindo-se ao pequeno inválido. — Até logo!

Poliana continuava imóvel, apenas piscando os olhos. Então, o inválido lhe disse, sorrindo:

— Não ligue para o Jerry… ele é assim mesmo, gosta de brincar com as pessoas. Onde foi que esteve com ele? Ele a conhece? Como você se chama?

— Meu nome é Poliana Whittier. Eu me perdi, e ele me encontrou e me levou para casa. — A menina parecia ainda atordoada.

— Jerry é muito prestativo. É ele quem me traz para cá todos os dias.

— Você não pode andar, mesmo, *Sir* James? — E uma expressão de simpatia desenhou-se no rosto de Poliana.

— *Sir* James?! — O inválido riu com gosto. — Isso é uma piada de Jerry! Não sou *Sir* coisa nenhuma, ora!

— Não? — Poliana ficou decepcionada. — Nem lorde, como ele falou?

— Claro que não.

— Pensei que você fosse como o pequeno lorde Fauntleroy, sabe? — explicou Poliana. — E…

— Conhece o pequeno lorde Fauntleroy? — interrompeu o inválido, entusiasmado. — E conhece *Sir* Lancelote, o Santo Graal, o rei Artur e a Távola Redonda, *Lady* Rowena, e Ivanhoé e todos?

— Bem… — Poliana não demonstrava o mesmo entusiasmo. — Acho que não conheço todos eles… Estão todos nos livros?

— Estão, sim. Eu tenho alguns aqui. Gosto de ler e reler esses livros… A gente sempre descobre uma novidade. Além do mais, são os meus únicos livros, e foram de meu pai. Ei, ladrãozinho, largue isto! — ralhou, risonho, com um esquilo que pulara em seu colo e enfiara o focinho em seu bolso. — Acho melhor dar logo o jantar deles, senão acabam comendo a gente! — brincou. — Este é *Sir* Lancelote, sempre o primeiro a aparecer.

O menino apanhou — e Poliana não viu de onde — uma caixa de papelão, que abriu com cuidado, ciente de que olhinhos brilhantes espreitavam cada gesto que fazia. Houve em torno um farfalhar de asas de pardais e pombos. *Sir* Lancelote, ágil e alerta, ocupava um dos braços da cadeira de rodas. Outro esquilo, menos atrevido, apoiava-se nas patas traseiras, a um metro de distância. Um terceiro, barulhento, estava no ramo de uma árvore próxima. O menino tirou da caixa algumas nozes, um pãozinho e um biscoito e, com um brilho nos olhos, perguntou a Poliana:

— Trouxe alguma coisa?

— Muita, aqui — respondeu a menina, mostrando a sacola que levara.

— Bem, nesse caso, acho que hoje vou comer o biscoito — disse o menino, devolvendo a guloseima à caixa.

Sem entender o significado desse gesto, Poliana enfiou a mão na sacola e o banquete começou. Para ela foi, de certo modo, a hora mais maravilhosa que já passara — encontrara alguém que falava mais depressa e por mais tempo do que ela mesma. Aquele estranho jovem tinha um inesgotável repertório de histórias de cavaleiros valentes e lindas damas, de torneios e batalhas. E fazia descrições tão vivas que Poliana tinha a impressão de estar vendo as façanhas, os cavaleiros cobertos de armadura e as damas com seus vestidos enfeitados de pedras preciosas — embora, na verdade, estivesse olhando para um bando de pombas e de pardais batendo as asas e para alguns esquilos correndo pela grama ensolarada.

Esquecidas ficaram as senhoras da Auxiliadora. Nem mesmo o jogo do contente foi lembrado. Com as faces coradas e os olhos faiscando, Poliana andava pelos tempos antigos, pela idade de ouro, levada por um rapazinho sonhador — embora ela não soubesse compensar com uma rápida hora de convivência agradável os terríveis e incontáveis dias de solidão e angústia.

Somente quando chegou a hora fixada pela senhora Carew é que ela voltou apressadamente para casa. Então, Poliana se lembrou de que nem ao menos ficara sabendo o nome do menino.

"Só sei que não é *Sir* James", pensou. "Mas não faz mal. Amanhã eu pergunto."

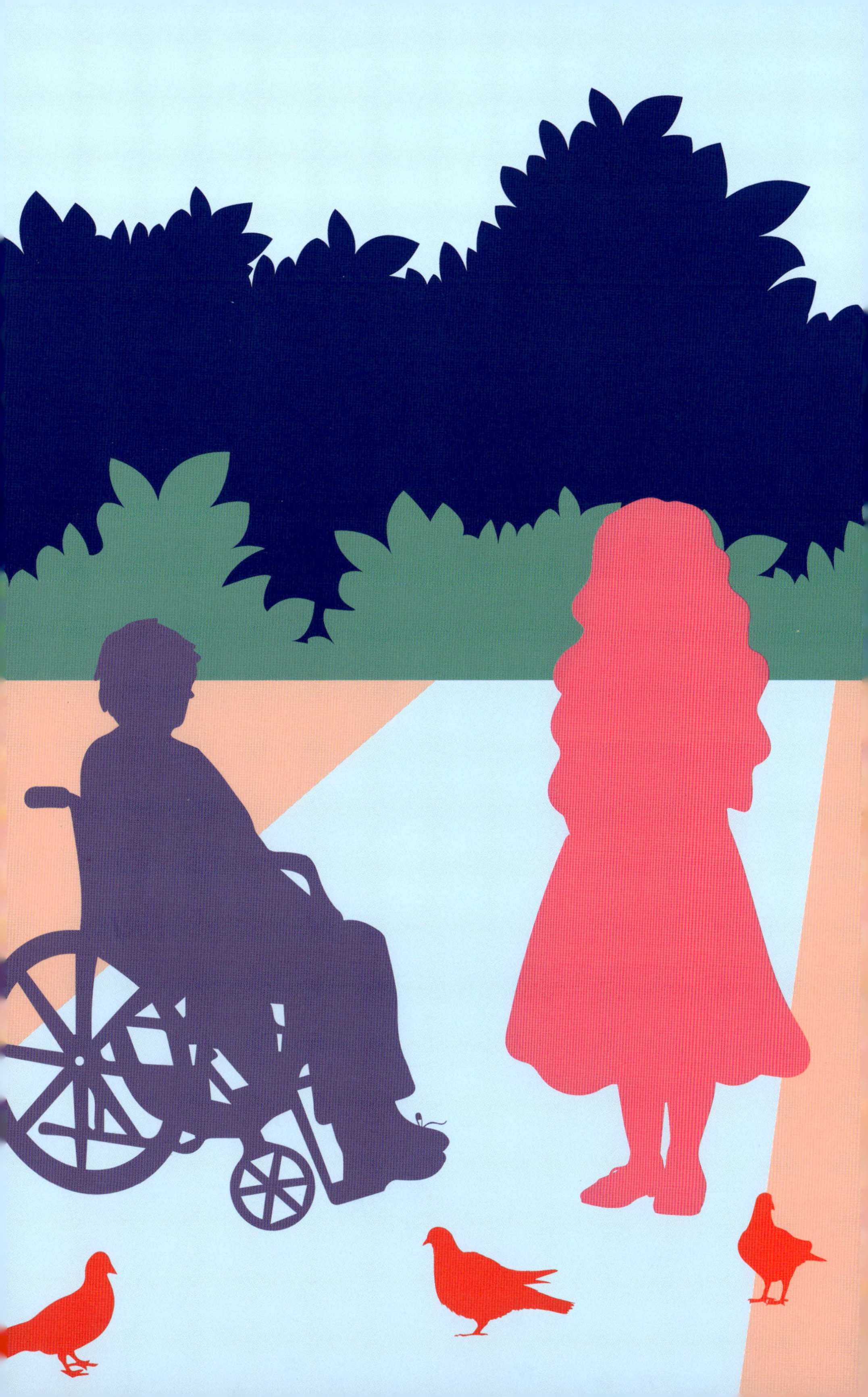

LIVRO DA ALEGRIA

DO JAMIE

CAPÍTULO 8
JAMIE

Poliana não viu o menino inválido no dia seguinte. Chovia, e ela não foi ao Passeio Público. A chuva continuou no outro dia e, no terceiro, também não o viu, pois, embora o sol tivesse voltado a brilhar e ela tivesse ido para o parque logo no começo da tarde, ele não apareceu. No quarto dia, porém, estava ele no lugar de costume e Poliana correu ao seu encontro, exclamando:

— Estou contente por ver você! Onde tem andado? Por que não veio ontem?

— Não pude — respondeu o menino. — Ontem passei muito mal.

Poliana notou que o menino estava pálido e teve pena dele:

— Passou mal? Sente alguma dor?

— Sim, como sempre — disse o inválido, em tom natural. — Em geral, posso suportar a dor e venho aqui. Só não venho quando a dor é muito forte, como ontem. Então, não consigo.

— E como você pode suportar a dor... sempre?

— Que posso fazer? — disse o rapazinho. — As coisas são como são e não como devem ser. De que adianta ficar pensando que podiam ser diferentes? Depois, quanto mais forte é a dor num dia, mais a gente sente a melhora no dia seguinte.

— Já sei! — exclamou Poliana. — É como o jo...

— Você trouxe alguma coisa para os bichos? — interrompeu o menino, ansioso. — Hoje não trouxe nada. Jerry não pôde economizar nem um níquel esta manhã, e na caixa não há comida nem mesmo para mim.

— Quer dizer que você não tem o que comer no almoço? — Poliana arregalou os olhos.

— Não — disse o menino, sorrindo. — Mas não se preocupe. Não é a primeira vez e nem vai ser a última. Estou acostumado. Ei! Lá vem *Sir* Lancelote.

Só que Poliana não estava preocupada com os esquilos.

— Não havia mais comida em sua casa? — quis saber.

— Por lá nunca sobra comida. — O menino deu uma risada. — Você sabe: Mumsey trabalha fora, fazendo faxina, de modo que come onde trabalha, e Jerry arranja qualquer coisa onde pode, a não ser de manhã e à noite. Então, come conosco... quando temos alguma coisa para comer.

Poliana ficou chocada e perguntou:

— Mas o que é que vocês fazem quando não têm o que comer?

— Ora, ficamos com fome!

— Nunca ouvi falar de alguém que não tivesse nada para comer — disse Poliana, com voz alterada. — Eu e meu pai éramos pobres e tínhamos de nos contentar com feijão e bolo de peixe, quando o que queríamos era comer peru. Mas sempre tínhamos alguma coisa. Por que então vocês não falam com os outros, com essa gente que mora nessas casas?

— Para quê?

— Para que lhe deem alguma coisa, naturalmente.

— Ora, menina! — O menino deu uma risada, meio esquisita dessa vez. — Ninguém que eu conheça dá bifes e bolos a quem pede. E se a gente não passar fome de vez em quando, não pode avaliar como pão com leite é gostoso. E não pode anotar isso em seu Livro da Alegria.

— Livro de quê?

— Nada! — exclamou o menino, agora sorrindo sem graça.

— Você falou em Livro da Alegria! — protestou a menina. — Quer me explicar o que é? Tem muitos cavaleiros e damas?

— Não — respondeu o menino, de cujos olhos tinha sumido a alegria. — Antes tivesse! Quando a gente não pode sequer andar, não pode travar batalhas e conquistar troféus, não pode receber sua espada e o galardão das mãos de uma linda dama…

Os olhos do rapazinho brilharam e ele levantou a cabeça, como se obedecesse ao toque de um clarim. Depois, tão depressa como chegara, o entusiasmo passou e ele voltou à sua apatia.

— A gente não pode fazer nada — disse, abatido. — Tem de ficar sentado, pensando. Às vezes, o pensamento pode fazer a gente sofrer. O meu faz. Sempre tive vontade de frequentar a escola e aprender muitas coisas, mais coisas do que Mumsey pode me ensinar. Fico pensando nisso. Queria correr e jogar bola com os outros meninos. E penso nisso. Queria vender jornais como Jerry. E penso nisso. Não queria depender dos outros a vida toda. E penso nisso.

— Eu sei, eu sei! — disse Poliana. — Eu também não fiquei sem poder andar durante algum tempo?

— Então você compreende. Só que você pôde caminhar de novo. E eu, não. Está vendo? — replicou o inválido, triste.

— Você ainda não me falou do Livro da Alegria — lembrou Poliana um instante depois.

— Não é nada de interessante, a não ser para mim — disse o rapazinho. — Você não iria se interessar. Comecei faz um ano. Sentia-me mais desanimado do que nunca, naquele dia. Nada dava certo. Fiquei com os meus pensamentos e, depois, apanhei um dos livros de meu pai, tentando me distrair. A primeira coisa que vi foram estes versos, que decorei e posso repetir agora:

Encontrarás prazer onde menos esperas;
Cada folha que da árvore cai no chão
Algo de alegre traz ao nosso coração.

E o inválido continuou:

— Fiquei furioso. Queria que o cara que escreveu os versos estivesse em meu lugar, para ver que espécie de alegria poderia encontrar nas minhas "folhas caídas". E resolvi provar que ele não sabia do que estava falando. Comecei a procurar que alegrias eu tinha na vida. Peguei um caderninho que Jerry me dera e comecei a anotá-las. Escrevia tudo o que de bom acontecia comigo. E então verifiquei quantas "alegrias" eu tinha.

O inválido fez uma pausa para respirar, e Poliana se mostrava muito interessada. Ele continuou:

— Não esperava que fossem muitas, mas, sabe de uma coisa? Arranjei bastantes. A primeira foi o próprio caderno que eu tinha ganhado. Depois, alguém me deu um vaso com uma flor e Jerry achou na rua um livro muito engraçado. Passei a achar divertido procurar e anotar. Às vezes eram coisas bem curiosas. Até que um dia Jerry descobriu o caderno e leu tudo o que eu havia escrito. Aí, pôs nele o nome de Livro da Alegria. É só isso.

— Só isso? — exclamou Poliana. — É o meu jogo! Você está fazendo o jogo do contente, sem saber. E jogando melhor do que eu! Eu não ia conseguir jogá-lo se não tivesse comida suficiente e não pudesse nunca mais andar.

— Jogo? Que jogo? — perguntou o menino, intrigado. — Não sei nada sobre o tal jogo.

— Bem, você não sabe, mesmo. É por isso que estou admirada. Escute. Vou lhe contar como é o jogo.

E contou, como já havia feito antes, tantas vezes.

— Sim, senhora! — exclamou o inválido, com admiração. — E agora, o que pensa disso?

— Bem, você está aqui jogando o meu jogo melhor do que qualquer pessoa, e ainda não sei como se chama. Quero saber tudo.

— Ora! Não há muito para saber. Além disso, lá estão o pobre *Sir* Lancelote e os outros à espera do jantar.

— É mesmo — disse Poliana, olhando para os bichos e, impaciente, virou a sacola de cima para baixo, espalhando o conteúdo aos quatro ventos. — Agora — continuou — eles já estão comendo. Em primeiro lugar, como se chama? Há muita coisa que preciso saber e podemos conversar. Sei que não se chama *Sir* James.

— Claro que não — concordou o rapazinho. — Mas é como o Jerry me chama, sempre. Mumsey e os outros me chamam de Jamie.

— Jamie? — Poliana ficou boquiaberta por um instante, um clarão de esperança brilhando nos olhos, logo seguindo-se a dúvida: — Mumsey quer dizer mãe?

— Isso mesmo.

A mocinha respirou, mais tranquila. Se Jamie tinha mãe, não podia, evidentemente, ser o Jamie da senhora Carew, cuja mãe falecera há muito. De qualquer modo, ele era muito interessante.

— Onde você mora? — indagou. — Há alguém mais em sua família, além de sua mãe e de Jerry? Vem aqui todos os dias? Cadê o Livro da Alegria? Posso vê-lo? Os médicos acham que você vai poder andar de novo? Onde foi que arranjou essa cadeira de rodas?

— Nossa! Quantas perguntas quer que eu responda ao mesmo tempo? Vou começar pela última e depois respondo às outras. Arranjei a cadeira há um ano. Jerry conhecia um jornalista e ele fez um apelo pelo jornal, dizendo que eu não podia andar e mais outras coisas... como o Livro da Alegria etc. O fato é que, quando eu menos esperava, apareceram umas pessoas empurrando esta cadeira de rodas e dizendo que era para mim. Tinham lido a notícia e traziam aquilo como presente.

— Você deve ter ficado um bocado contente!

— Se fiquei?! Gastei uma página inteira do Livro da Alegria escrevendo a respeito da cadeira.

— Nunca mais você vai poder andar? — Poliana tinha os olhos rasos d'água.

— Acho que não. É o que dizem.

— Ora, foi o que me disseram também, mas depois me mandaram para o doutor Ames. Fiquei lá quase um ano e ele me pôs caminhando de novo. Talvez ele possa ajudar você.

— Não pode — respondeu o inválido. — Não posso me tratar com ele, deve ser muito caro. Não faz mal, tento não pensar nisso. Sabe como é... quando a gente começa a pensar.

— Eu sei, é claro. E cá estou eu falando disso... — desculpou-se Poliana. — Já falei que você joga melhor do que eu o jogo do contente. Vamos adiante. Você ainda não me disse metade do que perguntei. Onde é que mora? Tem outros irmãos, ou somente Jerry?

— Bem... — E a expressão de Jamie se alterou. — Ele não é, realmente, meu irmão, nem meu parente. Mumsey também não é. Mas você não imagina como têm sido bons para mim!

— O quê? Então aquela Mumsey não é sua mãe?

— Não, e o que...

— Você não se lembra de sua mãe? — interrompeu Poliana, cada vez mais excitada.

— Não, não me lembro dela. Meu pai morreu há seis anos.

— Quantos anos você tinha?

— Não sei, era pequeno. Mumsey acha que eu devia ter uns seis anos. Foi então que eles ficaram comigo.

— E você se chama Jamie? — Poliana conteve a respiração.

— Isso mesmo. Já lhe disse.

— Como é o seu sobrenome? — perguntou a mocinha, tensa.

— Não sei.

— Como não sabe?!

— Não me lembro, eu era muito pequeno. Nem os Murphy sabem. Só sabem que me chamo Jamie.

Uma expressão de desapontamento surgiu no rosto de Poliana, mas uma ideia lhe veio de repente e ela disse:

— Se você não sabe qual é o seu sobrenome, não pode saber, então, que não é Kent!

— Kent? — perguntou o rapazinho, intrigado.

— Bem — continuou Poliana, excitada. — Há um menino chamado Jamie Kent que...

Calou-se subitamente, cerrando os lábios. Ocorrera-lhe a ideia de que seria melhor nada insinuar ainda a respeito da possibilidade de que ele podia muito bem ser o Jamie desaparecido. Seria melhor certificar-se de tudo, antes de alimentar uma expectativa. Do contrário, poderia causar aborrecimentos a Jamie, em vez de alegria. Nunca esquecera a decepção de Jimmy Bean quando fora obrigada a lhe dizer que as senhoras da Auxiliadora não queriam recebê-lo, e de novo, quando a princípio o senhor Pendleton também não queria acolhê-lo. Assim, assumiu um ar de completa indiferença e disse:

— Deixemos Jamie Kent de lado. Estou interessada em você.

— Não tenho muito o que contar, nada que valha a pena. Dizem que meu pai era esquisito e não gostava de conversar. Nem ao menos sabiam o seu nome. Todos o chamavam de "o Professor". Mumsey me disse que eu e ele morávamos num quartinho dos fundos da casa de cômodos onde ela também residia. Ela era pobre, mas não tão pobre como é agora. Naquele tempo, o pai de Jerry ainda era vivo e tinha um emprego.

— Continue! — pediu Poliana.

— Mumsey disse que meu pai era doente e ia ficando cada vez mais esquisito. Por isso, ela me levava para ficar lá embaixo com sua família, cada vez com mais frequência. Nessa época eu ainda podia andar, mas já tinha as pernas fracas. Ficava brincando com Jerry e com sua irmãzinha que morreu. Quando perdi meu pai, não havia ninguém para ficar comigo, e quiseram me levar para um orfanato. Mumsey disse que eu e Jerry embirramos. Bem, eles ficaram paupérrimos. O pai de Jerry tinha morrido e, apesar de tudo, ficaram comigo. Diga-me: existe gente melhor do que eles?

— São muito bons, mesmo — concordou Poliana. — Tenho certeza de que serão recompensados!

Poliana estava jubilosa, certa de haver encontrado o Jamie desaparecido. Só que ainda não podia falar. Antes, era preciso que Ruth Carew o visse. Depois, então... Nem mesmo a imaginação de Poliana seria capaz de prever a emoção da senhora Carew se encontrasse Jamie. Pôs-se de pé, sem se preocupar com *Sir* Lancelote, que estava em seu colo, à espera de ganhar mais algumas nozes.

— Agora tenho de ir — disse. — Amanhã eu volto. Talvez traga comigo uma senhora que você vai gostar de conhecer. Você vem amanhã, não é mesmo?

— Se o tempo estiver bom, venho. Jerry me traz aqui todas as manhãs. Eles se arranjam como podem e eu trago o almoço e fico até as quatro. Jerry é muito bom para mim!

— Eu sei! — concordou Poliana. — Talvez um dia você possa ser bom para ele também.

E com a enigmática insinuação, a mocinha se despediu.

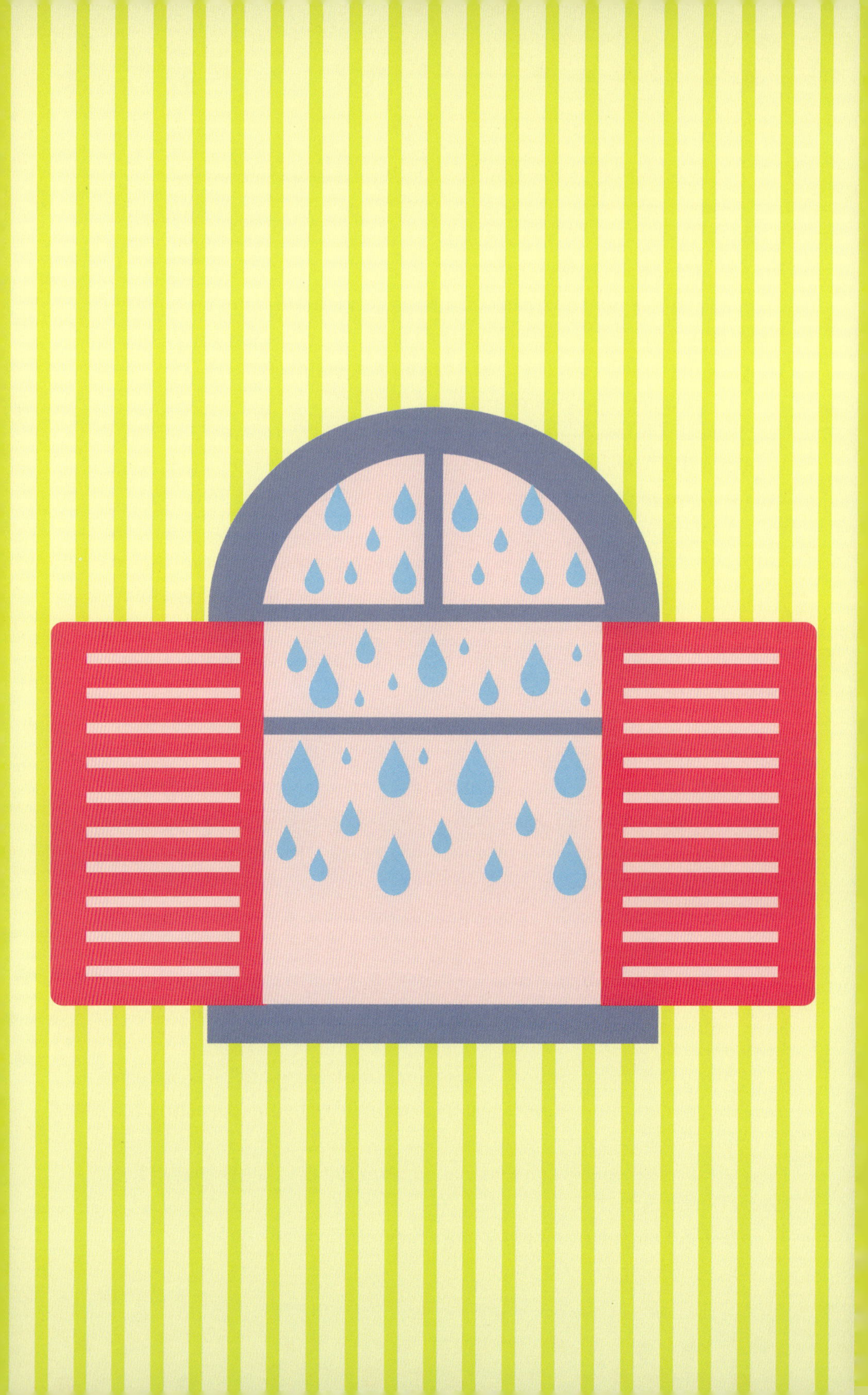

CAPÍTULO 9
PLANOS E PROVIDÊNCIAS

No caminho de casa, Poliana arquitetava altos projetos. Assim, no dia seguinte ou em outro qualquer, convenceria Ruth Carew a passear em sua companhia. Não sabia como fazer, mas haveria de convencê-la. Afastou a hipótese de dizer abertamente a Ruth que havia encontrado Jamie e que queria que ela se encontrasse com ele. Bem, podia ser que ele não fosse realmente o seu Jamie e, nesse caso — sobretudo se tivesse feito a viúva alimentar esperanças —, o resultado poderia ser um desastre. Poliana sabia, pois Mary lhe havia contado, que, por duas vezes, a senhora Carew passara mal depois da decepção de verificar que não eram seu sobrinho nenhum dos dois meninos que as circunstâncias levavam a crer que fossem. Assim, sabia que não convinha dizer à viúva por que a queria levar ao parque. E pensava: "Deve haver um meio!"

Mais uma vez o destino interveio, sob a forma de uma chuva torrencial. Bastou a Poliana olhar pela janela, na manhã seguinte, para compreender que não poderia ir ao Passeio Público naquela tarde. O pior é que no dia seguinte viu que as nuvens não se haviam dispersado, e ela teve de passar três tardes andando de janela em janela e perguntando a todos com quem falava:

— Não acha que o céu está clareando um pouco?

Tão estranho era seu comportamento e tão irritantes suas constantes perguntas sobre o tempo que, afinal, Ruth Carew perdeu a paciência e reclamou:

— Pelo amor de Deus, por que está assim, menina? Nunca a vi tão preocupada com o tempo. Que fez do famoso jogo do contente?

Embaraçada, Poliana corou e admitiu:

— Confesso que até me esqueci do jogo. Se há alguma coisa que possa me alegrar, tenho de procurá-la. Posso ficar alegre, sabendo que vai parar de chover. Deus disse que não mandará outro dilúvio. Queria tanto que hoje fosse um dia bonito!...

— Por que tanto interesse?

— Só queria ir ao Passeio Público — disse Poliana, tentando parecer natural. — Pensei... que talvez a senhora me acompanhasse.

Conseguiu, de fato, falar com naturalidade, embora estivesse tensa e ansiosa. A viúva estranhou:

— Eu? Ir ao Passeio Público? Não, obrigada, acho que não vou querer — completou, sorrindo.

— A senhora não pode se recusar! — exclamou Poliana.

— Já disse que não.

— Por favor, senhora Carew! — A menina empalideceu. — É tão agradável. Vá comigo, só uma vez!

A viúva fechou a cara. Ia repetir o "não", mas a expressão de súplica nos olhos de Poliana a fez mudar de ideia. Dos lábios, antes cerrados, saíram agora palavras de aquiescência:

— Está bem, menina. Faça como quiser. Prometo ir, mas só se você não chegar mais perto da janela e nem me perguntar se o tempo vai melhorar.

— Prometo! — apressou-se Poliana em dizer.

Foi então que uma pálida luz, quase um raio de sol, bateu na vidraça, e ela não conteve um grito de satisfação:

— Acho que o tempo está melhorando... Viva!

Calou-se e saiu correndo para fora da sala.

Na manhã seguinte, o tempo de fato melhorou. Mas, embora o sol brilhasse, fazia frio e, à tarde, quando Poliana voltou da escola, havia um vento forte. Apesar dos protestos, porém, insistiu em afirmar que o tempo estava ótimo e que ficaria muito triste se a senhora Carew não fosse ao Passeio Público com ela. Ruth, sob protesto, a acompanhou.

Mas foi um passeio infrutífero. A impaciente viúva e a ansiosa mocinha andaram, tremendo de frio, de um recanto para outro. (Não tendo encontrado o rapazinho no lugar de costume, Poliana empreendeu frenética busca por todos os recantos do parque. Era absurdo não encontrá-lo. Afinal, ela viera e conseguira trazer a senhora Carew. Jamie, porém, não era visto em parte alguma e, naturalmente, nada disso poderia ser dito à senhora.) Tiritando de frio e exasperada, a viúva insistiu em voltar para casa. Profundamente decepcionada, Poliana teve de concordar.

Os dias que se seguiram foram motivo de muita tristeza para Poliana. Uma chuva que, para ela, parecia um segundo dilúvio, e que, para Ruth Carew, não passava de uma "habitual chuva de verão", trouxe um céu cinza, coberto de nuvens escuras, e ora assumia a forma de uma chuvinha irritante, ora a de um verdadeiro aguaceiro. Se, por acaso, ocorria dia ensolarado, Poliana disparava para o Passeio. Mas em vão. Jamie não era encontrado. Novembro ia pela metade e o próprio parque mudara de aspecto: as árvores desfolhadas, os galhos quase secos e não se via um só barco no pequeno lago. Os pombos, é verdade, ainda estavam lá, como os pardais e esquilos, mas alimentá-los só causava tristeza — cada movimento de *Sir* Lancelote fazia lembrar aquele que lhe dera esse nome. E ele não estava ali.

"O pior é que não sei onde ele mora!", lamentava-se Poliana, repetidamente, enquanto os dias passavam. "Ele é Jamie, eu sei. Vou ter de esperar a volta da primavera, até que o tempo fique quente e ele possa vir aqui de novo. Então, talvez eu não possa vir. Que pena! Eu sei que ele é Jamie!"

O inesperado aconteceu, numa tarde sombria. Ao passar pelo vestíbulo superior, Poliana ouviu vozes furiosas discutindo. Uma das vozes era de Mary e a outra... a outra. Essa outra dizia:

— De modo algum! Deixe de ser metida a besta! Está entendendo? Quero ver aquela menina, Poliana. Tenho um recado de *Sir* James para ela. Trate de ir chamá-la!

Poliana deu um grito de alegria e desceu a escada, correndo e gritando:

— Estou aqui! Foi Jamie quem mandou você? — Em seu entusiasmo, já estendera os braços para abraçar o mensageiro, no que foi contida por Mary, muito formal.

— Senhorita Poliana, por favor! Não vai me dizer que conhece esse mendigo! — estranhou Mary.

Furioso, Jerry abriu a boca para responder, mas, antes que ele falasse, Poliana retrucou:

— Ele não é mendigo. Vem da parte de um dos meus melhores amigos. Além disso, foi ele quem me encontrou e me trouxe para casa, quando me perdi! — E, voltando-se para o rapazinho, perguntou: — Foi Jamie quem o mandou aqui?

— Ele mesmo. Deu com os burros n'água há um mês e desde então não se levantou.

— Deu com os burros n'água — espantou-se Poliana.

— Caiu de cama — explicou Jerry. — Está doente e quer ver você. Você vai?

— Está doente? Que pena! — compadeceu-se Poliana. — É claro que vou. Espere até eu apanhar o chapéu e o casaco. Já volto.

— Acha que a senhora Carew vai deixar a senhorita sair com um desconhecido? — perguntou Mary, horrorizada.

— Mas ele não é desconhecido — reagiu Poliana. — Já o conheço há muito tempo, e tenho de ir.

— Que está acontecendo aqui? — perguntou a viúva, aparecendo à porta da sala. — Quem é esse menino, Poliana, e o que faz aqui?

— Vai me deixar ir, não vai, senhora Carew? — indagou Poliana, quase chorando.

— Ir aonde?

— Ela vai ver meu irmão, senhora — atalhou Jerry, esforçando-se para ser cortês. — Ele não me deu sossego enquanto não vim procurá-la — acrescentou, apontando para Poliana.

— Posso ir, não posso? — implorou Poliana, enquanto a viúva fechava a cara.

— Sair com esse menino? É claro que não, Poliana. Como é que isso pode lhe passar pela cabeça?

— Eu queria que a senhora também fosse! — pediu Poliana.

— Que absurdo, menina. Impossível. Pode dar algum dinheiro ao menino se quiser...

— Obrigado, senhora. Não vim atrás de dinheiro. — Jerry se sentiu ofendido. — Vim atrás dela.

— Ele se chama Jerry, Jerry Murphy, o menino que me encontrou — explicou Poliana. — Não se lembra? Ele me trouxe para casa quando me perdi. E então, me deixa ir?

— De modo algum, Poliana — respondeu Ruth Carew.

— Mas ele diz que Ja... digo, que o outro menino está doente e quer me ver.

— Lamento muito.

— Eu o conheço, senhora Carew, é verdade. Ele lê muitos livros, uns livros lindos, com cavaleiros, lordes e damas, e dá comida aos pombos, aos pardais e aos esquilos, e põe nomes neles, só que não pode andar e fica sem ter o que comer, muitas vezes. E joga o jogo do contente há um ano, sem saber. Joga melhor do que eu. Para falar a verdade, tenho de me encontrar com ele — insistiu, quase chorando. — Não posso perdê-lo de vista novamente!

Vermelha de raiva, Ruth sentenciou:

— Isso é uma loucura! Estou estarrecida, vendo que você teima em fazer algo que desaprovo, Poliana. Não vou deixar você sair com esse menino. Por favor, não insista.

Nova expressão surgiu no rosto de Poliana. Com um olhar meio amedrontado e meio desafiador, ergueu a cabeça e encarou Ruth, falando, com voz trêmula mas resoluta:

— Nesse caso, tenho de lhe dizer. Não queria falar enquanto não tivesse certeza. Queria que a senhora o visse antes. Agora tenho que dizer. Não vou perdê-lo de novo. Eu acho que ele é Jamie, senhora Carew!

— Jamie?! Meu Jamie! — exclamou a viúva, lívida.

— Foi o que eu disse.

— Impossível!

— Escute, por favor. Ele se chama Jamie e não sabe o seu sobrenome. O pai morreu quando ele tinha seis anos e ele não se lembra da mãe. Deve ter agora uns 12 anos. Esse pessoal tomou conta dele quando o pai morreu. Seu pai era esquisito, nem disse àquela gente o seu nome e...

Ruth Carew a fez calar-se com um gesto. Estava muito pálida, mas seus olhos brilhavam.

— Vamos lá, agora mesmo — disse. — Mary, avise a Perkins para preparar o carro o mais depressa possível. Poliana, vá buscar o chapéu e o casaco. Menino, espere aí, por favor. Vamos com você. — E subiu a escada, às pressas.

— Puxa vida! — murmurou o menino. — Estou importante... Vou para casa de automóvel! Que dirá *Sir* James disso?

CAPÍTULO 10
NA CASA DOS MURPHY

Com o rumor característico das limusines de luxo, o carro de Ruth Carew deslizou pela avenida Commonwealth até a rua Arlington. Atrás, uma jovem de olhos brilhantes e uma senhora muito pálida.

Ao lado do motorista, ia Jerry Murphy, desordenadamente orgulhoso e insuportavelmente importante.

Quando o carro parou diante de um pardieiro, num beco escuro e sujo, o menino desceu e, imitando, desajeitado, a reverência que os motoristas particulares fazem, apressou-se em abrir a porta do carro, esperando que as damas descessem.

Poliana arregalou os olhos, compadecida com o que via em torno. Depois, desceu a viúva, horrorizada ao ver crianças sujas, maltrapilhas e doentias, que saíam falando e gritando dos sórdidos casebres. Jerry agitou os braços, furioso:

— Parem com isso! — gritou, tentando impedir a aglomeração em volta do carro. — Isto aqui não é um circo! Deixem a gente passar! Temos de entrar. A visita é para Jamie.

Quase em pânico, Ruth Carew pôs a mão trêmula no ombro de Jerry, exclamando:

— É aqui?! Não é possível.

O menino não ouviu. À custa de cotoveladas e empurrões, abria caminho por entre a multidão de crianças e, antes que a viúva percebesse o que estava acontecendo, ela se viu, com Jerry e Poliana, aos pés de uma escada quase em ruínas, no fundo de um corredor escuro e malcheiroso. Mais uma vez, Ruth estendeu o braço trêmulo, exclamando com voz rouca:

— Esperem! Nenhum de vocês pode dizer uma só palavra sobre... sobre a possibilidade de ele ser o menino que estou procurando. Primeiro, quero ver e conversar com ele.

— É claro! — concordou Poliana.

— Certo — disse Jerry. — Vou tratar de cair fora logo, para não incomodar a senhora. Pode subir a escada, e cuidado com os buracos. Pode-se encontrar algum menino dormindo por aí. O elevador não está funcionando hoje — acrescentou ironicamente. — A gente tem mesmo de subir a pé.

A viúva encontrou os "buracos" — tábuas quebradas que ameaçavam cair a qualquer instante — e viu um "menino", de uns dois anos, não dormindo, mas brincando com uma lata vazia, que fazia rolar pelos carcomidos degraus. Portas se abriam de todos os lados, ora furtivamente, ora com estrépito, sempre deixando ver mulheres descabeladas ou crianças imundas. Ouvia-se o pranto de uma criança e as ameaças bradadas por um homem. Por toda a parte, um cheiro de bebida ordinária, de repolho podre e de gente que não tomava banho. No alto do terceiro e último lance de escada, o menino parou diante de uma porta fechada, murmurando:

— Só estou imaginando o que *Sir* James vai dizer, ao ver o presente que trago para ele. Sei o que Mumsey fará: vai chorar de alegria, vendo Jamie tão contente. Aqui estamos, e é muita gente! — exclamou, escancarando a porta. — Ei, *Sir* James!

O quarto era diminuto, frio e triste, dolorosamente vazio, mas muito limpo. Não havia gente descabelada, nem crianças sujas, nem cheiro de bebida barata ou de repolho podre. Havia dois catres, três cadeiras quebradas, um caixote servindo de mesa e um fogão evidentemente incapaz de aquecer sequer aquele pequeno aposento. Numa das camas, estava um menino, com o rosto vermelho e os olhos brilhantes de febre. Ao lado, sentava-se uma mulher, magra, pálida, curvada e contorcida pelo reumatismo. A senhora Carew entrou no quarto e, para se equilibrar, parou por um momento, encostando-se à parede. Poliana adiantou-se, com um gritinho abafado, enquanto Jerry, com o anúncio de "Agora tenho de ir, até logo", atravessava a porta e desaparecia.

— Estou contente por tê-lo encontrado, Jamie! — exclamou Poliana. — Você não sabe como andei esses dias todos à sua procura. Sinto muito que você esteja doente.

— Eu não estou triste, mas satisfeito — disse Jamie, estendendo para ela a mão muito branca. — Por isso, você veio me ver, e já estou bem melhor. Mumsey, esta aqui é a menina que me falou sobre o jogo do contente. Mumsey também já está jogando — acrescentou, entusiasmado. — Ela estava chorando, de tanta dor nas costas. Nem pôde trabalhar. Depois, quando eu piorei, ela ficou alegre de não poder trabalhar, para ficar tomando conta de mim.

Então, a senhora Carew aproximou-se, com uma expressão ao mesmo tempo de temor e de esperança. Chegou bem perto do inválido.

— Esta é a senhora Carew, que eu trouxe para ver você, Jamie. — E Poliana apresentou Ruth ao enfermo.

Mumsey levantou-se, com esforço, e ofereceu uma cadeira à visitante, que aceitou sem lhe dar muita atenção: continuava com os olhos fitos no doente. Até que perguntou:

— Você se chama Jamie?

— Sim, senhora — respondeu o menino, encarando-a firme.

— E qual é o seu sobrenome?

— Não sei.

Pela primeira vez, a senhora Carew se dirigiu à outra mulher, que continuava, agora de pé, junto da cama. Perguntou:

— É seu filho?

— Não, senhora.

— A senhora não sabe o seu sobrenome?

— Não. Nunca soube.

Com um gesto de desalento, Ruth voltou a interrogar o rapazinho:

— Pense bem, faça um esforço. Não se lembra de alguma coisa sobre o seu nome, a não ser que é Jamie?

— Não, não me lembro — respondeu o inválido, intrigado com aquela insistência.

— Você não tem nada que pertencia a seu pai, algo que possa ter o nome dele? — indagou Ruth Carew.

— Nada havia que merecesse ser guardado, a não ser livros — atalhou a viúva Murphy. — Quem sabe se a senhora não quer vê-los? — E apontou para uma pilha de livros muito velhos, numa prateleira, acrescentando, sem conter a curiosidade: — A senhora sabe alguma coisa a respeito dele?

— Não... — murmurou Ruth, com voz abafada.

Atravessou o quarto até a prateleira. Não eram muitos livros, uns dez ou doze, no máximo. Havia um volume com peças de Shakespeare, um *Ivanhoé*, uma *Dama do Lago* em péssimo estado, um com poemas escolhidos, um Tennyson sem capa, um *O pequeno lorde* rasgado e dois ou três de história antiga e medieval. Mas, embora Ruth tivesse procurado em cada um, não encontrou nada de particular em nenhum deles. Nenhuma dedicatória, nenhuma anotação pessoal, nada. Com um suspiro, voltou-se para o enfermo e a outra mulher, que acompanhava seus movimentos com curiosidade. E disse, sentando-se:

— Quero saber tudo a respeito de vocês.

Os dois falaram a mesma história que Jamie havia contado a Poliana no Passeio Público. Pouca coisa era novidade e nenhuma significativa, por mais perguntas que Ruth fizesse. Então, Jamie lançou um olhar de ansiedade para a visitante e perguntou:

— A senhora conheceu meu pai?

— Não sei, acho que não. — Ruth fechou os olhos e levou a mão à testa.

Poliana não conteve um gritinho de decepção, diante do olhar de censura de Ruth, que, horrorizada, examinava a miséria do ambiente. Afastando o olhar da visitante, Jamie se deu conta, de súbito, de seus deveres de anfitrião. Disse a Poliana:

— Que bom você ter vindo! Como vai *Sir* Lancelote? Continua a alimentá-lo?

E como Poliana não respondesse, fixou os olhos num cravo maltratado, enfiado num vaso quebrado, no beiral da janela:

— Está vendo minha flor? Foi Jerry que encontrou. Alguém a jogou fora e ele apanhou. É linda e ainda tem perfume.

Poliana nem parecia ouvi-lo, apertando as mãos, nervosa.

— Não sei como você consegue fazer o jogo aqui, Jamie — disse, afinal, com voz alterada. — Creio que não pode haver lugar pior que este para se morar.

— Ora! Você precisa ver o quarto dos Pike, lá embaixo — respondeu Jamie, em tom seguro. — É bem pior do que isto aqui. Você nem imagina quanta coisa boa há neste quarto. No inverno, aqui bate sol mais de duas horas por dia, quando há sol, é claro. E da janela a gente pode ver um pedaço de céu. Seria ótimo se a gente pudesse continuar aqui. Estamos com medo de ter de sair...

— Sair?!

— É que estamos com o aluguel atrasado. Mumsey anda doente e, assim, não consegue ganhar nada — explicou Jamie, sem esconder a preocupação. — A senhora Dolan, lá de baixo, que guarda a cadeira de rodas, tem nos ajudado esta semana, mas não vai poder ajudar sempre. Assim, vamos ter de sair, a não ser que Jerry fique rico ou aconteça alguma coisa...

— Bem, mas não podemos... — começou Poliana, mas parou logo, pois Ruth Carew se pusera de pé, de repente.

— Vamos, Poliana — disse ela. — Temos de ir embora. Mas a senhora não vai ter que sair daqui — acrescentou, dirigindo-se à viúva Murphy. —

Vou mandar dinheiro e comida e expor o seu caso a uma das organizações de caridade a que pertenço e...

Calou-se, surpresa. A pobre mulher de corpo deformado pelo reumatismo quase se tornara petrificada — tinha os olhos luzindo:

— Não, muito obrigada, senhora Carew. Somos muito pobres, só Deus sabe, mas não vivemos de caridade alheia.

— Que tolice! — exclamou Ruth, irritada. — Estão sendo ajudados pela mulher lá de baixo. Foi o que o menino disse.

— Só que isso não é caridade — insistiu a mulher. — A senhora Dolan é minha amiga e sabe que eu posso lhe prestar um favor em troca, como já fiz antes. Ajuda de amigos não é esmola. Os amigos se preocupam com a gente, eis a diferença. Não fomos sempre tão pobres como somos agora, e isso nos faz sentir mais as coisas. Obrigada, mas não podemos aceitar o seu dinheiro.

Ruth não gostou do que ouviu. Passara uma hora decepcionante e desagradável, que a deixara exausta. Se nunca fora paciente, agora estava exasperada e terrivelmente cansada. Disse:

— Bem, se prefere assim... — E acrescentou, com uma vaga irritação: — Mas então por que não procura o senhorio e exige que ele torne isto aqui mais decente? Vocês têm direito a mais alguma coisa além de janelas quebradas, cobertas com jornais e molambos! E esta escada por onde vim é um bocado perigosa.

A senhora Murphy deu um suspiro — voltara a ser doente e fraca. Disse, em tom desanimado:

— Já tentamos, mas sem resultado. A única pessoa que vemos é o encarregado, e ele repete que o aluguel é muito baixo para que o proprietário gaste com obras de melhoramento.

— É um absurdo! — exclamou Ruth Carew, furiosa, como se encontrasse um meio de desabafar. — Desaforo! Acho até que é uma violação da lei, pelo menos aquela escada é. Vou tomar providências para que ele cumpra a lei. Como se chama o encarregado? E quem é o dono desta "confortável" residência?

— Não sei o nome do dono. O encarregado é o senhor Dodge.

— Dodge?! — exclamou Ruth Carew. — Henry Dodge?

— Sim, senhora. Acho que ele se chama Henry.

— Está bem — murmurou Ruth, já se retirando. — Vou providenciar. Vamos embora, Poliana.

Poliana se despedia de Jamie e, comovida, prometeu, antes de correr atrás da senhora Carew:

— Eu volto depois.

Após terem descido, com cuidado, a arruinada escada e de terem atravessado a porção de crianças e gente grande que cercava Perkins e a limusine, Poliana falou, quase implorando, enquanto Perkins batia a porta do carro:

— Por favor, senhora Carew, diga que ele é Jamie! Vai ser tão bom para ele se for Jamie!

— Ele não é Jamie!

— A senhora tem certeza? Que pena.

Fez-se um momento de silêncio, e Ruth Carew escondeu o rosto entre as mãos.

— Certeza, mesmo, não tenho — murmurou. — E isso é que é terrível. Acho que não é, estou quase convencida. Mas sempre há uma possibilidade... e isso está me matando.

— Nesse caso, não pode imaginar que ele é Jamie e fazer tudo como se fosse? — sugeriu Poliana. — Podíamos levá-lo para casa e...

Ruth interrompeu, irritada:

— Levar aquele menino para a minha casa, como se ele fosse Jamie? Nunca, Poliana! Não posso.

— Se a senhora não puder cuidar de Jamie, acho que ficaria contente em cuidar de alguém que, como ele, precisa de ajuda — insistiu Poliana.
— E se o seu Jamie estiver como esse aí, pobre e doente, a senhora não gostaria que alguém ficasse com ele, para tratar dele e...

— Não, não, Poliana, por favor... — gemeu Ruth, movendo a cabeça de um lado para o outro. — Quando penso que talvez o nosso Jamie esteja em algum lugar sofrendo como... — Não pôde completar a frase.

— É isso o que estou querendo dizer! — exclamou Poliana. — Não está vendo? Se aquele for o seu Jamie, claro que a senhora vai querer ficar com ele. Se não for, isso em nada prejudica o outro Jamie, quer dizer, cuidando desse aqui, e ele ficaria muito feliz. E quando encontrasse o Jamie verdadeiro, a senhora não iria perder nada, pois teria feito dois meninos felizes, em vez de um e...

— Cale-se, Poliana. Preciso pensar — interrompeu-a de novo a senhora Carew.

Poliana obedeceu, os olhos rasos de lágrimas e, com esforço, manteve-se assim por um minuto. Depois, não conseguiu conter as palavras:

— Nossa! Que lugar horrível aquele! Acho que o dono da espelunca devia morar lá, para ver o que é bom...

Ruth levantou a cabeça, de súbito, com a fisionomia transformada. Estendeu o braço para Poliana, num gesto que parecia de súplica, dizendo:

— Talvez ela não soubesse, Poliana. Tenho certeza de que ela não sabia... que era dona de um lugar igual àquele. Mas agora vai tomar providências...

— Ela?! — indagou Poliana. — A dona daquela casa é uma mulher? A senhora a conhece? E conhece também o encarregado?

— Sim — disse Ruth, com esforço. — Conheço os dois.

— Que bom! — exclamou Poliana, radiante. — Agora, tudo vai ficar bem.

— Pelo menos ficará melhor — assegurou Ruth Carew, enquanto a limusine parava diante de sua casa.

A senhora Carew falava como quem conhecia o assunto. E sabia muito bem o que dizia, muito mais do que se preocupou em transmitir a Poliana. Antes de se deitar, naquela noite mesmo, escreveu uma carta a um tal Henry Dodge, convocando-o com urgência para conversar com ela sobre certos reparos e modificações que deveriam ser feitos numa das casas de sua propriedade. Havia, na carta, frases duras a respeito de "janelas quebradas" e "escada quase desabando", frases que fizeram Henry Dodge soltar alguns palavrões em voz baixa, sem deixar, porém, de empalidecer de medo.

CAPÍTULO 11
UMA SURPRESA PARA RUTH CAREW

Tendo solucionado adequadamente a questão dos reparos na casa, a senhora Carew admitiu para si mesma que havia cumprido seu dever e que o assunto estava encerrado. O menino não era Jamie e nem podia ser. Aquele menino sujo, ignorante e inválido, filho de sua irmã? Impossível. Podia esquecer o caso. Mas Ruth Carew esbarrou em um obstáculo intransponível: não conseguia esquecer. Parecia ouvir sempre a mesma indagação: "E se ele fosse Jamie?" E havia também a presença de Poliana, pois embora Ruth pudesse (como pôde) calar as súplicas da mocinha, não podia livrar-se da angústia e das censuras que lia em seus olhos.

Por duas vezes, Ruth voltou a visitar o menino, dizendo a si mesma que bastaria outra visita para convencer-se de que ele não era a pessoa que procurava. Todavia, embora achasse que estava certa, na presença do menino renascia em sua consciência a mesma dúvida, assim que se afastava. Afinal, desesperada, escreveu à irmã, expondo tudo o que acontecera. Depois de relatar os fatos, encerrou a carta:

Não queria lhe contar, ou afligi-la, ou alimentar falsas esperanças. Tenho certeza de que não é ele; ao mesmo tempo, acho que não tenho tanta certeza assim. Por isso, queria que você viesse, é preciso que venha vê-lo.

Não sei o que você vai dizer. É certo que não vemos Jamie desde quando ele tinha quatro anos. O tal menino tem 12, ao que parece — ele mesmo não sabe sua idade. Seus cabelos e seus olhos não são diferentes dos de Jamie. Ele está inválido, devido a uma queda, há seis anos, e o problema se agravou por causa de outra queda, quatro anos mais tarde. Parece impossível conseguir-se uma descrição completa de seu pai. O que pude saber não leva a qualquer conclusão pró ou contra a hipótese de que se trata do marido de Doris. Ele era chamado de "o professor", um tipo esquisito e que nada mais deixou do que alguns livros. Isso pode ou não significar alguma coisa. Sem dúvida, John Kent era muito estranho e tinha um temperamento de boêmio. Não lembro se gostava ou não de livros. Você se lembra? Naturalmente, o título de "professor" podia muito bem aplicar-se a ele, se o quisesse, ou pode simplesmente ter lhe sido dado por outras pessoas. Quanto ao tal menino, não sei de nada mais e tenho esperança de que você descubra quem é!

Sua angustiada irmã,
Ruth

Della seguiu para Boston imediatamente e foi logo ver o menino. Não chegou a qualquer conclusão. Como sua irmã, achou que não era Jamie, mas, admitia, havia a possibilidade de que fosse, afinal. Como Poliana, contudo, achava, que havia um modo satisfatório de encarar o problema. Propôs à irmã:

— Por que não fica com ele, querida? Por que não o traz para casa e o adota? Seria ótimo para ele, coitadinho...

— Não posso! — interrompeu Ruth. — Quero o meu Jamie e mais ninguém — acrescentou, em tom lamuriento.

Então Della encerrou o assunto e voltou à enfermagem. Mas se Ruth pensava que o caso terminara, enganava-se. Não tinha sossego de dia, o sono lhe custava a vir de noite e, quando vinha, era cheio de pesadelos em que um "pode ser", ou um "talvez seja" se confrontavam com um "é sim". Depois, sua convivência com Poliana se tornara difícil.

A mocinha estava cheia de dúvidas e inquietação. Pela primeira vez na vida, travara conhecimento com a pobreza e a miséria. Conhecera pessoas que não tinham o suficiente sequer para comer, que usavam andrajos e viviam em horríveis casas de cômodos, velhas e sujas, em quartinhos diminutos, sem móveis. Seu impulso inicial fora "ajudar". Em companhia de Ruth Carew, fez duas outras visitas a Jamie, e ficou alegre ao ver que as condições tinham mudado, depois que "aquele Dodge" tinha "dado um jeito nas coisas". Para Poliana isso não passava de uma gota d'água no oceano. A rua era cheia de homens de aspecto doentio, de mulheres miseráveis, crianças esmolambadas — todos vizinhos de Jamie. Cheia de confiança, sugeriu à senhora Carew que também os ajudasse.

— Como?! — exclamou Ruth, ao saber o que pensava a mocinha. — Você quer mesmo que a rua inteira ganhe pintura nas paredes de suas casas e escadas novas? Mais alguma coisa?

— Sim, senhora. Muitas coisas — disse Poliana. — Eles precisam de tudo. E ficariam alegres se conseguissem. Eu queria muito ser rica para ajudar essa gente. Mas fico tão alegre como a senhora, porque a senhora pode ajudá-los.

A senhora Carew ficou boquiaberta. Não perdeu tempo — embora tenha perdido um pouco a paciência — em explicar que não tinha a intenção de promover melhoramento algum no "Beco dos Murphy" e nem tinha motivos para tal. Já fora bastante generosa pelo que fizera na casa em que moravam Jamie e os Murphy. (Não achou necessário esclarecer que era a dona do imóvel.) Explicou a Poliana que havia instituições de caridade, numerosas, com a finalidade de socorrer os pobres, e que ela contribuía com liberalidade para tais instituições.

Mas Poliana não se deu por vencida:

— Não vejo em que é melhor as pessoas se reunirem numa associação para fazer o que cada uma podia fazer por conta própria. Seria melhor, por exemplo, eu dar agora um bom livro a Jamie do que deixar que uma sociedade o fizesse. E tenho certeza de que ele também ficaria mais contente se recebesse o presente de mim.

— É provável — disse Ruth, um tanto enfastiada. — Mas é bem possível que seria melhor para Jamie se o livro lhe fosse dado por pessoas que sabem o tipo de livro que mais lhe convém.

Isso a levou a falar muito (sem que Poliana entendesse) a respeito dos problemas de "levar os pobres à mendicância", dos "males da esmola indiscriminada" e dos "efeitos perniciosos da caridade desorganizada". E acrescentou, diante de uma Poliana perplexa:

— Depois, é muito provável que, se eu ajudasse aquela gente, muitos não aceitariam a ajuda. Não viu com a viúva Murphy recusou meu oferecimento de lhe mandar roupa e comida, embora aceitasse os favores da sua vizinha do primeiro andar?

— Bem, há uma coisa que não entendo… — replicou Poliana. — Não me parece direito que *nós* tenhamos tanta coisa boa e eles nada ou quase nada tenham.

À medida que o tempo passava, tal sentimento se fortalecia na mente de Poliana. E as perguntas e comentários que fazia em nada contribuíam para aliviar o atribulado espírito da própria Ruth Carew. Até mesmo o jogo do contente pouco funcionava, como observou Poliana:

— Não vejo nessa questão da miséria uma coisa que possa dar alegria para a gente. Claro que podemos ficar contentes por não sermos miseráveis também, mas ao mesmo tempo em que fico alegre por isso, fico triste por causa deles, que não podem ser alegres. E poderíamos ficar alegres sabendo que há pobres, porque poderíamos ajudá-los. Se não os ajudamos, o que é que pode ser alegre?

E Poliana não encontrava quem lhe pudesse dar uma resposta.

Fez a pergunta diretamente a Ruth Carew, e esta, ainda impressionada com as visões sobre Jamie, tornou-se mais nervosa, infeliz e desesperada. Nem sentiu alívio com a aproximação do Natal. Não havia manifestações de júbilo e alegria capazes de amenizar seu sofrimento ou de tornar menos dolorosa a falta de Jamie e a incerteza de seu destino.

Então, uma semana antes do Natal, Ruth travou consigo mesma o que julgou ser a última batalha. Com decisão, e sem que seu rosto refletisse uma alegria real, deu ordens a Mary e mandou chamar Poliana, a quem anunciou:

— Escute. Resolvi ficar com Jamie. O carro está chegando e eu vou buscá-lo. Se você quiser, pode ir comigo.

— Que bom! — A fisionomia de Poliana transfigurou-se. — Estou tão feliz que sinto vontade de chorar! Não acontece o mesmo com a senhora?

— Não sei, não tenho certeza — disse Ruth, distraída e sem sombra de contentamento, ainda, no rosto.

Chegando ao quartinho dos Murphy, não levou muito tempo para, em poucas palavras, contar a história do Jamie desaparecido e da esperança de que aquele Jamie pudesse ser o que procurava. Não fez segredo de suas dúvidas e, em seguida, anunciou que resolvera levá-lo para sua casa para cuidar dele. Depois, sem maior entusiasmo, expôs os planos que tinha em relação ao rapazinho. Aos pés da cama, a viúva Murphy chorava em silêncio. Do outro lado do quarto, Jerry soltava, vez por outra, uma exclamação de espanto.

Quanto a Jamie, a princípio ouvira com ar de quem se vê de repente diante de uma porta que se abre para o sonhado Paraíso. Mas na medida em que Ruth falava, uma expressão nova surgiu em seus olhos. Devagar, ele os fechou e virou o rosto.

Quando a senhora Carew parou de falar, fez-se um prolongado silêncio, até que Jamie se voltou e disse, quase chorando:

— Muito obrigado, senhora Carew, mas não posso ir.

— Não pode ir?! — Ruth parecia duvidar do que ouvia.

— Jamie! — exclamou Poliana, desolada.

— Que é isso, menino? — acudiu Jerry. — Você vai ver como é bom, quando puder ver!

— Eu sei, mas não posso ir... — insistiu o menino.

— Jamie, pense bem. Pense no que isso significa para você — implorou a viúva Murphy, nos pés da cama.

— Já pensei — respondeu Jamie. — Acham que não sei o que estou fazendo, do que estou desistindo? — E, depois de uma pausa, dirigiu os olhos úmidos para Ruth Carew: — Não posso deixar que a senhora faça isso por mim. Se a senhora quisesse realmente, estaria bem. Mas a senhora não me quer. Quer o verdadeiro Jamie e não eu. A senhora acha que eu não sou o Jamie que procura. Posso ver isso em seu rosto.

— Eu sei — admitiu Ruth Carew. — Mas... mas...

— E não é como se... como se eu fosse igual aos outros e pudesse andar — interrompeu o inválido. — A senhora ia se cansar de mim em pouco tempo e eu teria de entender. Não posso suportar a ideia de ser... um estorvo para a senhora. Naturalmente, se a senhora quisesse mesmo, como Mumsey... — cortou a frase, estendeu o braço e, contendo um soluço, virou o rosto de novo. — Eu não sou o Jamie que a senhora quer. Não posso ir.

Dizendo isto, o rapazinho cerrou o punho com tanta força que o sangue lhe fugiu da mão, fazendo com que sua alvura se destacasse sobre o escuro e esfarrapado xale que lhe servia de cobertor.

O silêncio era tenso. Então, Ruth Carew se levantou, com as faces descoloridas. Mas havia em seu rosto algo que sufocou o soluço que chegava aos lábios de Poliana.

— Vamos embora, Poliana! — foi tudo quanto disse.

— Vá ser burro assim no inferno! — resmungou Jerry Murphy para Jamie, logo que a porta se fechou à saída das visitantes.

Jamie só fazia chorar, como se aquela porta fosse a que se abria para o Paraíso e que agora se fechava para sempre.

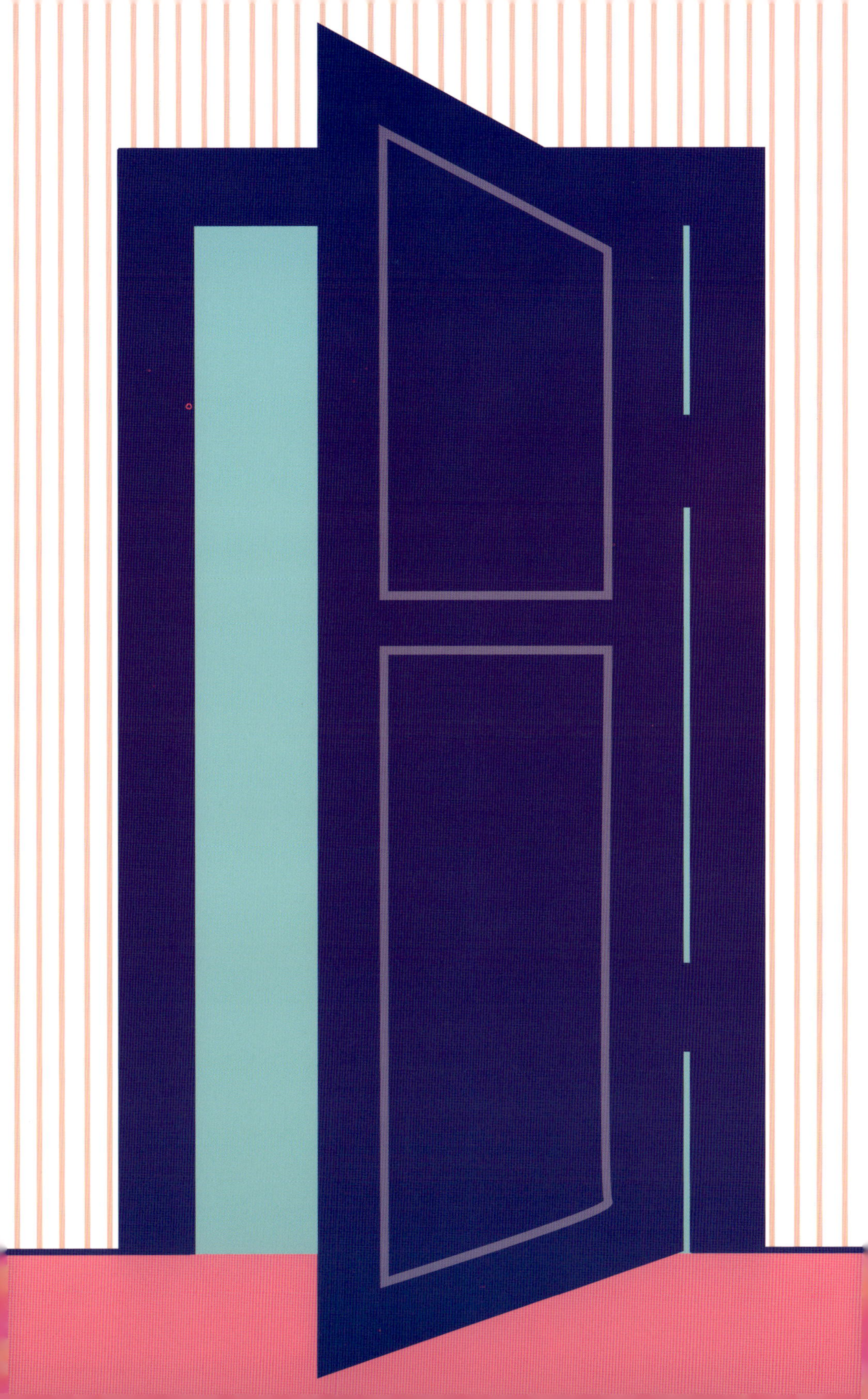

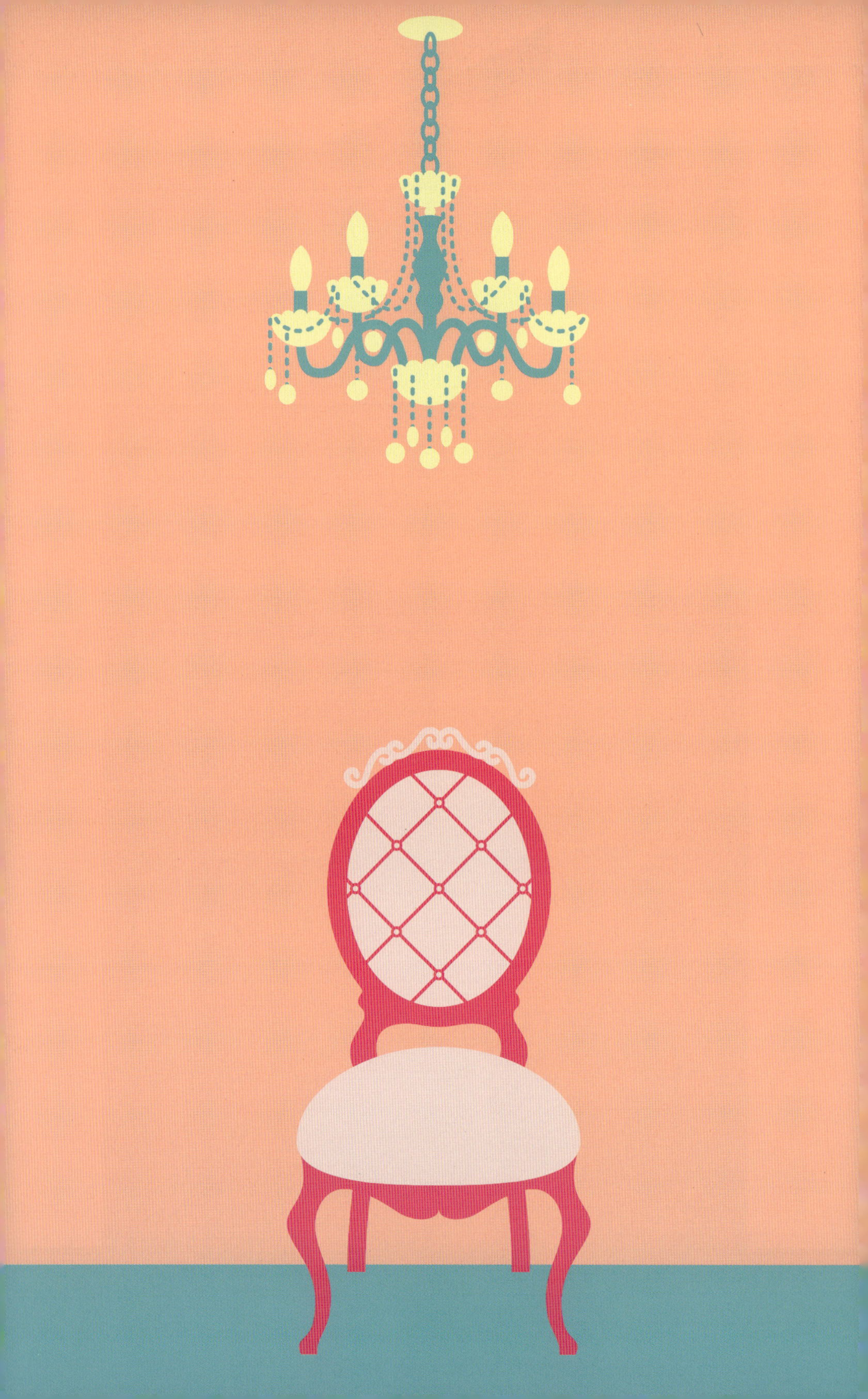

CAPÍTULO 12
POR TRÁS DO BALCÃO

Ruth Carew estava indignada. Era-lhe insuportável a ideia de que chegara ao ponto de ter querido ficar com o inválido e de que este se havia recusado a aceitar a oferta. Não se incluía, em seus hábitos, ver recusados seus convites ou contrariados seus desejos. E tinha consciência do pavor que, no fundo, a dominava: afinal, aquele rapazinho podia ser o verdadeiro Jamie. Ela conhecia o motivo real de ter querido acolhê-lo: não porque se interessasse por ele, nem porque desejasse ajudá-lo e fazê-lo feliz, mas porque esperava que, cuidando dele, tranquilizaria sua consciência e deixaria de se fazer a eterna pergunta: "E se ele fosse Jamie?"

O fato de o menino ter adivinhado seu estado de espírito e apresentado, como razão da recusa, a falta de um verdadeiro interesse de sua parte, não facilitaria as coisas. E agora ela dizia, a si mesma, que de fato não se interessava, que o inválido não era o filho de sua irmã e que devia se esquecer do caso.

Só que não se esqueceu. Por mais que, no íntimo, proclamasse que não tinha qualquer responsabilidade, que o menino não era seu parente, não conseguia livrar-se da dúvida que a atormentava. E se procurava afastar os pensamentos maus, eles voltavam mais fortes. E ela parecia ter diante dos olhos a imagem de um rapazinho de olhar ansioso estendido num catre, num miserável quartinho.

E ainda havia Poliana que, evidentemente, andava transtornada. E, atitude de todo estranha aos seus hábitos, passava os dias andando pela casa, sem se interessar por coisa alguma.

— Não estou doente — respondia, quando lhe perguntavam se estava sentindo alguma coisa.

— Então, que há com você?

— Nada. Só estava pensando em Jamie, que não dispõe de todas essas coisas bonitas, tapetes, quadros e cortinas.

O mesmo ocorria com a comida. Poliana já não tinha apetite e, também aí, dizia que não estava doente.

— Só estou sem fome. Logo que começo a comer, penso em Jamie, que fica faminto quase todo dia. Então, fico sem vontade.

Ruth Carew se sentia presa de um sentimento que só confusamente percebia, querendo, de qualquer modo, modificar a atitude de Poliana. Assim, encomendou duas enormes árvores, dúzias de festões e muitos enfeites de Natal. Pela primeira vez em muitos anos, a casa resplandeceu. Verdadeira festa de Natal, até porque a viúva pediu a Poliana que convidasse os colegas da escola para uma comemoração no dia 24 de dezembro. Ainda assim, a senhora Carew se decepcionou: embora Poliana se mostrasse grata e, às vezes, interessada ou entusiasmada, continuava triste. No fim, a festa de Natal acarretou mais pesar do que alegria: ao avistar a árvore de Natal, Poliana se pôs a soluçar.

— Que é isso, Poliana? — indagou Ruth Carew.

— Não é nada — disse a menina, procurando controlar-se. — É que a árvore de Natal é tão linda que tive de chorar. Fiquei pensando como Jamie teria gostado de vê-la.

Dessa vez, a senhora Carew perdeu a paciência:

— Jamie, Jamie, Jamie! Não pode parar de falar daquele menino, Poliana? Você sabe muito bem que não é por minha culpa que ele não está aqui. Eu o convidei, e ele não quis. Onde anda o seu famoso jogo do contente? Seria muito bom que você o jogasse agora.

— Estou jogando — desculpou-se Poliana. — E é isso que não entendo. Nunca me senti tão esquisita. Sempre fiquei satisfeita com as coisas que tinha. Agora, a respeito de Jamie, fico alegre de ter tapetes e quadros e o melhor para comer, e de poder andar e correr, de ir ao colégio, tudo isso!... Mas, quanto maior é a alegria que sinto, mais triste fico por causa dele. Nunca vi o jogo sair tão estranho, e não sei por quê. Será que a senhora sabe?

Ruth não respondeu: com um gesto de impaciência, deu as costas e saiu sem dizer uma só palavra.

No dia seguinte do Natal, aconteceu algo tão maravilhoso que Poliana, por algum tempo, quase se esqueceu de Jamie. A senhora Carew saíra com ela para fazer compras e, enquanto Ruth tentava decidir-se entre uma echarpe e uma gargantilha de rendas, Poliana teve a impressão de que via, por trás do balcão, um rosto familiar. Ficou olhando por um instante, procurando lembrar-se. Depois, com um gritinho de alegria, correu naquela direção.

— Ah, é você! — exclamou, dirigindo-se a uma moça que arrumava a mercadoria num mostruário. — Estou contente de vê-la!

Espantada, a moça ergueu a cabeça e olhou para Poliana. Quase imediatamente, seu rosto moreno assumiu um ar sorridente:

— Ora! É a menina do Passeio Público! — exclamou.

— Eu mesma. Fico alegre de você ter se lembrado. Por que nunca mais voltou? Eu a procurei muitas vezes.

— Não pude, tenho meu trabalho — explicou a moça. — Naquele dia tivemos meio expediente e... Cinquenta centavos, senhora — interrompeu, atendendo a uma senhora simpática que apontava para algumas fitas no mostruário.

— Cinquenta centavos? Hum... — disse a senhora, examinando a mercadoria. — É muito bonito, minha filha. — E foi-se embora.

Logo em seguida surgiram duas moças falando alto e rindo. Examinaram uma blusa de veludo e outra de seda e seguiram adiante, sempre rindo e falando alto. Poliana acompanhou-as com os olhos:

— É assim o dia todo? Você deve gostar muito desse emprego. Está satisfeita, não é mesmo?

— Satisfeita?!

— Deve ser muito divertido... Tanta gente, pessoas diferentes. E você pode conversar com todos, é o seu trabalho. Você deve adorar. Acho que, quando crescer, vou ser balconista. Deve ser divertido ver o que essa gente toda compra.

— Divertido! Satisfeita! — exclamou a moça. — Menina, se você soubesse a metade... É um dólar, senhora... — Interrompeu o que dizia para atender a uma jovem senhora que, com rudeza, perguntava o preço de um vistoso laço de veludo ornado de contas.

— Está bem. Já era tempo de me dizer! — disse a irritada freguesa. — Tive de perguntar duas vezes.

— Desculpe, não ouvi. — A vendedora mordeu os lábios.

— Era sua obrigação ouvir. Para isso é que você está aqui. Não é paga para isso? Quanto custa o laço preto?

— Cinquenta centavos.
— E este azul?
— Um dólar.
— Não seja atrevida, moça! — ameaçou a freguesa. — Tem de tratar as pessoas com consideração, ou quer que eu procure a gerência? Quero ver aqueles lá, os cor-de-rosa.

A balconista ia falar, mas, em silêncio, mostrou a mercadoria pedida. Seus olhos faiscavam e as mãos tremiam. A freguesa apanhou cinco laços, perguntou o preço de quatro deles e deu as costas.

— Não gostei de nada — limitou-se a dizer.
— E então? — perguntou a vendedora a Poliana. — Que acha agora do meu trabalho? Muito divertido, não é mesmo?
— Nossa! — foi só o que Poliana pôde dizer, meio sem jeito. — Que dona impertinente! Mesmo assim, você pode ficar alegre... porque as outras freguesas não são iguais a esta.
— É o que você pensa. — A vendedora sorria com tristeza. — Fique sabendo que o tal jogo do contente, de que me falou no Passeio Público, pode ser muito bom para você, mas... Cinquenta centavos, senhora. — E mais uma vez interrompeu o que dizia para atender a nova freguesa.
— Você é sempre triste, assim? — indagou Poliana, interessada, quando a freguesa se retirou.
— Bem... Não posso dizer que dei seis ou sete festas depois que a conheci... — respondeu a moça, com sarcasmo.
— Mas o Natal foi bom, ou não?
— Ótimo. Fiquei deitada, com os pés doendo, li quatro jornais e uma revista. À noite, fui a um restaurante e tive de pagar 35 centavos, em vez de 25, por uma torta de galinha.
— Por que seus pés estavam doendo?
— Ora, fiquei de pé o dia todo! Já imaginou o movimento desta loja na véspera de Natal?
— Que pena... — compadeceu-se Poliana. — Você não teve árvore de Natal, não foi a nenhuma festa, nada?
— E tinha de ir?
— Teria gostado muito se tivesse ido à minha festa. Foi linda e... Mas ainda há um jeito. Você pode ver os enfeites, não foram retirados até hoje. Será que pode ir lá, hoje à noite, ou amanhã?

— Poliana! — interrompeu a senhora Carew, contrariada. — Que quer dizer isso? Onde é que se meteu esse tempo todo? Já a procurei por toda parte. Fui duas vezes à seção de artigos de toalete, e nada.

Poliana se voltou, rindo:

— Foi bom a senhora ter chegado! Esta aqui é... Bem, ainda não sei como se chama, mas sei quem é. Estive com ela no Passeio Público há algum tempo. Vive muito sozinha, não tem amigos. O pai dela também é pastor, como o meu, só que o pai dela está vivo. A pobrezinha não teve árvore de Natal, só os pés doendo e uma torta de galinha. Quero que ela veja a minha árvore de Natal. Convidei-a para ir hoje à noite ou amanhã. E a senhora vai me deixar iluminar a árvore outra vez, não vai?

— Bem... quer dizer... — começou Ruth.

— Não se preocupe, minha senhora. Não tenho a menor intenção de ir.

— Por favor! — implorou Poliana. — Quero muito que você vá e...

— Acho que esta senhora não está nem um pouco interessada nisso — observou a balconista, maliciosamente.

Ruth corou e quis se afastar, mas Poliana a reteve:

— Claro que ela está interessada. Sei que ela quer que você vá. É uma senhora muito boa e dá muito dinheiro às associações de caridade, ajuda muita gente.

— Poliana! — advertiu a senhora Carew, asperamente e, mais uma vez, quis se afastar, sendo dessa vez detida pela vendedora:

— Eu sei que muitas pessoas dão dinheiro para obras assistenciais. Há sempre mãos caridosas estendidas às que erraram. Não vejo nada demais nisso. Só fico imaginando por que não pensam em ajudar as moças antes de cometerem um erro. Por que não dar às moças ajuizadas belas casas, com livros, quadros, tapetes e música, e alguém por perto interessado nelas? Talvez, então, não houvesse tantas... Santo Deus, que estou dizendo?

A moça se calou, voltando-se para uma jovem que, parada à sua frente, examinava um lenço azul.

— Custa cinquenta centavos, senhora... — Ruth Carew ouviu-a dizer, enquanto saía com Poliana apressadamente.

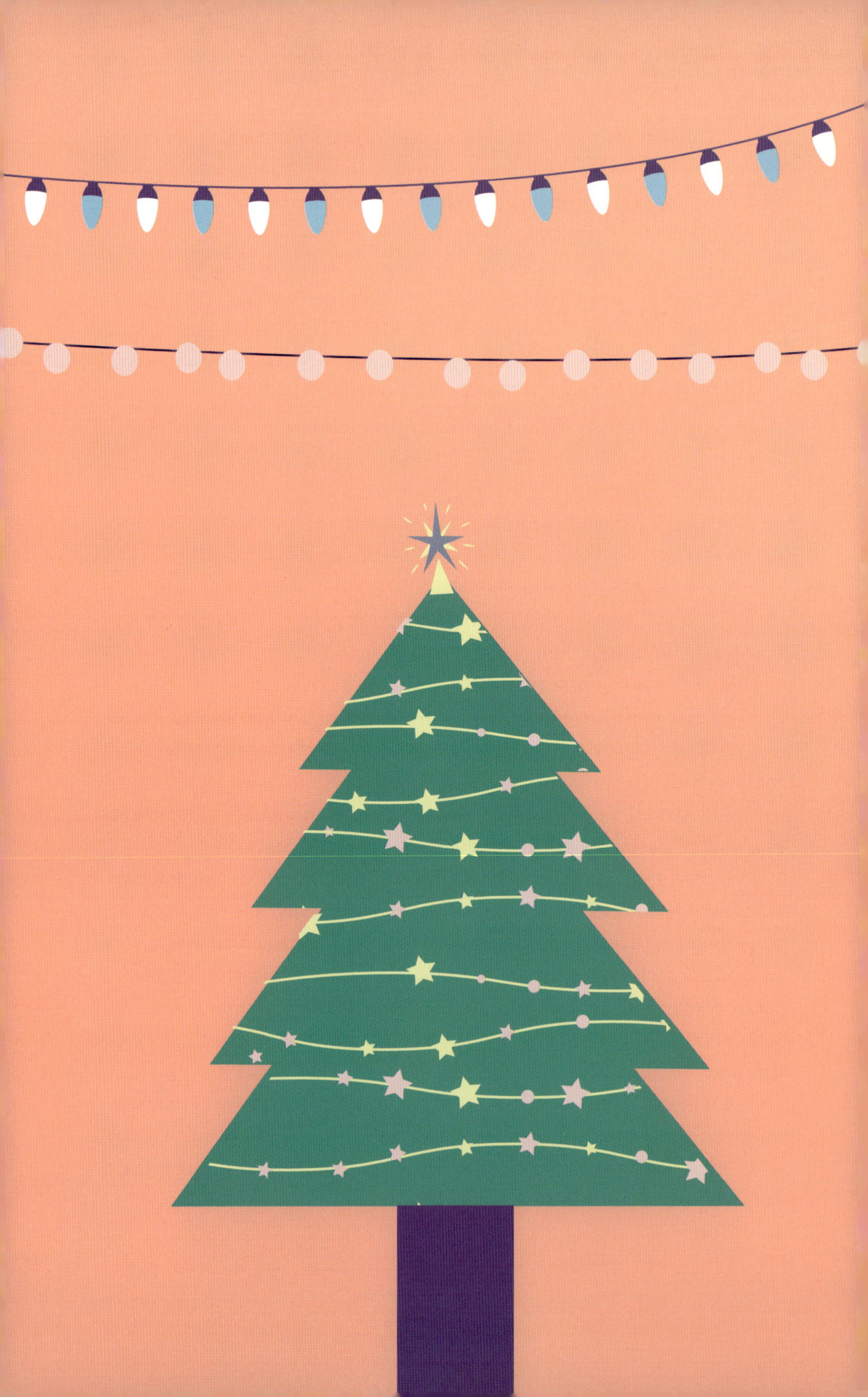

CAPÍTULO 13
UMA ESPERA E UM TRIUNFO

Foi um plano e tanto. Poliana o montou em cinco minutos e o revelou à senhora Carew, que não achou, como deixou claro, nada de extraordinário nele.

— Tenho certeza de que vai dar certo — disse a mocinha, em resposta às objeções de Ruth. — Pense só como poderemos fazer tudo com facilidade! A árvore está como estava, só retiramos os presentes, e a gente pode arranjar outros. Não vai demorar muito até a véspera do ano-novo. Ela ficará alegre de vir. A senhora também não ficaria, se só tivesse tido no Natal os pés doendo e uma torta de galinha?

— Você é impossível, menina! Já se esqueceu de que nem ao menos sabemos o nome daquela moça?

— É, não sabemos. Isso é engraçado, pois eu a conheço e muito bem — replicou Poliana, sorrindo. — Sabe? No Passeio Público conversamos bastante, um papo agradável, e ela me contou como vivia sozinha, e me disse que achava não haver maior solidão do que entre a multidão de uma cidade grande, porque ninguém dá atenção a ninguém, ninguém se preocupa com as outras pessoas. Sim, havia um homem que prestava atenção. Mas era atenção demais e ela achava que o tal tipo não devia lhe dispensar tanta atenção. É engraçado, não é? O fato é que ele apareceu no Passeio e queria que ela o acompanhasse a certo lugar. Só que ela não quis ir. Era um moço bonitão. Então, ele começou a ficar com raiva. É feio as pessoas ficarem furiosas, não é? Hoje havia uma freguesa lá na loja que fez um monte de grosserias àquela moça. Uma coisa feia. A senhora vai me deixar acender a árvore de Natal na véspera do ano-novo, não vai? E convidar aquela moça da loja e Jamie, não é? Jamie está melhor e há de gostar. Jerry terá de trazê-lo na cadeira de rodas. Temos de convidar Jerry também, é claro.

— Sim, é claro, Jerry também! — ironizou Ruth. — Mas, e por que apenas Jerry? Ele deve ter muitos amigos que gostariam de vir. E…

— Oh, senhora Carew! Eu posso? — atalhou Poliana, entusiasmada. — A senhora é muito boa! Eu queria tanto!…

Tomada de surpresa e desorientada, Ruth começou a dizer:

— Não, Poliana… Eu…

Mas Poliana, não tendo entendido bem o sentido de suas palavras anteriores, se mostrava cada vez mais entusiasmada:

— A senhora é muito boa, mesmo, e não adianta dizer que não é. Acho que vou ter uma festa maravilhosa! Podem vir Tommy Dolan e sua irmã Jennie, os dois filhos dos Macdonald e três meninas que não sei como se chamam e que moram abaixo dos Murphy, e muito mais gente, se houver lugar para todos. Imagine só como vão ficar alegres! Acho que nunca tive nada tão bom em toda a minha vida, e devo isso à senhora! Posso começar a fazer os convites, para que fiquem sabendo o que vão ter?

E Ruth, que antes jamais poderia crer que isso fosse possível, ouviu a própria boca murmurar um "pode" desenxabido — o que significava que daria uma festa na véspera de ano-novo para uma dúzia de crianças do "Beco dos Murphy" e uma balconista que nem sabia como se chamava.

Talvez em sua memória ainda perdurasse a imagem daquela moça dizendo: "Não pensam em ajudar as moças antes de cometerem um erro." Talvez em seus ouvidos ainda soassem as palavras de Poliana, contando o caso da mesma moça, que achava a solidão de alguém em meio à multidão de uma cidade grande a pior de todas, e que recusara o convite de um moço bonito "que a notara demais". Talvez no coração de Ruth Carew se fizesse sentir a vontade de encontrar enfim a paz que há tanto buscava. Talvez tudo isso, combinado com a ansiedade no rosto de Poliana, tenha provocado a mudança do sarcasmo de sua recusa na boa vontade de seu assentimento. Fosse o que fosse, a mudança ocorreu. E Ruth se viu envolvida num torvelinho de planos e projetos, cujo centro era sempre Poliana. Para se distrair escreveu à irmã, contando tudo e assim concluindo:

> *O que vou fazer não sei. Mas acho que vou continuar a fazer o que estou fazendo. Não há outro meio. Naturalmente, se Poliana começar a pregar sermões... Até agora, não fez isso. Assim, não posso, de consciência leve, devolvê-la a você.*

Della deu uma risada ao ler a carta no Hospital. Pensou: "Ainda não pregou sermões! Deus seja louvado! E no entanto, você, Ruth Carew, já se dispôs a dar duas festas numa semana. E, pelo que se pode deduzir, sua casa, que vivia envolta em sombra, está repleta de luzes e de enfeites. E ela não pregou sermões, ainda!"

A festa foi um sucesso, a própria Ruth teve de admitir. Jamie, em sua cadeira de rodas, Jerry com seu vocabulário pitoresco e a balconista (que se chamava Sadie Dean) rivalizaram-se em divertir os convidados mais tímidos. Para surpresa dos demais — e talvez dela própria — Sadie mostrou perfeito conhecimento de brincadeiras de salão. Essas brincadeiras, juntamente com as histórias de Jamie e o bom humor de Jerry, fizeram com que todos se distraíssem até a hora da ceia e da generosa distribuição de presentes, ao pé da árvore de Natal. Todos deixaram a casa contentes e já saudosos.

Se Jamie (o último a sair, com Jerry) estava um tanto pensativo, ninguém notou. Contudo, ao despedir-se dele, Ruth lhe disse em voz baixa, meio impaciente e meio embaraçada:

— E então, Jamie? Já mudou de ideia? Não quer mesmo vir para cá?

O inválido hesitou, com um leve rubor lhe tingindo as faces. Olhou em torno e, depois, respondeu pausadamente:

— Se fosse sempre igual a esta noite, até que eu poderia. Mas não seria igual. Amanhã, na próxima semana, no próximo mês, no próximo ano, talvez em uma semana eu saberia que não deveria ter vindo.

Se Ruth Carew pensou que a festa da véspera de ano-novo foi o último esforço de Poliana para ajudar Sadie Dean, estava enganada. Na manhã do dia seguinte, Poliana começou:

— Fiquei tão alegre por tê-la encontrado de novo! Mesmo se eu não conseguir encontrar o Jamie verdadeiro para a senhora, encontrei alguém de quem a senhora pode gostar. A senhora vai ficar satisfeita de gostar de Sadie. Afinal, é uma maneira de gostar de Jamie.

Ruth custou a se conter. Aquela confiança inabalável na bondade do seu coração e a convicção de sua vontade de "ajudar todo mundo" eram desconcertantes, até mesmo irritantes, às vezes. Mas era difícil desiludir a mocinha, especialmente ao ver a felicidade estampada em seu rosto. Disse, com esforço e como se tentasse libertar-se de invisível corrente que a prendesse:

— Mas, Poliana... Eu... você... Aquela moça, como você sabe, não é Jamie...

— Eu sei que ela não é Jamie — apressou-se em admitir Poliana. — Mas é o Jamie de alguém, quer dizer... ela não tem ninguém aqui, ninguém que possa cuidar dela, não é verdade? Assim, sempre que a senhora se lembrar de Jamie, ficaria feliz em ter alguém que pudesse ajudar, da mesma forma que deseja que haja alguém que ajude Jamie, onde quer que ele esteja.

Ruth sentiu um calafrio e não conteve um gemido:

— Oh!... Eu quero o meu Jamie.

— Eu sei — disse Poliana, com convicção. — A "presença da criança". O senhor Pendleton me falou a respeito. Mas a senhora tem a "mão da mulher".

— A mão da mulher?! Que quer dizer com isso?

— Para fazer um lar. Ele dizia que era preciso a presença de uma criança ou a mão de uma mulher para fazer-se um lar. Isso foi quando ele quis que eu ficasse em sua casa. Em vez disso encontrei Jimmy!

— Jimmy? — perguntou Ruth, com vaga expressão de esperança nos olhos, a mesma que lhe vinha sempre que ouvia qualquer variante daquele nome.

— Sim. Jimmy Bean.

— Ah, Bean! — E a viúva acalmou-se.

— Jimmy estava num orfanato e fugiu. Ao conhecê-lo, ele me disse que queria outra espécie de lar, com uma mãe, no lugar de uma diretora. Não pude lhe arranjar uma mãe, mas arranjei o senhor Pendleton, que o adotou. Agora ele se chama Jimmy Pendleton.

— Mas o sobrenome era Bean.

— Antes era Bean.

— Oh! — exclamou Ruth, com um profundo suspiro.

A viúva esteve com Sadie Dean várias vezes nos dias que se seguiram à festa de ano-novo. Também viu Jamie. Dessa ou daquela maneira, Poliana conseguia fazer com que eles sempre aparecessem em sua casa. E por mais surpresa e contrariada que ficasse, Ruth não conseguia evitar que isso acontecesse. Poliana considerou evidências indiscutíveis o seu consentimento e mesmo sua satisfação, e ela se viu incapaz de contestá-la.

Na verdade, quisesse ela mesma entender ou não, Ruth Carew estava aprendendo muitas coisas — coisas que jamais teria aprendido no passado, trancada em casa e dizendo a Mary que não deixasse ninguém entrar. Aprendia como deve ser a vida de uma jovem sozinha numa cidade grande, tendo de ganhar a vida e sem ninguém que se preocupasse com ela — a não ser aqueles que se preocupam em demasia.

— Que quis você dizer aquele dia, na loja, quando falou em ajudar as moças? — perguntou certa noite a Sadie Dean.

A jovem ficou visivelmente contrafeita e desculpou-se:

— Acho que fui muito grosseira.

— Não se incomode com isso — atalhou Ruth. — Que quis dizer? Tenho pensado muito nisso, desde aquele dia.

Depois de guardar silêncio por algum tempo, a moça falou:

— Estava pensando numa jovem que conheci. Veio da minha cidade, era muito bonitinha e muito boazinha, mas não tinha muito juízo. Moramos juntas durante um ano, no mesmo quarto, cozinhando os ovos no mesmo bico de gás e jantando os mesmos bolos de peixe num restaurante barato. À noite, só podíamos passear pela avenida ou ir a um cinema, quando tínhamos dinheiro para isso. O resto do tempo ficávamos no quarto, que era quente no verão e bem frio no inverno. O gás, de tão fraco e bruxuleante, quase não nos permitia ler ou costurar quando o acendíamos para iluminar o cômodo. Por cima de nossas cabeças havia uma tábua rangedeira em que alguém sempre pisava e, embaixo, morava um sujeito que aprendia a tocar cornetim. A senhora já ouviu alguém aprendendo a tocar cornetim?

— Acho que não — murmurou Ruth Carew.

— Então, não pode imaginar — disse Sadie, retomando sua história: — Às vezes, especialmente no Natal e nos feriados, costumávamos andar pela avenida e outras ruas, olhando as vitrines. A senhora compreende, vivíamos sozinhas e, naqueles dias, tínhamos vontade de frequentar casas onde pudéssemos conversar com outras pessoas, ver crianças brincando. Mas sabíamos que pensar nisso era pior, uma vez que não podíamos ter o que queríamos. Mais triste ainda era ver os automóveis cheios de gente alegre. A senhora compreende: éramos jovens e queríamos também nos divertir... Pois bem... pouco a pouco, minha companheira começou também a se divertir.

Depois de outra pausa, a moça prosseguiu:

— Para encurtar a história, um dia resolvemos que cada uma iria para seu lado. Não podíamos continuar juntas. Eu não gostava de suas companhias e lhe disse isso francamente. Ela não gostou e nos separamos. Passei dois anos sem vê-la, até que recebi um bilhete e fui procurá-la. Faz um mês. Estava numa dessas casas de recuperação, um lugar agradável, com tapetes, quadros, folhagens, flores e livros, um piano, um bom quarto e tudo o mais. Senhoras ricas vinham de carro e as levavam para passear, ou para assistir a concertos. Minha companheira estava aprendendo taquigrafia e lhe haviam prometido um emprego, logo que estivesse em condições de trabalhar. Todos eram bons e queriam ajudá-la de todas as maneiras. Ela me contou isso tudo, mas disse outra coisa: "Sadie, se elas tivessem tido a metade do trabalho que tiveram e tivessem me ajudado há mais tempo, quando eu era uma moça honesta, digna do respeito próprio e dos outros, não estariam precisando me ajudar agora."

E a jovem balconista continuou:

— Nunca me esqueci disso. Não tenho nada contra o trabalho de recuperação. É uma boa coisa e deve ser feita. Só acho que seria muito melhor se essas senhoras manifestassem seu interesse um pouco mais cedo.

— Eu acho que há lares para as moças que trabalham, estabelecimentos apropriados... essas coisas — disse Ruth, com uma voz que poucas de suas amigas teriam reconhecido.

— Há, sim. A senhora conhece alguma delas?

— Não. Só tenho contribuído para mantê-las — disse a senhora Carew em tom quase de súplica, enquanto Sadie sorria, cética.

— Eu sei. Muitas senhoras generosas dão dinheiro para casas assim e nunca viram o interior de qualquer uma delas. Por favor, não pense que sou contra essas instituições. São quase a única ajuda que existe. Mas não passam de uma gota d'água no oceano do que se precisa. Conheci uma delas, certa vez. Havia, ali, alguma coisa... senti alguma coisa... Que adianta dizer? Talvez não sejam assim, talvez a culpa fosse minha. Se eu lhe dissesse, a senhora não ia entender... nunca viu uma delas por dentro. Mas não posso deixar de pensar por que essas senhoras de bom coração não se empenham em evitar o que tratam, depois, de recuperar. Desculpe-me, eu não queria falar tanto. Mas foi a senhora que me perguntou.

— Perguntei, sim — disse Ruth, afastando-se.

Não era apenas com Sadie Dean que Ruth aprendia o que jamais aprendera antes. Aprendia também com Jamie, que estava sempre lá. Poliana gostava que ele a visitasse, e ele tinha o mesmo prazer. A princípio, é certo, hesitou: mas não tardou a eliminar suas dúvidas e a prolongar as visitas.

Frequentemente, Ruth Carew encontrava o rapazinho e Poliana acomodados em poltronas perto da biblioteca, com a cadeira de rodas ao lado. Às vezes, liam um livro (Ruth ouvira um dia Jamie dizer a Poliana que não se incomodaria muito de ser inválido se tivesse tantos livros como a senhora Carew). Em outras ocasiões, ele contava histórias e Poliana ouvia, atenta.

Ruth desconfiava do interesse de Poliana, até que um dia ela mesma se deteve para ouvir. Depois, não duvidou mais e se transformou também em ouvinte. Por mais imprópria que fosse a linguagem de Jamie, era sempre viva e pitoresca, tanto que Ruth Carew se viu, de mãos dadas com Poliana, trilhando os caminhos da Idade do Ouro, guiadas pelo entusiasmado narrador.

Ruth começava a compreender, também, o que significava ser, no espírito e na ambição, o centro de atos de bravura e aventuras extraordinárias, mesmo que ainda fosse, de fato, um menino inválido, preso a uma cadeira de rodas. O que, entretanto, ela não compreendia era o papel que o rapazinho já desempenhava em sua própria vida. Não entendia como sua presença se tornava importante, nem como se interessava em descobrir alguma novidade "para Jamie ver". Tampouco compreendia como, aos poucos, ele se parecia mais com o Jamie perdido, o filho de sua irmã.

Fevereiro, março e abril passaram e maio chegou, trazendo para perto a data em que Poliana teria de voltar para casa. De súbito, Ruth Carew se deu conta do que aquilo significava para ela.

Ficou aterrorizada. Até então, acreditava que se regozijaria com a partida de Poliana, que a casa seria outra vez tranquila, que ela mesma ficaria em paz, podendo de novo esconder-se do mundo para se livrar do contato com importunos. Que iria, enfim, poder ficar pensando apenas no adorado sobrinho desaparecido. Tudo isso ia acontecer, quando Poliana fosse embora.

Agora que Poliana ia realmente partir, o quadro se modificava. A casa tranquila ameaçava tornar-se sombria e insuportável. A tão desejada paz seria uma solidão e, quanto a se livrar de importunos e pensar somente no sobrinho desaparecido, era duvidoso que algo pudesse apagar a lembrança do novo Jamie (que talvez fosse o antigo Jamie), com seu olhar súplice e tristonho.

Ruth percebia agora que, sem Poliana, sua casa ficaria vazia e que, sem Jamie, seria ainda pior. A certeza não agradava ao seu orgulho. Antes, era uma tortura para seu coração, já que o menino, por duas vezes, dissera que não queria ir para lá. Por algum tempo, no curso dos últimos dias da permanência de Poliana, a luta travada foi encarniçada, sempre, contudo, com a vitória do orgulho. Depois, quando soube que aquela seria a última visita de Jamie, o coração triunfou e, mais uma vez, ela pediu ao inválido que viesse para sua casa, para ser, em sua vida, o Jamie que ela havia perdido.

Nunca se lembrou, depois, do que ela própria dissera. Mas jamais esqueceu as palavras do garoto, de resto bem poucas palavras.

Por um tempo que lhe pareceu muito longo, ele a encarou, e logo seus olhos como que se iluminaram:

— Sim! — exclamou. — Agora, a senhora quer mesmo que eu venha!

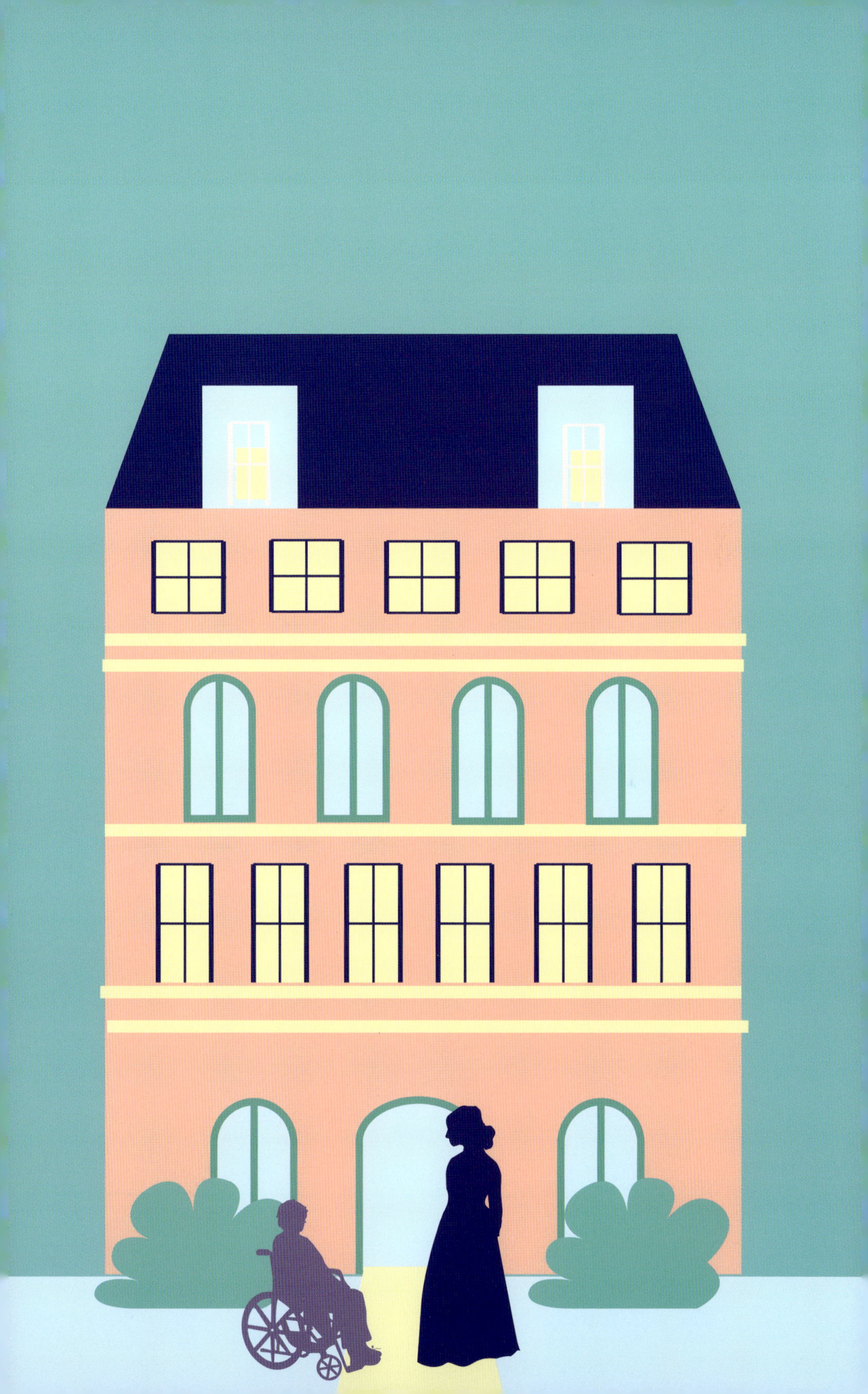

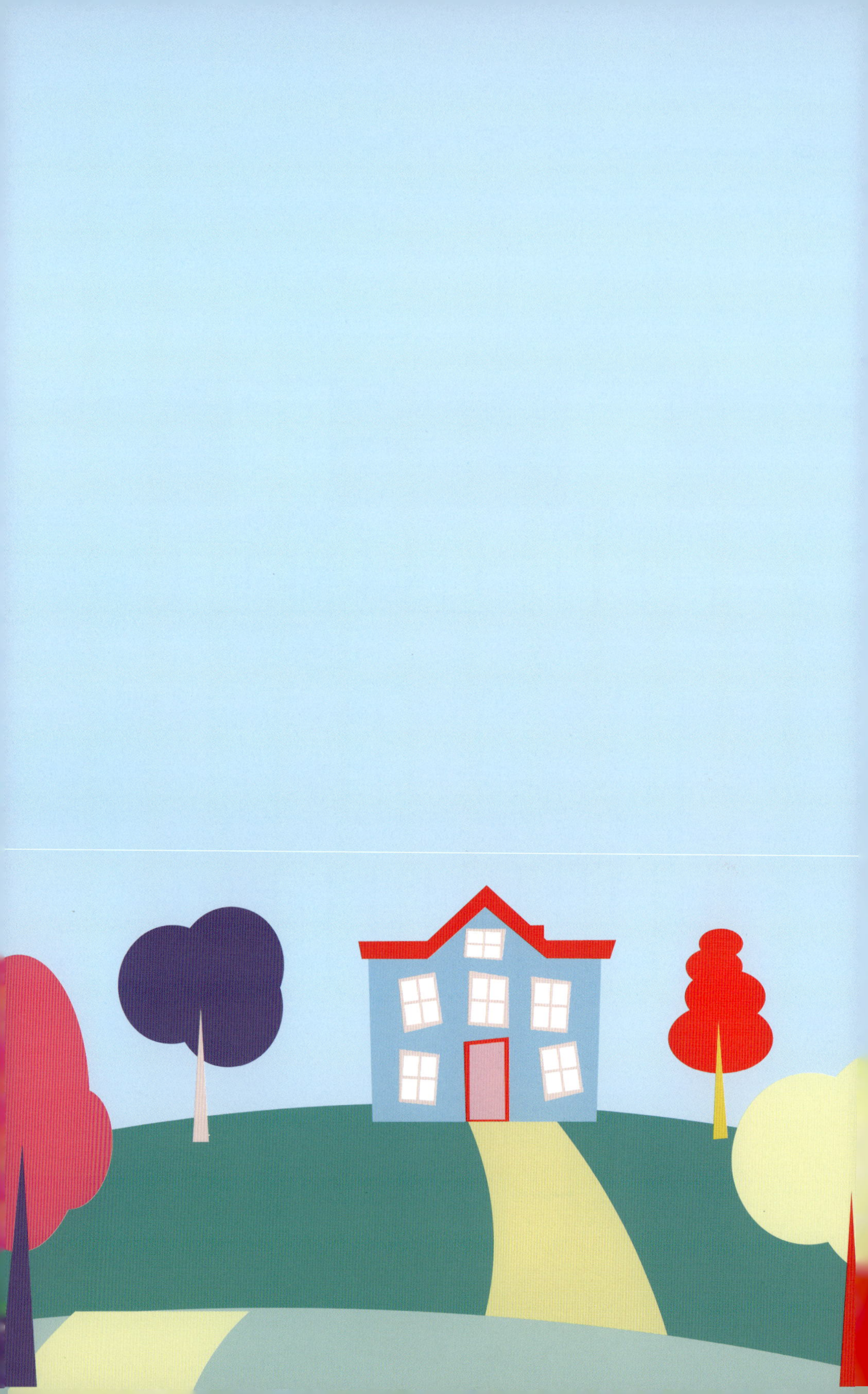

CAPÍTULO 14
JIMMY E O MONSTRO DE OLHOS VERDES

Dessa vez, Beldingsville não recebeu Poliana com banda de música, talvez porque a hora de sua chegada só fosse do conhecimento de poucos habitantes da pequena cidade. Mas não faltou alegria por parte dos que lá estavam, desde que ela desceu do trem em companhia de sua tia Paulina e do doutor Chilton. Poliana não perdeu tempo e tratou de procurar os velhos amigos. Nancy observou:

— Era difícil a gente ir atrás dela: quando se chegava a um lugar, ela já tinha saído.

Por onde Poliana andava, ouvia a pergunta: "E então, o que achou de Boston?" Talvez ela não tenha respondido mais plenamente à pergunta do que quando respondeu ao senhor Pendleton:

— Gostei, sim. De alguma coisa.

— Não de tudo? — indagou Pendleton.

— Bem, houve coisas... Gostei muito de ter ido lá! — Poliana tratou de se corrigir. — O tempo em que estive lá foi delicioso, mesmo com tanta coisa esquisita, o senhor sabe... assim como jantar fora de hora. Mas todos foram bons para mim e vi coisas maravilhosas: o Bunker Hill, o Passeio Público e os automóveis para "conhecer Boston", e quadros, estátuas, vitrines e ruas, além de gente. Muita gente, mesmo. Nunca vi tanta gente.

— Pensei que você gostasse de gente — disse Pendleton.

— E gosto — respondeu Poliana, séria. — Mas de que adianta ver tantas pessoas se a gente não conhece ninguém? A senhora Carew não me deixava conversar com elas, e ela mesma conhecia poucos. Dizia sempre que as pessoas dali não se conhecem.

Houve uma pausa, e depois Poliana continuou, suspirando:

— Foi disso que menos gostei. Aquelas pessoas que não se conhecem uma às outras, quando seria melhor se se conhecessem! Imagine só, senhor Pendleton: uma porção de gente morando em ruas estreitas e sujas e que só come feijão e bolo de peixe. Há outras, como a senhora Carew, que moram em lindas casas e têm muito para comer e para vestir... nem sabem o que fazer com tudo isso. Se essas pessoas conhecessem aquelas outras...

— Você nunca imaginou, minha filha — interrompeu o senhor Pendleton com uma gargalhada —, que aquelas pessoas não fazem questão de conhecer as outras?

— Algumas fazem! — protestou Poliana. — Sadie Dean, a balconista da loja, tem vontade de conhecer outras pessoas. E eu a apresentei à senhora Carew, levei-a à sua casa. Ela, Jamie e muitos outros. Como a senhora ficou alegre por conhecê-los, isso me fez pensar que muitas pessoas, como ela, podiam conhecer gente que passa necessidade. É claro que eu não podia levar todos os pobres à casa dela. Eu mesmo não conheço muitos assim... Mas se se conhecessem uns aos outros, os ricos podiam dar aos pobres uma parte do dinheiro que têm...

— Poliana! — exclamou o senhor Pendleton. — Você precisa tomar cuidado. Acaba virando uma perigosa socialista!

— Virando o quê? — indagou a mocinha, sem entender. — Acho que não sei o que é socialista. Sei o que é sociável e gosto de gente sociável. Se ser socialista é coisa parecida, não me importo de ser. Até gosto.

— Não duvido — admitiu Pendleton. — Mas, ao pensar nesse plano para distribuição da riqueza, você terá um problema difícil de resolver.

— Eu sei — concordou Poliana. — Era assim que a senhora Carew falava. Ela dizia que eu não entendo, que isso iria empobrecê-la etc. Não compreendo mesmo porque umas pessoas podem ter tanto e outras nada têm. Não gosto disso. Se algum dia eu ficasse rica, daria boa parte de minha fortuna aos pobres, ainda que isso me empobrecesse e...

O senhor Pendleton ria tanto que Poliana se deixou contagiar, pondo-se a rir também, e concordando:

— Eu sei, minha filha. E acho também que ninguém entende. Diga-me uma coisa: quem é esse Jamie, de quem você fala tanto depois que voltou?

Ao falar de Jamie, Poliana perdeu o ar de preocupação e dúvida. Gostava de falar sobre ele, era algo de que entendia. E, depois, não deveria o senhor Pendleton estar interessado em que a senhora Carew acolhesse o menor em sua casa, ele que compreendia a necessidade da presença da criança no lar?

Na verdade, Poliana falava com todo mundo sobre Jamie e presumia que todos estivessem tão interessados quanto ela própria. Quase nunca se decepcionava com a reação das pessoas com quem conversava. Certo dia, porém, teve uma surpresa. E foi Jimmy Pendleton o responsável por isso quando, mal-humorado, lhe perguntou:

— Será que não havia mais ninguém em Boston, só ele?

— Que é isso, Jimmy Bean? Que está querendo dizer? — replicou Poliana.

— Não sou Jimmy Bean! — protestou o rapazinho. — Meu nome é Jimmy Pendleton. O que estou dizendo é que, pela sua conversa, a gente tem de pensar que em Boston não existe mais ninguém, a não ser um

125

menino idiota que chama os pássaros e os esquilos de *Lady* Lancelote e bobagens assim.

— Ouça aqui, Jimmy Be... Pendleton! — respondeu Poliana. — Jamie não é idiota, é muito inteligente, sabe? E já leu muitos livros, conhece muitas histórias e muitas delas ele mesmo inventa, com sua própria cabeça! E não é *Lady* Lancelote, é *Sir* Lancelote. Se você soubesse metade do que ele sabe, devia ficar alegre!

Jimmy Pendleton conseguiu falar com dificuldade, enciumado e esforçando-se para parecer zombeteiro:

— Acho ridículo esse nome, sabia? Jamie parece nome de maricas. E não sou eu somente, não. Conheço uma pessoa que também acha.

— E quem é? — Não houve resposta, e Poliana insistiu, enérgica: — Quem é a tal pessoa?

— Meu pai — respondeu o rapazinho, com voz abafada.

— Seu pai? — estranhou a mocinha. — Como é que conhece Jamie?

— Ele não conhece. Não falava a respeito daquele Jamie. Era a meu respeito! — E calou-se, virando o rosto.

Apesar de tudo, sua voz adquirira certa brandura, como ocorria sempre que ele se referia ao pai.

— A seu respeito?

— Sim. Foi pouco antes da morte dele. Passamos quase toda uma semana numa fazenda. Papai ajudou no corte da alfafa e eu também. A mulher do fazendeiro era boa para mim e começou a me chamar de Jamie. Nem sei por quê. Um dia meu pai ouviu e ficou zangado, tanto que me lembro até hoje do que ele disse. Falou que Jamie não era nome de homem e não admitia que seu filho fosse chamado assim. Era um nome de maricas, que ele detestava. Acho que nunca o vi com tanta raiva. Não quis nem ficar para acabar o serviço e naquela mesma noite deixamos a fazenda. Fiquei triste, pois gostava muito da mulher do fazendeiro.

Poliana se sentiu interessada e solidária. Até porque raramente Jimmy contava alguma coisa do seu passado. Quis saber:

— Que aconteceu depois? — Poliana se esqueceu, no momento, do assunto que dera origem à controvérsia: Jamie pareceria nome de maricas.

O rapazinho suspirou:

— Andamos até chegarmos à outra fazenda — explicou. — E foi lá que meu pai morreu. Então me mandaram para o orfanato.

— E então você fugiu, e eu o encontrei naquele dia — completou Poliana. — E ficamos amigos, não é?

— É verdade — concordou Jimmy, num tom de voz diferente. — Só que eu não sou Jamie, você sabe — acrescentou, como se voltasse ao presente e à velha mágoa.

Deu as costas acintosamente e se afastou, deixando Poliana consternada.

— Bem, fico satisfeita porque sei que ele não é sempre assim — disse a menina para si mesma, enquanto o amiguinho se afastava.

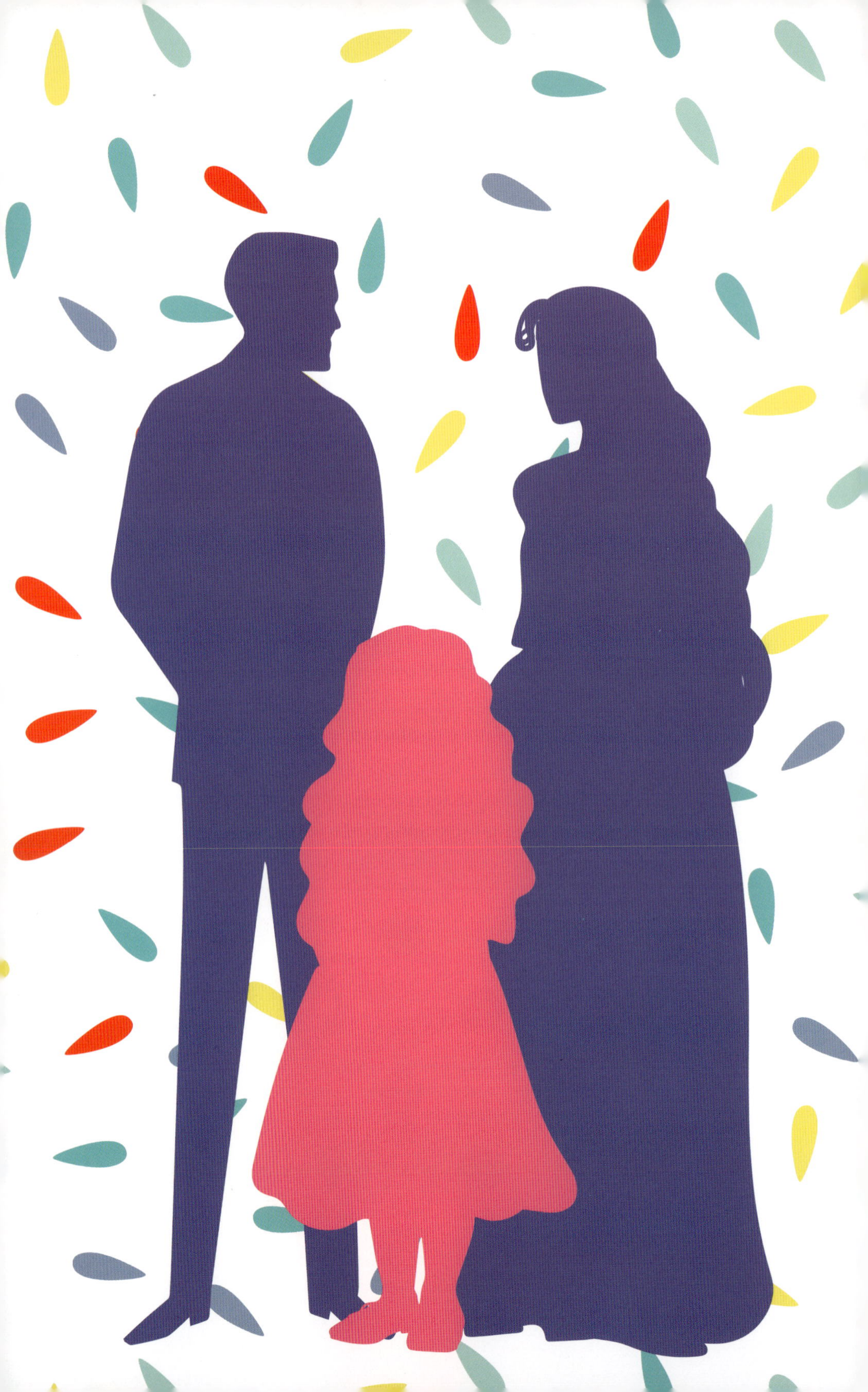

CAPÍTULO 15
O TEMOR DE TIA PAULINA

Poliana já estava em casa há uma semana, quando Paulina Chilton recebeu esta carta de Della Wetherby:

Quero lhe contar o que sua sobrinha fez por minha irmã, mas receio não conseguir. A senhora precisava saber como ela era antes. A senhora a conheceu e deve ter notado a melancolia e o desânimo que a dominavam. Mas não pode fazer ideia da amargura em seu coração, da falta de interesse pela vida, de sua insistência em viver sofrendo e se queixando. Então, apareceu Poliana. Não lhe disse antes, mas o fato é que minha irmã se arrependeu da promessa de ficar com a menina, quase no mesmo instante em que a fez — e estava firmemente disposta a mandá-la de volta, logo que Poliana começasse a fazer sermões ou dar conselhos. Pois bem, ela não fez sermões, minha irmã me disse. E no entanto... Bem, acho melhor contar o que vi, quan–

do fui visitá-la ontem. Nada poderia dar uma ideia melhor do que a sua maravilhosa Poliana conseguiu fazer.

Para começar, logo que cheguei, vi que quase todas as sombras haviam sumido. Ouvi música no vestíbulo: era um trecho do "Parsifal". As salas estavam abertas e o ar perfumado.

"A senhora Carew e seu Jamie estão na sala de música", disse a criada. E lá estavam, ela e um rapazinho que acolheu em casa, diante de um desses aparelhos modernos de som, capazes de conter toda uma companhia de ópera, incluindo a orquestra.

O rapazinho estava numa cadeira de rodas, pálido, mas feliz da vida. Minha irmã parecia dez anos mais moça, com as faces rosadas e os olhos com um brilho bem raro neles. Depois de conversarmos alguns minutos com o rapazinho inválido, eu e minha irmã fomos para o andar de cima e lá ela me falou de Jamie. Não do antigo Jamie, como costumava falar, sempre chorando, mas do novo Jamie, e dessa vez não houve lágrimas ou suspiros, apenas a manifestação de um entusiástico interesse.

"Ele é maravilhoso, Della", começou. "Tudo o que há de melhor na música, nas belas-artes e na literatura parece exercer sobre ele atração irresistível. Naturalmente, ele precisa de orientação e aprendizagem. Estou tratando disso. Amanhã vem aqui um preceptor. Mas ele já leu tantos livros que seu vocabulário é fantástico, e você precisa ouvir as histórias que inventa! Sua cultura geral é deficiente, claro, mas tem enorme vontade de aprender. Como gosta de música, vou convencê-lo a fazer um curso, o que ele escolher. Já arranjei alguns discos selecionados. Queria que você pudesse ver sua reação quando ouviu pela primeira vez aquela música do Santo Graal. Sabe tudo a respeito do Rei Artur e da Távola Redonda, e do séquito de cavaleiros, lordes e damas, tanto quanto nós sabemos a respeito de nossa família... Às vezes até me atrapalho: não sei se Sir Lancelote é o cavaleiro ou o esquilo do Passeio Público. Acredito, Della, que ele voltará a andar. Vou mandar o doutor Ames examiná-lo, e..."

Ela falava, e falava, e eu, estarrecida e muda, me sentia feliz. Conto-lhe tudo isso, senhora Chilton, para que a senhora veja quanto minha irmã está interessada no menino e quanto mudou sua maneira de encarar a vida. O que ela está fazendo em favor daquele menino é, *na verdade, o mesmo que faz em seu próprio benefício. Estou certa de que jamais ela voltará a ser a mulher triste e desanimada de antes.*

E tudo por causa de Poliana! O melhor de tudo é que a mocinha não tem a menor ideia do que ocorreu com minha irmã. E não creio que Ruth esteja compreendendo perfeitamente o que se passa em seu próprio coração e em seu modo de viver. O que sei é que Poliana ignora o papel que representou em tão grande mudança.

Agora, senhora Chilton, como posso agradecer-lhe? Sabe que não posso e, assim, nem vou tentar. Acredito que, em seu coração, sabe quanto sou grata à senhora e a Poliana.

Della Wetherby

— Muito bem! — exclamou o doutor Chilton quando a esposa terminou a leitura. — Parece que houve uma cura completa.

— Por favor, Thomas! — Paulina fez um gesto que surpreendeu o marido.

— Que é isso, Paulina? — indagou o médico. — Não está satisfeita porque o remédio fez efeito?

— Lá vem você outra vez, Thomas! — disse Paulina. — É claro que fico satisfeita sabendo que aquela mulher compreendeu, enfim, que estava errada e tratou de corrigir-se. Mas não gosto de ver Poliana tratada como se fosse um frasco de remédio, uma *cura*. Você não entende?

— Tolice! Que mal há nisso? Chamei Poliana de tônico desde que a conheci, ora!

— Você tem de aceitar que ela já está bem crescidinha, Thomas. Quer estragá-la? Até agora Poliana não tem noção do poder que possui. No momento em que ela se meter, conscientemente, a mudar o comportamento de uma pessoa, vai ficar insuportável. Deus me livre de que algum dia entre em sua cabeça a ideia de que ela é uma espécie de panaceia para todos os males da pobre, enferma e sofredora humanidade.

— Tolice! — repetiu o médico, rindo. — Eu não me preocupo com isso.

— Mas eu me preocupo, Thomas.

— Lembre-se do que ela já fez, Paulina! Lembre-se da senhora Snow e de John Pendleton, de tantos outros que hoje são diferentes do que eram. E agora a senhora Carew. Foi Poliana quem fez isso tudo!

— Eu sei que foi ela — admitiu Paulina. — Só não quero é que Poliana saiba que foi ela! Bem, é claro que ela sabe, de certo modo. Sabe que lhes ensinou o jogo do contente, o que as tornou mais felizes. É uma brincadeira, um jogo que praticam juntos. Para você, eu admito que Poliana nos pregou um dos mais candentes sermões que já ouvi, mas no momento em que ela souber disso... Bem, não quero que ela saiba, só isso. E agora vou lhe dizer que resolvi ir com você à Alemanha no outono. A princípio, pensei em não ir, não queria deixar Poliana. E não vou deixá-la agora. Ela vai comigo.

— Vai levá-la conosco? Está bem. Por que não?

— Isso mesmo. Quero ver Poliana longe de Beldingsville por uns tempos. E sobretudo quero que ela continue simples e modesta. Ou você prefere que ela se transforme numa criatura convencida e insuportável?

— Claro que não — respondeu o médico. — Na verdade, não creio que coisa ou pessoa alguma consiga torná-la convencida e insuportável. Essa ideia de levá-la à Alemanha conosco me agrada bastante. Você sabe que só vim embora por causa de Poliana. Assim, quanto mais cedo voltarmos, melhor. Seria bom demorarmos lá algum tempo, para descansar e também estudar.

— Está combinado, então! — E tia Paulina deu um suspiro de alegria.

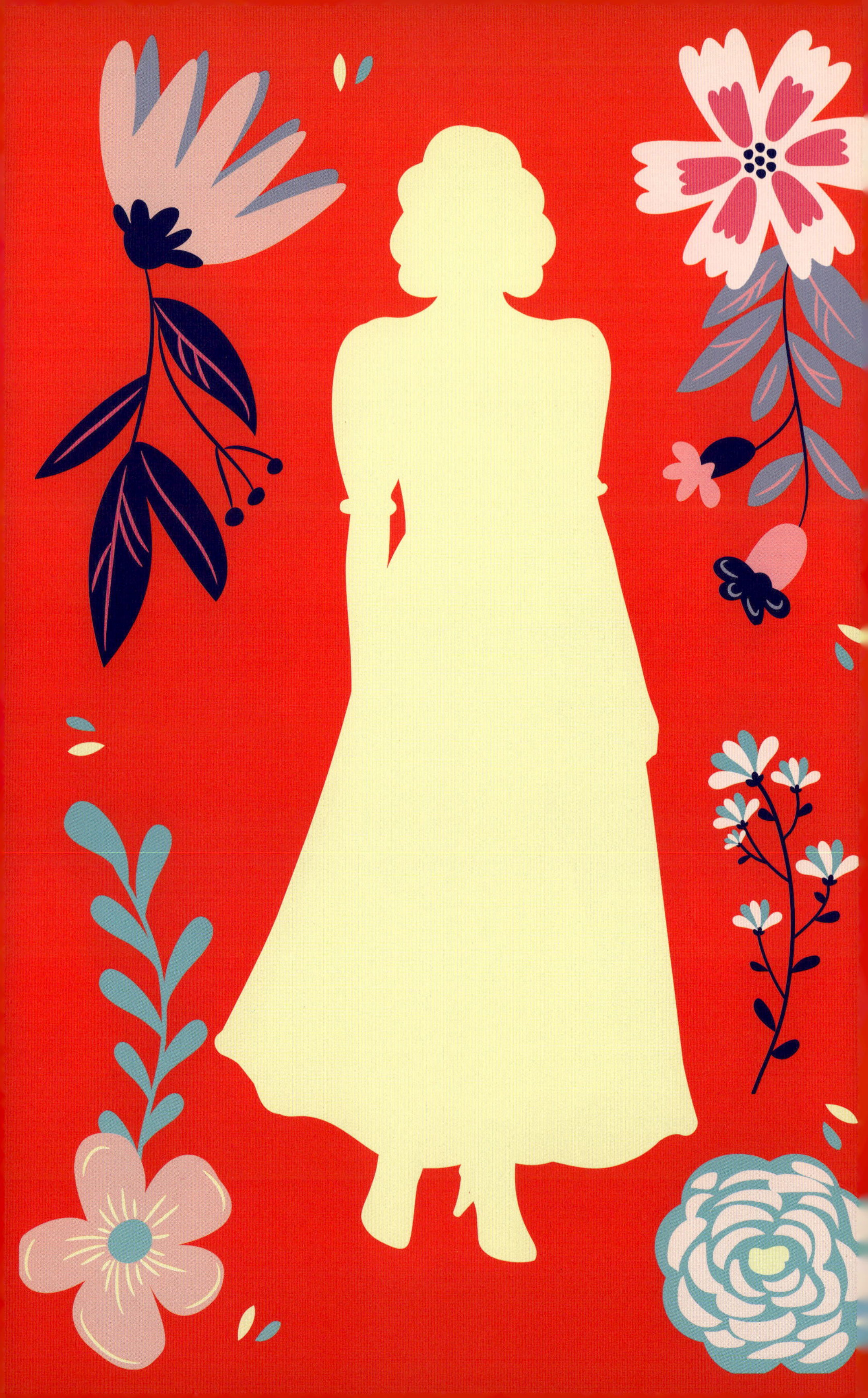

CAPÍTULO 16
À ESPERA DE POLIANA

Em Beldingsville a excitação era geral. Nunca, desde que Poliana Whittier voltara do Hospital, *andando*, houve tantos comentários nas ruas ou nos fundos de quintais. Ainda dessa vez era Poliana o centro do interesse. De novo, voltava ela para casa, uma Poliana diferente e uma chegada também diferente. A moça tinha agora vinte anos e, durante seis, passara os invernos na Alemanha e os verões viajando com o doutor Chilton e sua mulher. Somente uma vez, nesse período, estivera em Beldingsville, apenas durante um curto mês de verão, quando tinha 16 anos. Agora, voltava para ficar. Ela e sua tia Paulina.

O médico não viera com elas. Seis meses antes, entristecida, a cidade tivera a notícia de que o médico havia falecido e todos em Beldingsville esperaram que a senhora Chilton e Poliana regressassem imediatamente. Mas não voltaram. Soube-se que a viúva e a sobrinha continuariam no exterior por algum tempo: a senhora Chilton buscava distração e alívio para a perda que sofrera.

Depois, vagos rumores (não tão vagos) começaram a correr pela cidade: nem tudo ia bem, financeiramente, para a senhora Paulina Chilton. Certas ações de empresas ferroviárias de que o casal dispunha, depois de oscilarem bastante, tiveram uma queda violenta. Outros investimentos, segundo os boatos, estavam em condições precárias e dos imóveis pouco se poderia esperar. O médico jamais fora rico e tivera pesadas despesas nos últimos anos. Assim, não causou surpresa em Beldingsville a notícia de que, seis meses depois da morte do médico, a senhora Chilton e Poliana estavam de regresso.

A velha casa, por tanto tempo fechada e silenciosa, uma vez mais mostrava as janelas abertas e as portas escancaradas. Mais uma vez Nancy, agora senhora Timothy Durgin varreu, escovou e esfregou, até que tudo ficou em ordem.

— Infelizmente, não podem entrar — repetia Nancy aos curiosos que chegavam ao portão. — Minha sogra está com a chave e veio ver se tudo está arrumado. A senhora Chilton escreveu dizendo que ela e a senhorita Poliana chegam na próxima sexta-feira, e mandou arejar a casa, deixando, depois, a chave debaixo do capacho.

E Nancy pensava, como se falasse consigo mesma: "Imagine, deixar a chave sob o capacho! As duas entrarem na casa sozinhas e eu em minha própria casa, a somente um quilômetro de distância, sentada como se fosse uma ricaça e não tivesse coração! Coitadas! Voltarem para cá sem o doutor Chilton, que Deus o tenha. E sem dinheiro! É possível uma coisa dessas? Já imaginaram Paulina, quer dizer, a senhora Chilton pobre? Não é possível!"

Talvez Nancy nunca tivesse falado com mais interesse do que quando se dirigiu a um jovem alto e bonito, que parou diante da casa o puro-sangue que cavalgava, às dez horas da manhã de quinta-feira. E jamais falou com tanto embaraço, pois chegou a gaguejar, ao terminar:

— Seu Jimmy... Senhor Bean... quer dizer, senhor Pendleton... Seu Jimmy!

— Não se preocupe, Nancy. — O rapaz não conteve o riso. — Fale como for mais fácil! Fico muito contente sabendo que a senhora Chilton e Poliana chegam amanhã.

— Chegam, sim — confirmou Nancy. — Mas que pena! Bem, é claro que estou alegre com o regresso delas, mas, entende, é a maneira como estão voltando.

— Eu entendo — disse o rapaz, sério, olhando para a casa. — É claro, para isso não há remédio. Você está ajudando como pode, Nancy.

Voltando à porta, ela olhou para o cavalheiro que se afastava e murmurou consigo mesma: "Não me admira que seu Jimmy esteja perguntando pela senhorita Poliana. Sempre achei que isso ia acabar acontecendo. Ele é um moço bem bonito. Tenho fé em Deus que tudo vai dar certo. Que diferença daquele Jimmy Bean de antes! Nunca vi uma pessoa mudar tanto!"

Pensamento igual deve ter ocorrido a John Pendleton, naquela mesma manhã, quando, da varanda de sua casa, via aproximar-se o mesmo cavaleiro. Seus olhos tinham uma expressão semelhante à dos olhos de Nancy. E de seus lábios escapou um comentário, assim que o jovem apeou junto à estrebaria:

— Palavra! Que belo par!

Cinco minutos depois, Jimmy contornava a casa e subia a escada que levava à varanda.

— E então? — perguntou Pendleton, interessado. — Elas chegaram mesmo?

— Vão chegar.

— Quando?

— Amanhã — disse o moço, sentando-se numa cadeira.

A tensão que a resposta continha tornou John Pendleton pensativo. Olhou para o rosto do rapaz, hesitou um pouco e, depois, perguntou:

— Que é que há, meu filho?

— Nada, ora.

— Há, sim. Não adianta esconder. Eu o conheço. Você saiu daqui faz uma hora, alegre e bem-disposto, e volta assim, desanimado. Até parece que não está contente com a chegada das nossas amigas.

Pendleton fez uma pausa, esperando que o outro dissesse alguma coisa. Mas, diante do silêncio, insistiu:

— Como é, Jimmy? Não está contente com a chegada delas?

— Claro que estou. — O rapaz sorria, nervosamente.

— Está se vendo...

O jovem sorriu de novo e chegou a ficar corado:

— Bem... É que eu estava pensando em Poliana.

— Você não tem feito outra coisa senão falar sobre Poliana, desde que veio de Boston e ficou sabendo que ela vai voltar. Pensei que estivesse morrendo de vontade de vê-la.

— E estou mesmo... quer dizer, até ontem, eu estava — disse o rapaz. — Hoje, quando sei que ela vai chegar mesmo, estou com medo.

— Ora, Jim!

Em face da incredulidade de Pendleton, o rapaz sorriu:

— Sei que pode parecer tolice e nem sei se o senhor vai entender. Mas acho que, no fundo, eu queria... que Poliana não tivesse crescido. Ela era tão engraçadinha, tão encantadora quando menina! Penso na última vez que a vi, com seu rostinho sardento, as tranças louras, dizendo "Sim, estou alegre de ir, mas acho que vou ficar mais alegre ainda quando voltar". Foi a última vez que a vi. O senhor se lembra de que estávamos no Egito, há quatro anos, quando ela esteve aqui?

— Claro. Entendo o que você está querendo dizer — retrucou John Pendleton. — Eu também sentia a mesma coisa, até me encontrar com ela em Roma, no inverno passado.

— Então, o senhor a viu! Conte-me como foi — pediu o jovem com uma expressão de interesse no rosto.

— Pensei que você não ia se interessar por Poliana depois que ela ficou moça — disse Pendleton, irônico.

— Ela está bonita? — quis saber Jim.

— Sim, senhor! — replicou Pendleton, fingindo-se escandalizado. — Sempre a mesma pergunta: "Ela está bonita?"

— Está? — insistiu o rapaz.

— É melhor que você mesmo julgue. Se você... Bem, pensando melhor, vou dizer já para que não se decepcione. Poliana não é bonita... no que diz respeito a feições, cabelos e pele. A grande contrariedade na vida daquela moça é a certeza que ela tem de que não é bonita. Há muito tempo, ela me disse que teria cabelos negros e cacheados quando fosse para o céu. E no ano passado, em Roma, ela me disse outra coisa. Que tinha vontade que alguém escrevesse um romance cuja heroína tivesse cabelos lisos e sardas no nariz... porque imaginou que deveria alegrar-se que heroínas dos romances não precisavam ser assim.

— Poliana é assim mesmo.

— Você vai vê-la — disse Pendleton com um sorriso enigmático. — Eu acho, no final de contas, que ela é bonita. Tem os olhos lindos e vende saúde. Seu rosto se ilumina a tal ponto, quando fala, que a gente se esquece até de ver se suas feições são bonitas ou não.

— Ela ainda faz o jogo do contente?

— Ainda gosta do jogo. — Pendleton sorria. — Mas não fala muito a respeito disso. Pelo menos, não falou comigo nas duas ou três vezes em que estive com ela.

Depois de um silêncio, o jovem disse:

— Era uma das coisas que me preocupavam. Aquele jogo tem significado muita coisa para a gente da nossa cidade. Não posso me conformar que ela tenha desistido dele, que não o jogue mais. Ao mesmo tempo, não posso imaginar uma Poliana já adulta e aconselhando os outros a descobrir como ficarem alegres... Acho... Bem, no fundo acho que é isso mesmo. Não me conformo com Poliana ter ficado moça...

— Eu não me preocuparia com isso — retrucou o velho Pendleton. — Poliana vai continuar a mesma que foi na infância, apenas de maneira diferente. Coitada, acho que ela vai precisar do jogo do contente para tornar a vida suportável, pelo menos durante algum tempo.

— Está se referindo ao fato de Paulina Chilton ter tido prejuízos? Acha que elas ficaram pobres?

— Creio que sim. A situação financeira das duas é calamitosa. Tom deixou poucos bens, e os que lhe deviam estão insolventes. Muitos deixaram de lhe pagar os serviços profissionais. Tom não sabia dizer não, e os caloteiros da cidade sabiam disso e se aproveitaram. Por outro lado, as despesas que ele tinha de fazer eram muito pesadas nos últimos tempos. Ele esperava ganhar um bom dinheiro quando concluísse seus estudos na Alemanha. E pensava que os rendimentos das aplicações que faria no mercado de capitais assegurariam uma vida tranquila a sua mulher e a Poliana. Assim, não se preocupava muito.

— Hum, hum! Eu sei… — murmurou Jimmy.

— Não é tudo. Dois meses depois que Tom faleceu, quando estive com a senhora Chilton e Poliana em Roma, a viúva se encontrava num estado terrível. Apesar do pesar pela morte do marido, começava a se dar conta da situação precária de suas finanças, e ficou muito nervosa. Não queria voltar, nunca mais ver Beldingsville ou pessoa alguma daqui. Sabe como é: sempre foi orgulhosa e se sentia humilhada. Poliana me disse que sua tia se atormentava com a ideia de que o povo de Beldingsville não aprovara seu casamento com o doutor Chilton, por causa da idade dele, e, agora que o marido morrera, achava que iria enfrentar aqui a mais completa falta de solidariedade em sua dor. Também se sentia acabrunhada com o fato de que todos sabiam que ela estava viúva e arruinada. Em resumo: tornara-se presa de uma preocupação mórbida, despropositada e terrível. Pobre Poliana! Se a senhora Chilton continuou assim, a coitadinha deve estar em frangalhos. Por isso é que eu digo que, se alguém está precisando agora do jogo do contente, esse alguém é Poliana!

— Que coisa! Acontecer isso logo com Poliana! — exclamou o jovem Pendleton, com a voz alterada.

— Você pode ver que as coisas não estão bem pelo modo como estão voltando, as duas, sem que ninguém tivesse sido avisado. Sou capaz de jurar que é isso mesmo que a senhora Chilton está querendo. Sei que ela não escreveu para ninguém, a não ser para a senhora Durgin, que está com as chaves da casa.

— Nancy me disse. Ela abriu a casa, que mais parece o túmulo das esperanças e alegrias mortas. O terreno está bem-cuidado pelo velho Tom. É de cortar o coração… Mas acho que elas não podem chegar sem ter ninguém para recebê-las.

— Eu vou à estação.

— Quer dizer que sabe em que trem elas chegam?

— Não sei. Nem Nancy sabe.

— Como é que vai fazer, então?

— Vou para lá, pela manhã, e espero todos os trens que chegarem — disse o rapaz. — Timothy também vai, com o carro da família. Afinal, não chegam muitos trens por dia.

— Bem… — disse John Pendleton. — Admiro seu coração, mas não sua cabeça. Gosto de ver que você está agindo de acordo com o coração e não com a cabeça. Desejo-lhe boa sorte.

— Obrigado — agradeceu Jimmy. — Preciso mesmo de muita sorte.

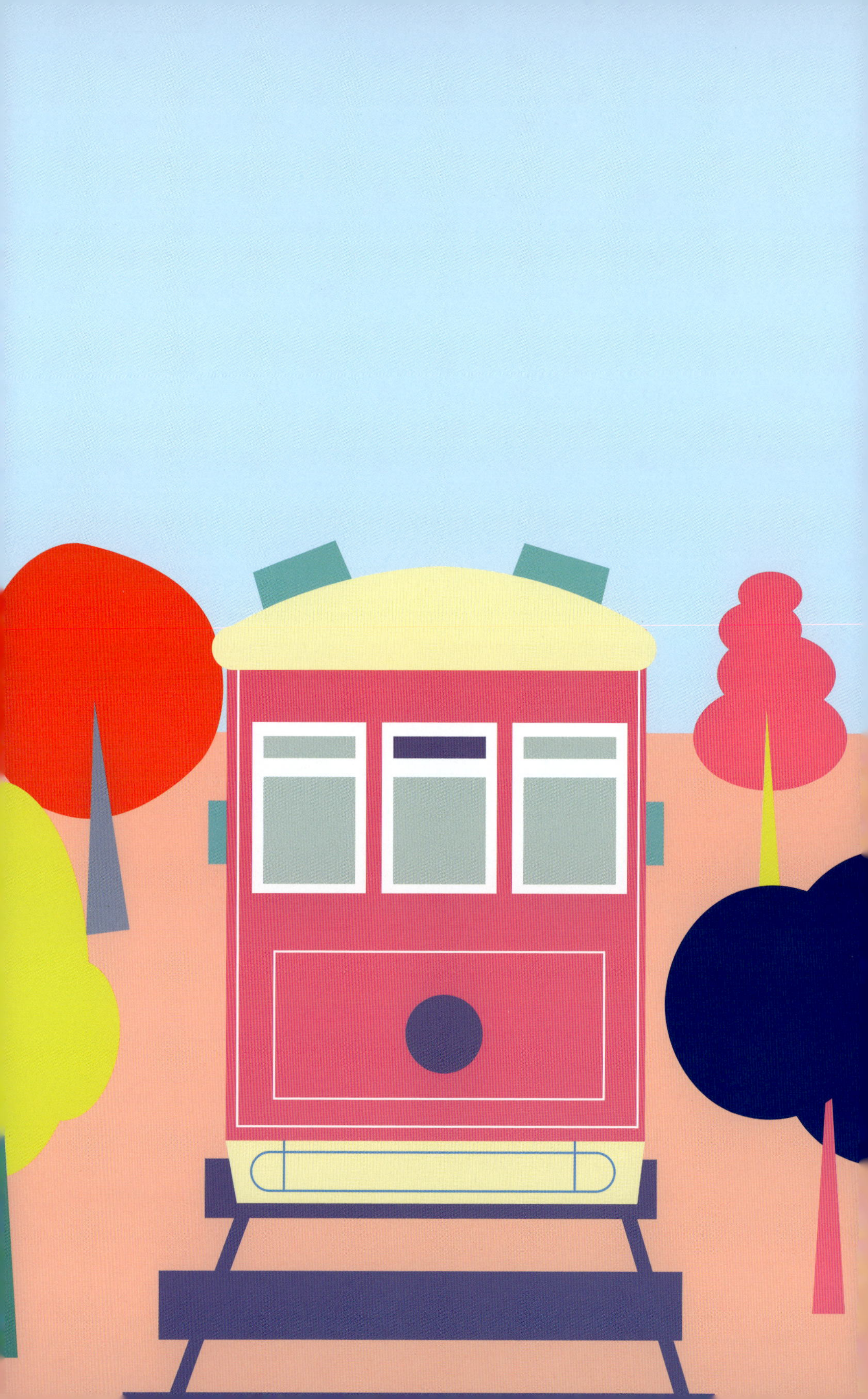

CAPÍTULO 17
A CHEGADA DE POLIANA

Quando o trem chegava a Beldingsville, Poliana olhou para a tia. Durante o dia, a senhora Chilton se tornava cada vez mais nervosa e mais triste. Poliana temia que as coisas piorassem quando chegassem à estação de sua cidade. Olhando para a tia, Poliana sentia um aperto no coração. Incrível como alguém podia mudar e envelhecer tanto em seis meses. Os olhos da senhora Chilton tinham perdido o brilho, as faces estavam sem cor, a testa enrugada, a boca caída nos cantos dos lábios e o cabelo, penteado para trás, formava um coque frouxo, o mesmo que Poliana vira alguns anos antes. O vigor e a disposição que lhe tinham vindo com o casamento haviam desaparecido, fazendo com que reaparecesse a antiga dureza do tempo em que ainda era a senhorita Paulina Harrington, que não amava ninguém e nem era amada.

— Poliana! — A voz de Paulina Chilton era incisiva.

A moça estremeceu, com uma sensação de culpa, e a sensação de que a tia lera seus pensamentos. Perguntou:

— O que é, titia?

— Onde está a malinha preta?

— Está aqui.

— Então, tire o meu véu preto. Estamos chegando.

— Mas está fazendo muito calor!

— Poliana, estou lhe pedindo o véu preto! Se você fizesse sempre o que lhe peço, seria bem mais fácil para mim. Estou querendo o véu. Ou acha que estou disposta a deixar que essa gente de Beldingsville veja como estou?

— Ora, titia, ninguém vai nos aborrecer — disse Poliana, tirando o véu da maleta. — Depois, não deve haver ninguém na estação à nossa espera. Nem avisamos que íamos chegar…

— Eu sei. Mas mandamos dizer à velha Durgin para arejar a casa e deixar a chave embaixo do capacho. Acha que Mary Durgin não bateu com a língua nos dentes? Metade da cidade já deve saber que chegamos hoje, e haverá no mínimo dez pessoas na estação. Conheço essa gente! Vão querer saber como está a pobre Paulina Harrington. Vão…

— Por favor, titia! — implorou Poliana.

— Se ao menos eu não estivesse tão sozinha! Se Thomas ainda estivesse comigo… — começou Paulina, logo cortando a frase para indagar: — Onde está o véu?

— Está aqui, titia — respondeu Poliana. — E já estamos quase chegando. Queria muito ver o velho Tom ou Timothy na estação.

— Para que nos levassem até em casa de carruagem, como se ainda tivéssemos condições de manter cavalos e carruagens? Sabemos que teremos de vender tudo isso amanhã. Não, Poliana. Prefiro tomar um carro de praça.

— Eu sei… — Poliana foi interrompida pela chegada do trem à plataforma.

Quando as duas desceram do trem, Paulina, o véu escondendo o rosto, não olhou para os lados. Mas Poliana teve de se voltar em várias direções, sorrindo e cumprimentando. De repente, viu-se diante de um rosto que lhe parecia conhecido e, ao mesmo tempo, parecia que não era. Então, exclamou:

— Não pode ser! É Jimmy! — E estendeu a mão. — Bem, acho que devo dizer senhor Pendleton. — E deu um sorriso encabulado. — Está tão alto e elegante!

— Como está, Poliana? — A seguir, o rapaz se voltou para cumprimentar a senhora Chilton. Esta, porém, já andava à sua frente, e Jimmy tornou a se dirigir a Poliana: — Por aqui. Timothy está esperando, com a carruagem.

— Ótimo! — disse Poliana, olhando preocupada para a tia, que seguia na frente, o véu lhe tapando o rosto. — Titia — falou, tocando timidamente no braço de Paulina —, Timothy está aqui e trouxe a carruagem. Venha, titia. Este é Jimmy Bean. Lembra-se dele?

Em seu nervosismo, Poliana nem notou que chamava o amigo pelo nome de menino. A senhora Chilton, entretanto, percebeu. Com relutância, virou-se para o rapaz e, inclinando a cabeça, disse:

— Foi muita gentileza ter vindo nos receber. Lamento ter dado todo esse trabalho ao senhor e a Timothy.

— Foi um prazer! — respondeu o jovem. — E agora, se a senhora quiser me entregar os bilhetes, vou retirar sua bagagem.

— Obrigada, acho que podemos... — começou Paulina Chilton.

Mas com um aliviado "Muito obrigada!", Poliana já entregara os bilhetes ao rapaz. A boa educação não permitia que a senhora Chilton reclamasse.

O trajeto até a casa foi feito em silêncio. Um tanto ofendido com a fria recepção que tivera de parte da antiga patroa, Timothy estava de cara fechada, teso na boleia. Paulina Chilton, depois de um frio "Está bem, menina, vamos para casa", voltara à habitual rispidez. Poliana, porém, nada tinha de tensa ou de ríspida e, com olhos ternos, ainda que lacrimosos, contemplava com emoção cada trecho do caminho que percorriam. Só se manifestou para dizer:

— Jimmy está muito bem, não é mesmo? Como melhorou! Os olhos e o sorriso são muito bonitos, não acha? — Esperou algum comentário, mas, como nada ouviu, contentou-se em murmurar, ela mesma: — Eu acho que são.

Timothy não lhe dissera o que a esperava em casa. Assim, as portas escancaradas e as flores espalhadas pelos cantos, além da recepção de Nancy à entrada, foram para ela e para Poliana uma surpresa completa.

— Que beleza, Nancy! — exclamou a moça, descendo da carruagem. — Veja, titia, Nancy está aqui. E note como ela arrumou tudo, olhe que beleza!

A voz de Poliana era jovial, mas deixava transparecer a tristeza que a perturbava. Não era fácil livrar-se de uma emoção, ao voltar àquela casa, para sempre privada da presença do médico querido. E se a saudade tanto amargurava, era fácil entender o que estaria sentindo sua tia. Poliana sabia que o que Paulina mais temia era demonstrar seu desespero diante de Nancy. Por trás do véu negro, seus olhos estavam semicerrados e os lábios tremiam. A moça sabia ainda que, para ocultar tudo isso, sua tia aproveitaria a primeira oportunidade para ter uma explosão de raiva e, assim, evitar que desconfiassem de que tinha o coração em pedaços. Não se surpreendeu, pois, quando ouviu Paulina, depois de cumprimentar Nancy com frieza, acrescentar com rispidez:

— Foi muita bondade sua, Nancy. Mas eu preferia que você não tivesse feito isso.

— Ora, senhora Paulina… quero dizer, senhora Chilton, achei que não podia deixar a senhora… — começou Nancy.

— Está bem, está bem — interrompeu Paulina. — Não quero mais falar nisso. — E, levantando a cabeça, saiu da sala.

Logo a seguir ouviu-se a batida da porta de seu quarto, no andar de cima. Nancy era a personificação do desalento:

— Senhorita Poliana, o que é isso? Que foi que eu fiz? Pensei que ela fosse gostar. Fiz apenas o que devia!

— E fez muito bem, Nancy — disse Poliana, tirando um lenço da bolsa para enxugar as lágrimas. — Tudo está lindo!

— Mas ela não gostou.

— Gostou, sim. Só não quer confessar. Ficou com medo de demonstrar… outras coisas e… Ora, Nancy! Estou tão alegre que sinto vontade até de chorar. — E, sem poder conter-se, Poliana soluçou no ombro de Nancy.

— Calma, minha filha — murmurou Nancy, afagando a moça com uma das mãos, enquanto com a outra erguia o avental para secar suas próprias lágrimas.

— Você sabe — disse Poliana. — Eu não podia chorar na frente dela. E foi difícil chegar aqui. Sei o que ela sente.

— Eu também, coitada! — admitiu Nancy. — E fui fazer logo o que ela não queria que fosse feito!

— É claro que queria, sim. Só não quis que vissem como está abatida… por causa do marido. Para esconder isso, aproveita qualquer pretexto. Fez a mesma coisa comigo, sabia?

— É uma pena… — compadeceu-se Nancy. — Mas estou contente de ter vindo por sua causa.

— E eu também. — Poliana afastou-se, enxugando os olhos. — Agora estou melhor. E muito obrigada, Nancy, você foi um anjo. Não precisa se preocupar mais conosco. Pode ir, quando quiser.

— O quê?! Pensei que ia ficar para fazer o serviço.

— Ora, Nancy. Você está casada e precisa cuidar de Timothy, ou já se esqueceu disso?

— Mas ele não se incomoda, quer que eu fique trabalhando aqui.

— Não podemos ficar com você, Nancy — disse Poliana. — Eu mesma me encarrego de tudo, até sabermos como estão as coisas. Temos de fazer economia, como diz tia Paulina.

— Não faço questão de dinheiro… — começou Nancy a dizer, mas parou diante da expressão no rosto de Poliana e, apressadamente, foi ver a torta de galinha no forno.

Depois do jantar, e quando tudo ficou arrumado, a senhora Timothy Durgin concordou em sair, em companhia do marido. E o fez com relutância e pedindo que a deixassem vir de vez em quando, "só para dar uma mãozinha".

Assim que Nancy se retirou, Poliana entrou na sala de estar onde Paulina Chilton se achava, sentada e sozinha, cobrindo os olhos com a mão.

— Como é, titia? Posso acender a luz? — indagou a moça.

— Pode, sim.

— Nancy foi muito boa arrumando tudo direitinho, não?

Não houve resposta.

— Só não sei onde foi que ela arranjou essas flores — insistiu Poliana. — Espalhou flores por todas as salas e nos dois quartos, também.

O mesmo silêncio. Poliana suspirou e voltou a insistir:

— Estive com o velho Tom no jardim. O coitado está cada vez pior do reumatismo. Anda curvado, parece dobrado no meio. Perguntou muito pela senhora.

Paulina Chilton a interrompeu, bruscamente:

— Que é que vamos fazer, Poliana?

— Que vamos fazer? O que for possível, titia, o melhor que pudermos.

— Ora, Poliana! — A tia não conteve um gesto de impaciência. — Seja séria uma vez na vida! Ou não acha que a situação é difícil? Meus rendimentos estão reduzidos a quase nada. É claro que ainda tenho algumas coisas valiosas, mas o senhor Hart diz que não encontraria compradores agora. Temos um pouco de dinheiro no banco e alguma coisa a receber. E temos esta casa. Mas de que adianta a casa? Não podemos comê-la nem vesti-la. E não conseguiremos vendê-la nem pela metade do que vale, a menos que encontrássemos alguém que quisesse realmente comprá-la.

— Não, titia! Vender a casa, não! — protestou a moça. — Esta casa tão bonita, cheia de coisas lindas! Não, por favor!

— Infelizmente, vai ser preciso. Temos que comer...

— Eu sei... — lamentou-se Poliana, com um sorriso triste. — Eu mesma como em excesso. Mas fico alegre por ter tanto apetite.

— Você sempre acha algo para se sentir alegre, não é? Mas o que vamos fazer, minha filha? Queria que você falasse com seriedade, ao menos uma vez.

— Estou séria, tia Paulina — disse Poliana, com visível alteração em sua fisionomia. — Estou pensando. Acho que posso trabalhar para ganhar algum dinheiro.

— Menina, nem quero ouvir isso! — reagiu Paulina Chilton. — Uma moça da família Harrington ter de trabalhar para comer?!

— E daí? A senhora devia até ficar satisfeita. Se uma moça da família Harrington for capaz de trabalhar para ganhar o pão, tudo bem. Não é desgraça nenhuma, tia Paulina.

— Talvez não seja... Mas não é agradável para o orgulho, para a posição que sempre ocupamos em Beldingsville.

— Se eu soubesse fazer alguma coisa… — Poliana, como se não tivesse ouvido a observação da tia, fixava os olhos no espaço. Murmurou: — Se eu soubesse fazer alguma coisa melhor do que qualquer pessoa! Sei cantar um pouco, bordar um pouco e cerzir um pouco, mas nada disso faço bem ou suficientemente bem para ganhar dinheiro… — Ficou pensativa algum tempo e, depois, comentou: — O que mais gosto é cozinhar e arrumar a casa. Lembra-se de como eu gostava disso, nos invernos que passamos na Alemanha, quando Gretchen não aparecia? Só não quero é ir para a cozinha de outras pessoas.

— Como se eu fosse consentir isso, Poliana! — exclamou a tia, estremecendo de horror diante da hipótese.

— É claro que trabalhando em nossa cozinha não ia me fazer ganhar dinheiro. E é de dinheiro que precisamos agora.

— De fato… — concordou Paulina, suspirando.

Houve um longo silêncio, quebrado por Poliana:

— Pensar que, depois de tudo o que a senhora fez por mim, titia… Se eu tivesse oportunidade de ajudá-la… Mas não tenho. Por que não consegui na vida alguma coisa que valesse dinheiro?

— Ora, minha filha! Naturalmente, se Thomas…

— Não fique assim, titia! — exclamou Poliana, pondo-se de pé e erguendo a cabeça, numa completa mudança de atitude. — Talvez eu possa revelar um talento maravilhoso algum desses dias… Quem sabe? Depois, acho que tudo isso é excitante. Há muita incerteza em tudo. E é divertido querer as coisas e esperar que elas aconteçam. Viver sempre sabendo o que vai acontecer é tão… tão monótono! — concluiu, dando uma risadinha.

A senhora Paulina Chilton, entretanto, não sorriu. Deu um suspiro e disse:

— Você não tem jeito mesmo, Poliana!

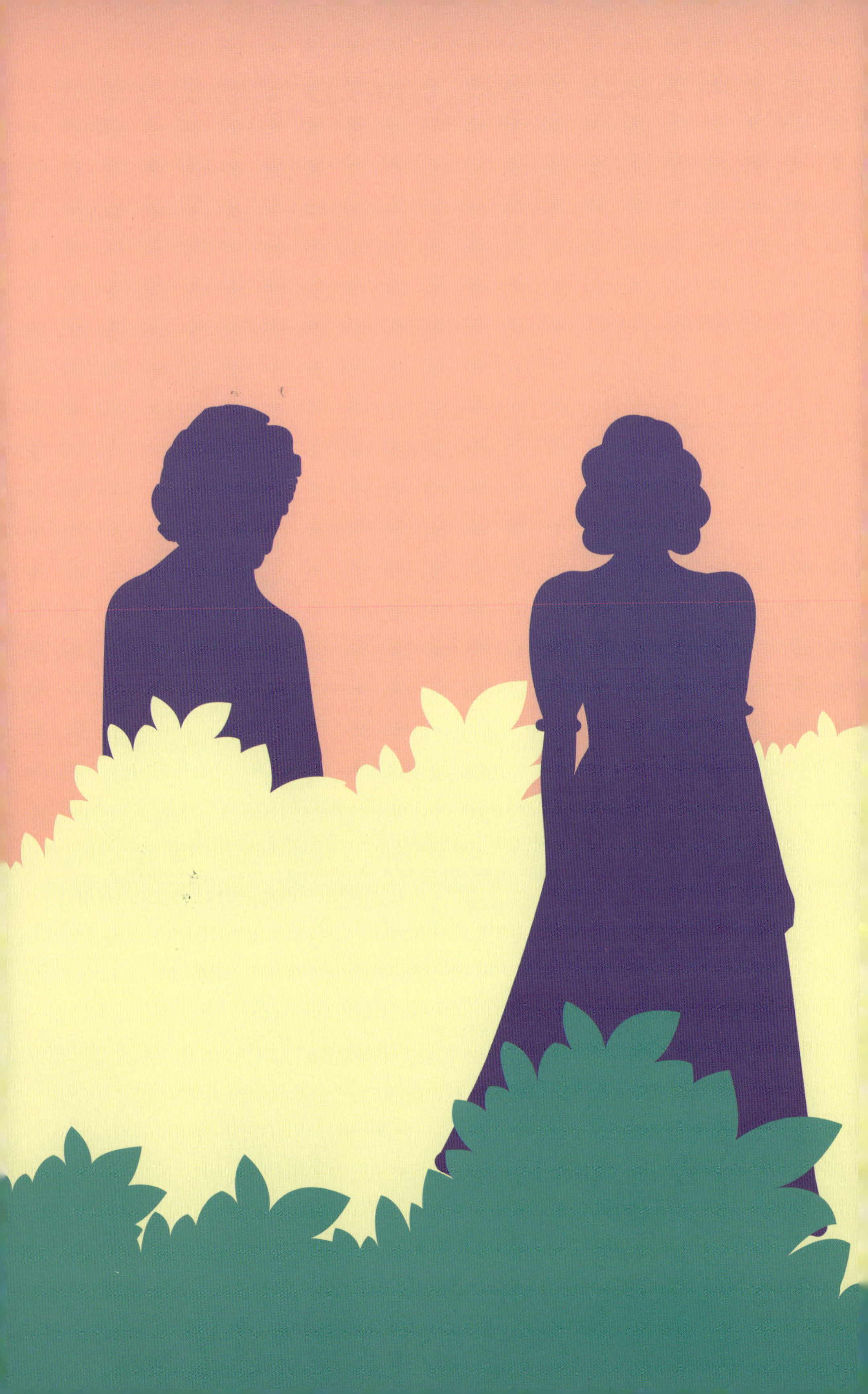

CAPÍTULO 18
UM CASO DE ADAPTAÇÃO

Os primeiros dias em Beldingsville não foram fáceis para Paulina e para Poliana. Foram dias de adaptação, e a adaptação nem sempre é fácil. Depois da excitação da viagem, tinham de atentar para o preço da manteiga e para a esperteza do açougueiro. Havia sempre um problema à espera de solução.

Vizinhos e amigos apareceram e, embora Poliana os recebesse com cordialidade, a senhora Chilton se escusava, sempre que podia, queixando-se à sobrinha:

— É só a curiosidade de ver como é Paulina Harrington sem dinheiro...

Falava pouco sobre o marido, mas Poliana sabia que ela não o tirava nunca do pensamento: na maior parte das vezes, seu silêncio era apenas um manto para esconder a emoção que não queria exibir.

A moça esteve algumas vezes com Jimmy Pendleton durante o primeiro mês. Logo no começo, ele apareceu com John Pendleton para uma visita cerimoniosa, isto é, cerimoniosa e compenetrada depois que a senhora Chilton entrou na sala. Fosse qual fosse o motivo, daquela vez tia Paulina decidiu receber os visitantes. Depois, Jimmy apareceu sozinho, uma vez trazendo flores, outra um livro para Paulina e duas vezes sem qualquer pretexto. Poliana o acolhia com o prazer de sempre. Depois da primeira visita, Paulina não o viu mais.

Com a maioria dos amigos Poliana pouco falava da situação em que se encontravam. Mas com Jimmy conversava abertamente e seu comentário era sempre o mesmo:

— Se eu pudesse fazer alguma coisa para ganhar dinheiro! Estou me transformando na criatura mais interesseira que já vi! — brincou, certo dia. — Sempre calculava tudo em dólares, e agora faço as contas em centavos. Tia Paulina se sente tão pobre!

— É uma pena! — exclamou Jimmy.

— Sei disso — concordou Poliana. — Mas, francamente, acho que ela se sente um pouco mais pobre do que é. Só pensa nisso. O que eu faria para ajudá-la!

— Que é que você gostaria de fazer... se pudesse? — indagou Jimmy, comovido.

— Ora, cozinhar, arrumar casa. Gosto de bater ovos com açúcar, de ouvir o bicarbonato borbulhar numa xícara de coalhada. Gosto de fazer bolos. Mas nada disso dá dinheiro, a não ser se for para cozinhar na casa dos outros. E para isso não me sinto disposta.

— Claro — disse Jimmy, olhando para o expressivo rosto que tinha bem perto de si e dizendo, ligeiramente corado: — Naturalmente, você pode se casar. Já pensou nisso?

Poliana deu uma risadinha, na atitude de uma moça nem de leve tocada pelas setas do Cupido:

— Não penso em me casar. Em primeiro lugar, não sou bonita, você sabe. E, depois, tenho de cuidar de tia Paulina, não é?

— Não é bonita, hein? — E Jimmy sorriu. — Já imaginou que possa haver opinião contrária a esse respeito, Poliana?

— Não pode haver. Afinal, tenho um espelho.

Parecia mero coquetismo. Em outra moça, talvez, pensou Jimmy. Mas bastava olhar para o rosto de Poliana para se saber que, em seu caso, não era. De repente, ele compreendeu por que Poliana era diferente de todas as moças que conhecia. Ainda fazia parte dela algo de sua maneira antiga de encarar as coisas.

— Por que diz que não é bonita? — perguntou.

Ao fazer a pergunta, e certo de que conhecia bem o caráter de Poliana, o jovem quase se arrependeu da temeridade. Não pôde deixar de pensar que qualquer outra moça ficaria magoada com aquela tácita confissão de que aceitava o fato de não se achar bonita. Mas o que lhe disse Poliana mostrou que seu temor era infundado:

— Por quê? Ora, simplesmente porque não. Talvez você não se lembre, mas quando eu era menina, sempre achei que uma das boas coisas que o céu me daria quando eu chegasse lá seriam cabelos negros e anelados.

— É o que ainda deseja, Poliana?

— Acho que não. — A moça hesitou um pouco. — Continuo a gostar de cabelos negros e anelados. Mas não tenho cílios compridos, e o meu nariz não é grego ou romano... não tem "estilo". É só um nariz. Tenho o rosto curto ou comprido, até me esqueci. Eu o medi uma vez, para me comparar com um desses "padrões de beleza", e vi que é meio torto. Dizem que a largura do rosto deve ser igual a quatro vezes o tamanho dos olhos e a largura dos olhos igual a... Nem lembro mais a quê... O fato é que não é o meu caso.

— Nossa! Que quadro lúgubre! — brincou Jimmy, perguntando depois de se fixar nos expressivos olhos da moça: — Você já se viu no espelho quando fala, Poliana?

— Claro que não, ora!

— Pois devia.

— Que ideia! — exclamou Poliana, rindo. — Imagine só! E o que eu devia falar? Uma coisa assim, talvez: "Bem, Poliana, se seus cílios não são compridos e seu nariz não tem estilo, você deve ficar muito contente, porque, afinal de contas, tem cílios e nariz!"

O rapaz acompanhou-a no riso, mas seu rosto mudou de expressão e ele disse, um tanto hesitante:

— Quer dizer que continua a fazer o jogo do contente?

— Claro, Jimmy! — Poliana o encarou com certo espanto. — Acho que não poderia ter vivido, nos últimos seis meses, se não fosse esse bendito jogo. — E sua voz tremia um pouco.

— Você não me falou disso — observou o rapaz.

— Eu sei. — Poliana mudou de cor. — Acho que estou com medo de falar demais com pessoas que não se importem. Você sabe. Agora que tenho vinte anos não seria a mesma coisa, para mim, como no tempo em que eu tinha dez. Compreendi isso. As pessoas não gostam de conselhos.

— É isso mesmo — concordou o rapaz. — Mas, às vezes, fico pensando se você realmente entendeu aquele jogo ou o que ele significa para aqueles que o jogam.

— Eu sei o que ele fez por mim mesma — falou Poliana em voz baixa, olhando para o outro lado.

— Está vendo só? — disse Jimmy, após curto silêncio. — Realmente, ele dá resultado, se você o joga. Alguém certa vez disse que o jogo revolucionaria o mundo se todos o praticassem. Eu acredito nisso.

— Está certo. Mas algumas pessoas não querem ser revolucionárias — observou Poliana. — No ano passado, conheci na Alemanha um homem que havia perdido todo o seu dinheiro e andava na pior. Alguém tentou reanimá-lo, dizendo: "O que é isso? As coisas podiam ser piores!" Pois em vez de consolar-se, o homem ficou uma fera. E disse: "Se há alguma coisa no mundo que me dá raiva é alguém me dizer que as coisas podiam ser piores e que devo ficar feliz com o que me resta. Não tolero essa gente que sofre e sai rindo, dizendo que é feliz porque ainda pode respirar, comer ou andar. Não quero respirar, comer ou andar só para continuar nesta situação. E quando me dizem que devo ser feliz por poder comer e andar, tenho vontade de dar um tiro em quem fala assim!" Imagine se eu tivesse ensinado o jogo do contente àquele homem!

— Acho que ele estava precisando muito de você — disse Jimmy, sorrindo.

— Pode ser. Mas não me teria agradecido o ensino.

— Escute, Poliana. Aquele homem, com sua filosofia e maneira de viver, fazia a infelicidade dele mesmo e dos outros, não é verdade? Pois bem. Suponhamos que ele estivesse fazendo o jogo do contente. Enquanto procurasse algo com que pudesse se alegrar, não estaria, ao mesmo tempo, resmungando sobre os seus males, e ganharia muito com isso. Seria mais fácil para os outros conviverem com ele, e ele próprio viveria melhor. Enquanto isso, a sorte do homem não pioraria por ter deixado de lado suas lamúrias. Devia até melhorar, pois, na pior hipótese, ficaria em melhor disposição.

— Isso me faz pensar — disse Poliana, concordando — no que eu disse a certa senhora que trabalhava para as senhoras da Auxiliadora, uma dessas pessoas que têm prazer com o sofrimento e com as causas do sofrimento. Devia ter uns dez anos e tentava ensinar a ela o jogo do contente. Sem muito sucesso, aliás, e acabei, embora inconscientemente, compreendendo a razão do insucesso. E disse a ela, entusiasmada: "De qualquer modo, a senhora deve se sentir feliz por ter tanta coisa que a faz sofrer. Afinal, a senhora gosta do sofrimento."

— E ela? — quis saber Jimmy.

— Acho que ficou com tanta raiva como teria ficado o tal homem na Alemanha, se eu tivesse tentado ensinar a ele o jogo do contente.

— Mas todos deviam aprender! E você devia dizer... — O rapaz cortou a frase, com estranha expressão no rosto.

— O que foi, Jimmy? — perguntou Poliana, surpresa.

— Nada. Só estava pensando. Percebi que queria que você fizesse o mesmo que, antes, eu tinha medo que você fizesse. Isto é, antes de vê-la, eu estava com medo de que... que...

— Vamos, continue — pediu Poliana ante sua indecisão.

— Não é nada demais...

— Estou esperando — murmurou Poliana, com atitude calma e confiante, traída apenas pela expressão dos olhos.

Jimmy hesitou, olhou para o rosto sorridente da moça e se deu por vencido:

— Não sei o que você vai achar. Só que eu estava preocupado... um pouco, com aquele jogo do contente, com receio de que você continuasse a praticá-lo, você sabe, e...

— Que foi que eu lhe disse? — indagou Poliana, dando uma gostosa risada. — Você sempre se preocupou, com medo de que eu fosse, aos vinte anos, exatamente o que era quando tinha dez!

— Não... eu não quis dizer... — gaguejou Jimmy Pendleton. — Pode acreditar, Poliana. Eu pensei... É claro que sabia...

Poliana limitou-se a tapar os ouvidos, rindo sem parar.

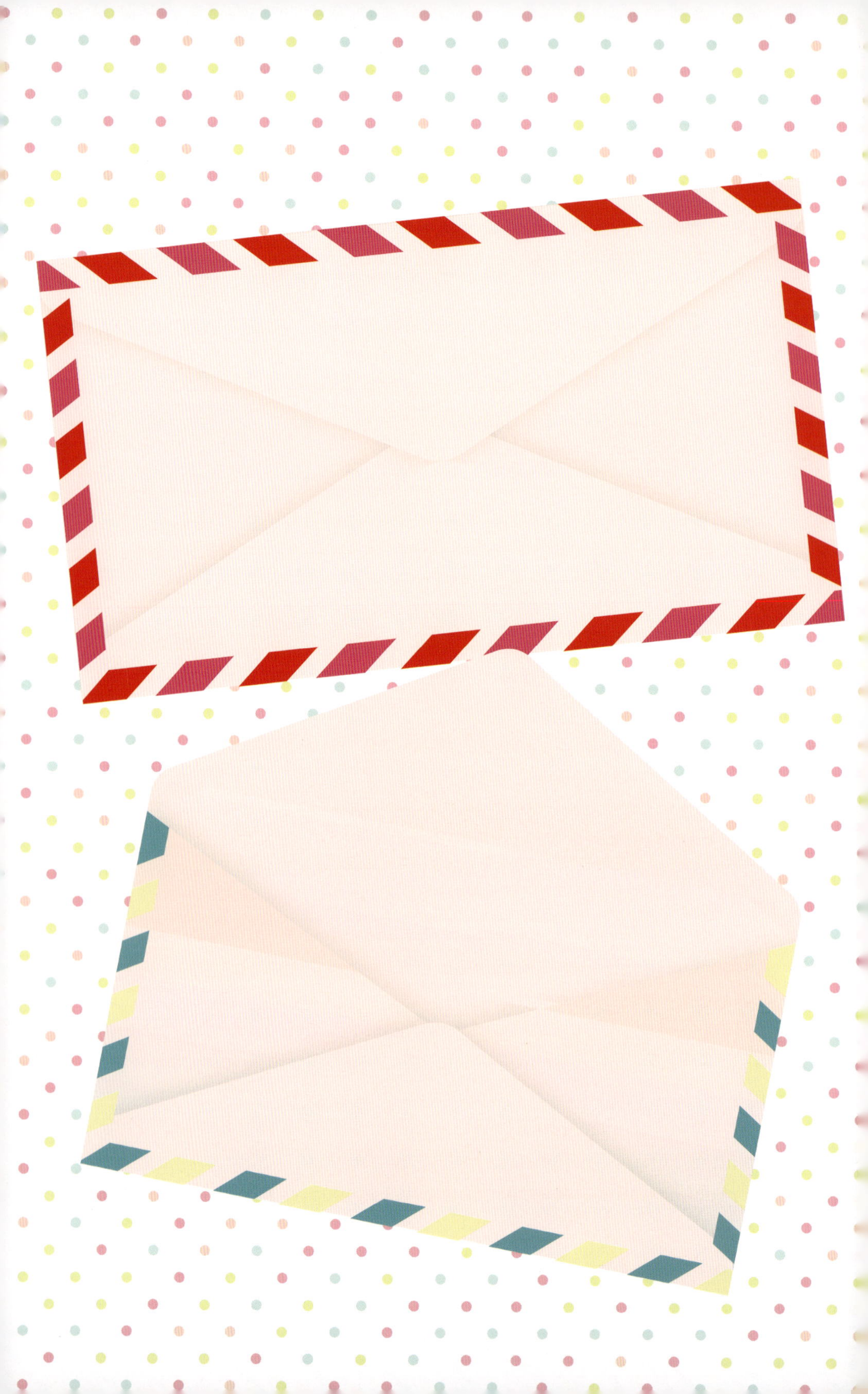

CAPÍTULO 19
DUAS CARTAS

No final de junho, Poliana recebeu esta carta de Della Wetherby:

    Estou escrevendo para lhe pedir um favor. Espero que você possa me indicar alguma casa de família, bem tranquila, aí em Beldingsville, onde minha irmã possa se hospedar durante o verão. São três pessoas: minha irmã, sua secretária e seu filho adotivo, Jamie. (Você se lembra de Jamie, não?) Eles não querem ficar num hotel ou numa pensão. Minha irmã anda cansada, e o médico recomendou que passasse uma temporada no interior, para mudar de ambiente e repousar. Sugeriu Vermont ou New Hampshire. Pensamos logo em Beldingsville e em você, que pode nos indicar o lugar adequado para eles ficarem. Prometi a Ruth que lhe escreveria. Eles querem ir no princípio de julho, se for possível. Por favor, responda-me o mais depressa possível, dizendo se pode arranjar o lugar. Minha irmã está internada no Hospital há algumas semanas, tratando-se.
    À espera de uma resposta favorável, cordialmente,
    Della Wetherby

Depois que leu a carta, Poliana ficou imóvel por algum tempo, tentando mentalmente localizar casas de família em Beldingsville que pudessem hospedar os viajantes. Achou, de súbito, a solução e, com uma exclamação de alegria, foi falar com Paulina na sala de estar:

— Titia! Acabo de ter uma ideia ótima! Não lhe disse que alguma coisa ia acontecer para que eu pusesse em prática minhas aptidões? Pois aconteceu. Leia esta carta de Della Wetherby, irmã da senhora Carew, em cuja casa fiquei aquele inverno em Boston, lembra-se? Ela tem que passar o verão no interior, e Della me pediu para conseguir aqui alguma casa de família que a pudesse hospedar. A princípio, não me lembrei de nenhuma. Mas agora descobri, tia Paulina! Adivinhe qual é?

— Como é que você pode ser assim, minha filha? — disse a tia em vez de tentar adivinhar. — Parece que ainda tem 12 anos. Sobre o que, mesmo, você estava falando?

— Sobre uma casa de família para hospedar a senhora Carew e Jamie. Já encontrei! — respondeu a moça, com entusiasmo.

— Já? — indagou Paulina, desinteressada. — E por que todo esse entusiasmo?

— Porque é aqui. Vamos hospedá-los aqui, titia.

— Poliana! — exclamou Paulina, quase em pânico.

— Por favor, titia! Não está vendo que é a oportunidade que eu esperava? Parece até que caiu do céu. Podemos hospedá-los sem a menor dificuldade. Temos muitos quartos, e a senhora sabe que sei cozinhar e arrumar a casa. Vamos ganhar dinheiro, sei que a senhora Carew nos pagará muito bem. São três hóspedes; a secretária também virá.

— Não é possível, Poliana! — reclamou a tia. — Fazer da nossa casa uma pensão? A mansão dos Harrington transformada numa hospedaria?! Essa não, Poliana!

— Não vai ser uma pensão qualquer, e sim uma muito especial. Depois, são pessoas amigas. É como se fossem conhecidos que vêm nos visitar. A diferença é que vão pagar. E estamos precisando de dinheiro, titia!

Um espasmo de orgulho ferido contorceu o rosto de Paulina e, com um gemido, ela afundou na poltrona. Depois, perguntou:

— Você pode se encarregar de tudo? E sozinha?

— Claro que não — admitiu Poliana, pisando agora em solo firme, pois conseguira vencer a resistência da tia. — Eu posso cozinhar e dirigir a casa e uma das irmãs de Nancy faria o resto. A sogra de Nancy lavaria a roupa, como vem fazendo.

— Mas eu não estou passando bem, Poliana, você sabe, não posso fazer muita coisa.

— Claro que não, titia. E nem precisa. Não acha que é uma ideia ótima? É um dinheiro caído do céu!

— Vamos ver... — duvidou Paulina. — Você ainda tem de aprender muito, Poliana. Fique sabendo que os hóspedes que pagam são muito exigentes. Não há de ser pelos seus belos olhos que vão fazer o dinheiro cair do céu. Você vai ter um bocado de trabalho, não se esqueça disso.

— Pode deixar — respondeu a moça. — Agora, vou escrever a Della e pedir a Jimmy Bean para pôr a carta no correio, quando ele aparecer aqui esta tarde.

— Por que é que você não chama aquele moço por seu nome verdadeiro? — Paulina parecia nervosa. — Esse "Bean" me dá arrepios. Você sabe que o sobrenome dele agora é Pendleton.

— Eu sei. Mas às vezes esqueço e falo Bean na frente dele, o que é horrível. Ele foi adotado, sei disso. Estou tão ansiosa! — E saiu da sala como se estivesse dançando.

A carta já estava pronta quando Jimmy apareceu, às quatro horas. Poliana não perdeu tempo e, depois de contar ao rapaz o que acontecera, disse:

— Quero que cheguem logo. Não vejo a senhora Carew nem Jamie desde aquele inverno. Já lhe falei sobre Jamie, não?

— Falou, sim... — O jovem parecia constrangido.

— Não acha ótimo que eles venham?

— Bem, não sei se isso será exatamente ótimo.

— Então, não acha ótimo eu ter uma oportunidade de ajudar tia Paulina, ainda que por pouco tempo? É ótimo, Jimmy!

— Vai ser muito duro para você — disse Jimmy, passando do constrangimento para certa irritação.

— Bem, de certo modo vai ser mesmo. Mas ficarei alegre por causa do dinheiro que vou ganhar. É um problema que anda me preocupando. Está vendo como estou ficando interesseira, Jimmy?

O rapaz ficou calado durante certo tempo e, depois, perguntou, abruptamente:

— Que idade tem o tal Jamie, agora?

— Estou lembrando que você nunca gostou do nome dele. — Poliana sorriu. — Jamie... não faz mal. Ele está adotado legalmente e recebeu o sobrenome de Carew. Pode chamá-lo assim.

— Você não me disse que idade tem ele — lembrou Jimmy.

— Ninguém sabe ao certo. Deve ter mais ou menos a sua idade. Não sei como ele está atualmente, mas perguntei tudo na carta.

— É mesmo? — Jimmy olhou para a carta que Poliana havia escrito.

Chegou a pensar que poderia rasgá-la ou jogá-la no lixo, fazer qualquer coisa, menos pô-la no correio. Ele sabia que estava com ciúme daquele rapaz de nome parecido com o seu. Isso não queria dizer que estivesse apaixonado por Poliana, era o que dizia a si mesmo. Claro que não estava. Só que não lhe agradava a perspectiva de ver o rapaz desconhecido, com "nome de maricas", vir para Beldingsville e, sempre presente, atrapalhar suas visitas, agora tão agradáveis. Quase disse isso a Poliana, mas algo o impediu. Logo depois, saiu e levou a carta.

O fato é que Jimmy não rasgou a carta nem jogou-a fora, segundo ficou evidenciado dias depois, quando Poliana recebeu pronta resposta de Della. Jimmy, que apareceu depois, teve de ouvir a leitura da carta, ou pelo menos de parte dela, pois, antes de ler, Poliana explicou:

— No começo, ela só diz que todos estão alegres com a ideia de virem... essa coisa toda. Não preciso ler. Mas acho que você vai gostar do resto, porque já me ouviu falar a respeito deles muitas vezes. Em breve, vai conhecê-los. Dependo muito de você, Jimmy, para fazer com que se sintam bem aqui.

— É mesmo?

— Não seja irônico, Jimmy, só porque não gosta do nome de Jamie. Sei que simpatizará com ele, quando o conhecer. E vai adorar a senhora Carew.

— Será? — disse, sempre sarcástico. — É uma séria perspectiva. Só espero que aquela senhora seja bastante bondosa para retribuir a minha adoração.

— E vai ser — afirmou Poliana. — Ouça só o que vou ler a seu respeito. É uma carta de Della... Della Wetherby, você sabe, a do Hospital, irmã da senhora Carew.

— Pode ler — disse Jimmy, esforçando-se para demonstrar interesse, enquanto Poliana, sorrindo, começou a leitura:

Você me perguntou tudo a respeito de todo mundo.

É um encargo pesado, mas vou tentar fazer o melhor. Para começar, acho que você vai encontrar minha irmã muito mudada. Novos interesses em sua vida nos últimos anos fizeram maravilhas. Está um pouco magra e cansada por excesso de trabalho, mas um descanso resolverá tudo. Vai ver como ela parecerá mais jovem, bem-disposta e feliz. Eu disse feliz. Claro que isso não quer dizer o mesmo para mim, pois você era muito jovem para compreender até que ponto ela era infeliz quando a conheceu em Boston, naquele inverno. A vida, para ela, era triste e pesada, então. Hoje ela está interessada pela vida.

Primeiro, aceitou Jamie, e, quando os vir juntos, ninguém terá de lhe dizer o que ele significa para ela. Ainda continuamos sem saber se ele é o verdadeiro Jamie, mas minha irmã gosta dele como de um filho e o adotou legalmente, acho que você já sabe disso.

E há as moças, também. Lembra-se de Sadie Dean, a balconista? Pois bem, tendo se interessado por ela e ajudando-a para que tivesse uma vida mais feliz, minha irmã foi se esforçando, aos poucos, até passar a considerá-la como seu particular anjo bom. Criou um lar para moças que trabalham, e cerca de seis pessoas ricas se associaram ao empreendimento. Mas ela é o cérebro de tudo e se dedica de coração às moças, em geral ou a cada uma em particular. Você não pode imaginar a sua boa vontade, sua disposição. Seu braço direito é a secretária, a mesma Sadie Dean. Você vai vê-la mudada, mas continua a Sadie de sempre.

Quanto a Jamie, coitado! O pesar de sua vida é que sabe que nunca poderá andar. Durante algum tempo, tivemos esperança. Ele esteve no Hospital, tratando-se com o doutor Ames durante um ano, e melhorou tanto que, agora, pode andar com o auxílio de muletas. Mas vai ser sempre inválido, embora tal defeito não afete sua mentalidade. Depois que a gente o conhece nunca se pensa nele como inválido: seu espírito é livre e forte. Não sei explicar direito, mas você entenderá o que estou tentando dizer, quando encontrá-lo. Ele conservou o mesmo entusiasmo juvenil, a alegria de viver. Mas há uma coisa, somente uma, creio, capaz de levá-lo ao desespero: descobrir que não é Jamie Kent, nosso sobrinho. Ouviu falar nisso por tanto tempo e passou a desejar que fosse — tanto que acabou acreditando que é mesmo o nosso Jamie. Bem, se não é, espero que ele nunca venha a saber.

— É tudo — disse Poliana, dobrando a carta. — Mas não é interessante?

— Sem dúvida — concordou Jimmy, falando sinceramente, pensando em como é bom ter pernas fortes, poder andar, chegando mesmo a desejar que o pobre inválido ocupasse parte dos pensamentos e atenções de Poliana, desde que não excessivas, naturalmente. — Deve ser duro para o pobre rapaz.

— Se é! Você nem pode imaginar, Jimmy. Eu sei. Já fiquei sem poder andar. Eu sei!

— Claro… — murmurou o jovem, mexendo-se nervosamente na cadeira.

Vendo a expressão terna no rosto de Poliana, não se sentia tão certo de que Jamie devesse vir à cidade, se era para Poliana ficar assim.

CAPÍTULO 20
OS HÓSPEDES PAGANTES

Os poucos dias antes da chegada "daquela gente horrível", como Paulina Chilton se referia aos hóspedes pagantes de sua sobrinha, foram de trabalho e agitação para Poliana. Mas foram dias felizes: de algum modo, a moça se mostrava ora apreensiva, ora desanimada, mas sobretudo feliz, não se deixando dominar pelos problemas que teria de enfrentar. Ela chamou Nancy e a irmã mais nova dela, Betty, para ajudá-la. Poliana arrumou a casa, de aposento em aposento, de forma a torná-la o mais confortável e agradável possível para os seus hóspedes. Paulina pouco podia fazer: em primeiro lugar, não se sentia bem e, em segundo, sua maneira de encarar as coisas não facilitava a colaboração. Falava sempre do orgulho dos Harrington e a mesma lamúria saía de seus lábios:

— Poliana! Imaginar que nossa mansão ia chegar a isso!

— Não é nada de mais, titia. São os Carew que estão vindo para nossa casa — tratou de consolá-la Poliana.

Mas Paulina não se deixava levar facilmente e Poliana tinha de deixá-la mergulhada em sua tristeza determinada.

No dia da chegada, ela foi à estação com Timothy (agora dono dos cavalos dos Harrington), para esperar o trem da tarde. E só tinha no coração a confiança e uma alegre expectativa. Quando ouviu o apito da locomotiva, porém, foi tomada de verdadeiro pânico, dúvida e desalento. Compreendeu, de súbito, o que tinha de fazer, sozinha e quase sem ajuda. Lembrou-se da riqueza, da posição e do gosto refinado da senhora Carew. Lembrou-se de que Jamie já era um adulto, diferente do menino ao qual estava acostumada. Por um momento, seu único desejo foi fugir para qualquer lugar.

— Estou me sentindo mal, Timothy — disse. — Vou dizer a eles para não virem...

— O quê?! — exclamou Timothy, estarrecido.

Bastou olhar para o rosto de Timothy, e Poliana, com uma risadinha, exclamou:

— Nada! Tolice minha. Olhe! Estão quase chegando! — E correu para a plataforma, novamente a Poliana de sempre.

Reconheceu-os imediatamente. Mesmo se tivesse tido alguma dúvida, esta teria sido desfeita pelas muletas que o rapaz alto trazia — um moço de olhos castanhos. Por alguns instantes trocaram abraços e, depois, Poliana se viu na carruagem, ao lado de Ruth Carew e tendo à frente Jamie e Sadie Dean. Então, pela primeira vez, pôde ver os amigos e notar a mudança que tinham sofrido nos últimos seis anos. A respeito de Ruth, teve logo uma sensação de surpresa. Esquecera-se de que ela era bonita, que tinha os cílios compridos e os olhos expressivos. Pensou com inveja como aquele rosto devia ser igual aos "padrões de beleza". Mas regozijou-se com a ausência de rugas, as antigas rugas resultantes da tristeza e da amargura.

Depois, Poliana olhou para Jamie e se surpreendeu, com razão. Jamie também ficara bonito, não havia dúvida, pensou a moça, atraída pelos seus olhos escuros, faces um tanto pálidas e cabelos escuros e ondulados. Depois, olhou para as muletas e sentiu um aperto na garganta.

Chegou a vez de Sadie Dean. Sua fisionomia não havia mudado quase nada desde a primeira vez que Poliana a conhecera no Passeio Público. Poliana logo notou, porém, uma diferença no modo de vestir e pentear os cabelos, na maneira de falar, na atitude descontraída e alegre. Era uma Sadie bem diferente.

— Foi muita bondade sua nos esperar — disse Jamie a Poliana. — Sabe o que pensei, quando você escreveu dizendo que podíamos vir?

— Não... claro que não... — gaguejou Poliana, ainda olhando para as muletas do rapaz e com um nó na garganta.

— Lembrei-me da menina do Passeio Público, com seu saquinho de amendoins para *Sir* Lancelote e *Lady* Guinevere. Eu sabia que você só estava nos colocando em seu lugar. Quero dizer: se você tivesse um saco de amendoins e nós não, só ficaria satisfeita quando dividisse os amendoins conosco.

— Um saco de amendoins! Tem graça! — riu Poliana.

— No caso presente, o seu saco de amendoins se transformou em arejados quartos no campo, leite de vaca e ovos verdadeiros de uma galinha de verdade — explicou Jamie. — Mas dá no mesmo. Talvez seja bom adverti-la... Lembra como *Sir* Lancelote era guloso?

— Está bem. Assumo o risco — disse Poliana, pensando como era bom que Paulina não estivesse presente para ver tão cedo confirmadas suas previsões. — Coitado de *Sir* Lancelote! Será que alguém continua a dar comida a ele? Será que ainda está vivo?

— Está vivo e bem-alimentado — interveio Ruth Carew. — Este engraçadinho aqui vai lá pelo menos uma vez por semana, levando amendoins e não sei mais o quê. Quando falta cereal lá em casa é porque "seu Jamie levou tudo para dar aos pombos, madame!".

— Isso mesmo — confirmou Jamie. — Vou lhe contar.

E Poliana ouviu, com a mesma atenção e fascínio dos velhos tempos, a história de um casal de esquilos no parque ensolarado. Mais tarde, compreendeu o que Della Wetherby quisera dizer em sua carta. Assim que chegaram em casa, teve um choque: viu Jamie apanhar as muletas e descer da carruagem com a ajuda dos outros. Em alguns minutos, ele a fizera esquecer-se de que era inválido.

Para alívio de Poliana, o primeiro e temido encontro entre tia Paulina e o grupo dos Carew foi melhor do que esperava. Os recém-chegados ficaram tão entusiasmados com a casa e tudo quanto havia dentro dela que foi impossível à proprietária manter a atitude de forçada resignação em sua presença. Ficou também evidente, antes que se passasse uma hora, que a simpatia e o magnetismo de Jamie tinham vencido a couraça de desaprovação de Paulina. Assim, Poliana viu que pelo menos um dos problemas que a preocupavam deixava de existir: tia Paulina já se mostrava uma anfitriã amável para com os hóspedes.

Mas Poliana tinha outras dificuldades pela frente. Havia muito trabalho a ser feito. Betty, a irmã de Nancy, era boazinha e simpática, mas não era igual a Nancy. Tinha que aprender, e isso levava tempo. Poliana temia algum erro dela. Uma cadeira empoeirada era um crime e um bolo solado uma tragédia. Aos poucos, porém, depois de incessantes argumentos e pedidos de Ruth e de Jamie, a moça passou a encarar o trabalho com menos tensão e a compreender que crime e tragédia aos olhos dos amigos não eram uma cadeira suja e um bolo solado, mas a expressão de ansiedade em seu rosto.

— Acha que já não é bastante nos hospedar? É preciso se matar de trabalho para nos alimentar? — perguntou Jamie.

— Além do mais, não somos comilões — acrescentou Ruth.

Foi maravilhosa a facilidade com que os três moradores se integraram ao cotidiano da família. Antes de se passarem 24 horas, a senhora Chilton já fazia à senhora Carew perguntas interessadas sobre o novo Lar para Moças que Trabalham, e Sadie Dean e Jamie já discutiam sobre a melhor maneira de descascar ervilhas ou de colher flores.

Já fazia uma semana que os Carew estavam na mansão Harrington, quando John Pendleton e Jimmy apareceram, certa noite. Poliana pensou que eles apareceriam logo e os havia convidado, mesmo antes que os hóspedes chegassem. Fez as apresentações com visível orgulho:

— Vocês são meus bons amigos. Quero que se conheçam e se tornem bons amigos entre si.

Não a surpreendeu o fato de John Pendleton ter ficado impressionado com a beleza e a simpatia da senhora Carew, mas a maneira como esta olhou para Jimmy deixou-a impressionada. Parecia que ela o estava reconhecendo.

— Já não nos conhecemos, senhor Pendleton? — perguntou Ruth, e Jimmy a encarou surpreso.

— Acho que não. Ou melhor, tenho certeza de que nunca a vi antes. Do contrário, não teria esquecido a senhora.

A alusão era tão óbvia que todos riram, e Pendleton disse:

— Parabéns, meu filho. Você é um galanteador perfeito.

Ruth corou ligeiramente e continuou:

— Bem, sua fisionomia não me parece estranha... Devo tê-lo visto em algum lugar, mesmo sem nos termos conhecido.

— Talvez em Boston — observou Poliana. — Jimmy passa os invernos lá, cursando a Escola Técnica. Quando se formar, vai construir pontes e represas. Isto é, quando crescer. — E olhou para o jovem de um metro e oitenta e dois de altura, de pé diante de Ruth.

Todos riram de novo, menos Jamie que, em vez de rir, fechou os olhos como se algo o tivesse aborrecido. Somente Sadie ficou sabendo como — e por quê — os presentes mudaram de assunto, pois foi ela mesma que tomou a iniciativa de mudar. Foi também ela quem aproveitou a primeira oportunidade para conversar sobre livros, flores e bichos, assuntos de sua preferência, em vez de falar acerca de pontes e represas, que Jamie jamais poderia construir. Mas ninguém percebeu o que Sadie fizera, inclusive o próprio Jamie.

Depois que os Pendleton saíram, Ruth voltou a falar sobre a curiosa sensação que tivera de haver visto, antes, o jovem.

— Eu o vi em algum lugar... — murmurou. — Pode ter sido em Boston, mas... — Deixou a frase sem terminar e, um minuto depois, acrescentou: — De qualquer maneira, é um rapaz muito simpático. Gostei muito dele.

— Isso me alegra! — aprovou Poliana. — Eu sempre gostei muito de Jimmy.

— Quer dizer que já o conhecia há muito tempo? — perguntou Jamie, um pouco triste.

— Sim, há anos, quando eu ainda era menina. Naquele tempo ele se chamava apenas Jimmy Bean.

— Jimmy Bean? — estranhou Ruth Carew. — Ele não é filho do senhor Pendleton?

— Filho adotivo.

— Ah! — exclamou Jamie. — Então não é filho legítimo como eu. — Sua voz quase denotava alegria.

— O senhor Pendleton não tem filhos — explicou Poliana. — Nunca se casou. Esteve para se casar uma vez, mas não deu certo.

Poliana corou. Jamais esquecera que fora sua mãe que recusara a proposta de casamento de John Pendleton e se tornara, assim, responsável por seus longos e solitários anos de celibato.

Ruth e Jamie, porém, ignorando o fato e notando as faces coradas de Poliana, chegaram à mesma conclusão. "Será possível", pensaram, "que John Pendleton tenha se apaixonado por Poliana, tão mais moça do que ele?".

Não traduziram o pensamento em palavras, de modo que não tiveram resposta. Mas guardaram o pensamento em suas mentes, para futura referência, caso se tornasse necessário.

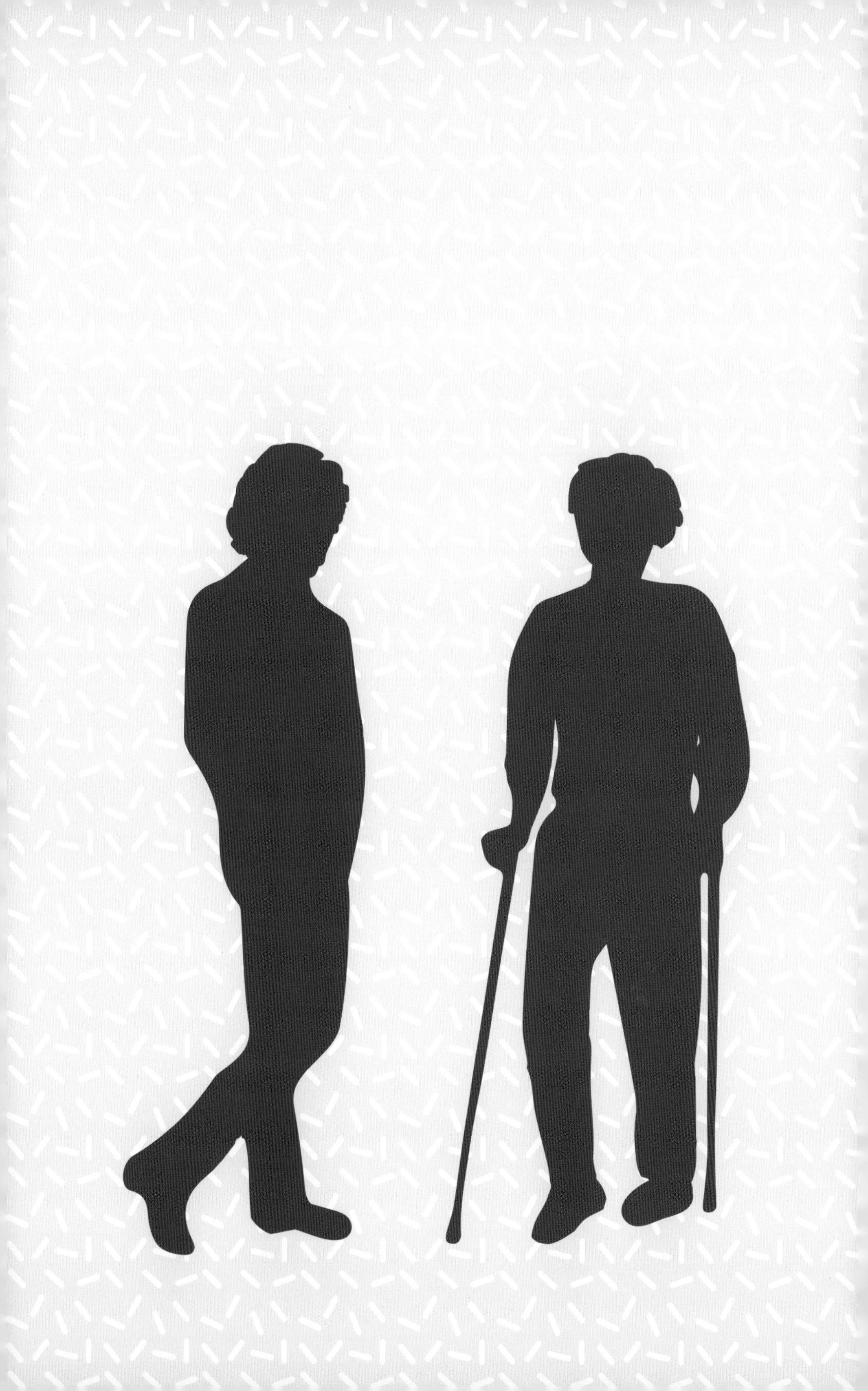

CAPÍTULO 21
DIAS DE VERÃO

Antes da chegada dos Carew, Poliana pedira a Jimmy para ajudá-la a entreter os hóspedes. Na ocasião, Jimmy não manifestou entusiasmo pela ideia, mas, dias depois, mostrara-se disposto e ansioso, a se julgar pelas numerosas visitas que fazia à moça e suas insistentes ofertas de cavalos e carros para servir aos forasteiros. Entre ele e Ruth firmou-se logo uma calorosa amizade, como se houvesse forte atração de um pelo outro. Passeavam juntos, conversavam e chegaram mesmo a discutir o projeto do Lar para Moças que Trabalham, a ser executado no próximo inverno, quando o rapaz estivesse em Boston. Jamie também foi alvo de atenções, e Sadie Dean não foi esquecida. Como Ruth Carew havia deixado claro, Sadie era como se fosse da família e devia ser tratada como tal.

Não era somente Jimmy que se mostrava gentil. John Pendleton aparecia na casa com frequência, sugerindo passeios e piqueniques. As tardes eram agradáveis na varanda da mansão, todos falando de livros e de arte.

Poliana vibrava. Não apenas os hóspedes estavam livres de sentir tédio como se tornaram amigos de seus outros amigos, os Pendleton. E ela cuidava de tudo, fazendo o que estivesse ao seu alcance para que todos se sentissem felizes.

Nem os Carew nem os Pendleton, contudo, gostavam de ver Poliana como simples espectadora de suas diversões e queriam que ela também se juntasse ao grupo, e não aceitavam suas negativas.

— Não vamos deixar você nesta cozinha quente como um forno! — insistiu Jamie mais uma vez. — A manhã está linda e vamos almoçar no George. Você vai conosco.

— Não posso, Jamie — recusou Poliana.

— E por que não? Não pense no jantar. Comeremos fora.

— Mas tem o almoço...

— Ora, você vai almoçar conosco. Não precisa ficar em casa preparando a comida.

— Não, Jamie! — teimou a moça. — Tenho de pôr o glacê no bolo.

— O bolo não precisa de glacê.

— E varrer a casa.

— A casa está limpa.

— E providenciar tudo para amanhã.

— Amanhã você nos dá leite com biscoito. Preferimos você com leite e biscoito do que um jantar com peru sem você.

— Não posso lhe dizer tudo o que tenho de fazer hoje.

— Nesse caso, não diga. Trate de apanhar o chapéu e venha com a gente. Já falei com Betty, e ela vai fazer tudo direito.

— Que coisa, Jamie! — protestou Poliana, enquanto ele a puxava pelo braço.

Poliana foi, não somente naquele dia, mas muitas outras vezes. Não podia resistir. Não era somente Jamie que insistia, mas também Jimmy e John Pendleton, para não se falar de Ruth, Sadie e até da tia Paulina.

— Claro que eu gosto de sair com vocês — disse ela, certo dia em que teve de deixar o trabalho para acompanhá-los. — Mas nunca vi hóspedes que pagam querendo passar a leite e biscoitos. E nunca vi dona de pensão igual a mim: deixando o trabalho para passear.

O clímax aconteceu quando, um dia, John Pendleton (e tia Paulina nunca parou de dizer que tinha sido ele mesmo) sugeriu que fizessem uma viagem de duas semanas, indo acampar à margem de uma lagoa, entre as montanhas, a cerca de sessenta quilômetros da cidade.

A ideia foi aprovada por todos, menos por Paulina. Esta, em particular, disse a Poliana que era bom que John Pendleton tivesse se livrado da apatia que mantivera durante anos, mas que isso não significava que devia passar a agir como se fosse um rapaz de vinte anos, o que, na sua opinião, era o que andava fazendo. Em público, porém, limitou-se a dizer que não estava disposta a participar daquela loucura de acampamento, dormir no chão úmido, às voltas com besouros e aranhas, a pretexto de se "divertir". Não era programa para gente de mais de quarenta anos...

Se John Pendleton ficou ofendido com a recusa, não deixou transparecer. Seu entusiasmo não arrefeceu, pelo menos aparentemente, e os preparativos continuaram. Ficara decidido que, mesmo sem Paulina Chilton, os demais sairiam para acampar.

— A senhora Carew será a acompanhante de que precisamos — sentenciou Jimmy.

Durante uma semana, não se falou senão em barracas, víveres, máquinas fotográficas e material de pesca, e todos se ocuparam dos preparativos para o passeio.

— Vai ser um passeio campestre — disse Jimmy. — Nada de refeições numa só barraca. Queremos fogueiras ao ar livre, assando batatas nas brasas e todos sentados em volta, contando casos e comendo milho assado na espiga.

— E queremos nadar, remar e pescar! — exclamou Poliana. — E... — Parou, olhando para Jamie. — Quero dizer, não vamos fazer tudo ao mesmo tempo. Há muita coisa tranquila que se pode fazer também. Ler, conversar...

Jamie fechou os olhos e empalideceu. Entreabriu os lábios, mas, antes que pudesse articular uma palavra, Sadie Dean já estava falando:

— Em piqueniques e acampamentos a gente tem de se divertir bastante ao ar livre. No último verão, estivemos no Maine, e vocês deviam ter visto os peixes que o senhor Carew aqui pescou. Fale você mesmo sobre isso — acrescentou, dirigindo-se a Jamie.

— Ninguém ia acreditar. — Jamie sorriu. — Seria mais uma "história de pescador", vocês diriam.

— Conte e veja se acreditamos — pediu Poliana.

Jamie voltou a negar. Mas já havia recuperado a cor, e em seus olhos não havia mais a expressão de tristeza. Olhando para Sadie, Poliana imaginou vagamente por que ela parecia agora tão aliviada.

Chegou o dia e todos partiram no carro enorme de John Pendleton, com Jimmy ao volante. Ouviram-se o ruído do motor e os gritos de despedida, e partiram, enquanto Jimmy pressionava a buzina.

Tempos mais tarde, Poliana se lembraria da primeira noite no acampamento — uma experiência nova em muitos aspectos.

Eram quatro horas quando o percurso de sessenta quilômetros terminou. Desde as três e meia, o carro rompia uma estrada que, obviamente, não fora feita para automóveis de seis cilindros. Para o próprio carro e para o motorista, aquela parte da viagem foi cansativa. Mas para os passageiros, que nem se preocupavam com os buracos na estrada e a lama acumulada nas curvas, a viagem era sensacional. A cada instante viam uma paisagem mais bela.

John Pendleton escolhera para acampar um lugar que visitara anos antes. Ao avistá-lo, saudou o acontecimento com alegria e respirou com certo alívio.

— É lindo! — repetiram em coro os demais.

— Estou contente por vocês terem gostado — disse Pendleton. — Achei que era um bom lugar, mas estava preocupado. Esses lugares costumam mudar muito, às vezes. O mato cresceu um pouco, mas não faz mal. É fácil limpar isso aí.

Todos se ocuparam em limpar o terreno, ergueram duas pequenas barracas, prepararam a fogueira e organizaram a "cozinha" e a "despensa".

Poliana começou a prestar mais atenção em Jamie e a temer que algo lhe acontecesse. Percebeu que o chão, cheio de buracos e de raízes salientes de árvores, não era, para um par de muletas, exatamente como um piso coberto de tapetes, e viu que Jamie também se preocupava com isso. Mas, a despeito de sua invalidez, o rapaz insistia em participar do trabalho coletivo. Poliana se sentiu nervosa e, por duas vezes, correu para ajudá-lo, tirando-lhe dos braços o caixote que ele tentava carregar.

— Deixe que eu levo isso — pediu a moça. — Você já ajudou bastante.

Da segunda vez, sugeriu:

— Por que não se senta por aí e descansa um pouco?

Se o estivesse observando atentamente, teria notado que o rapaz enrubescera. Mas, como não o observava desse modo, nada notou. Mas viu, com surpresa, Sadie, um pouco depois e carregando umas caixas, gritar:

— Ei! Seu Carew! Quer me dar uma mãozinha?

Logo depois, Jamie se aproximou das barracas, mais uma vez às voltas com o problema de carregar ao mesmo tempo algumas caixinhas e um par de muletas. Poliana se virou para Sadie Dean e ia reclamar, mas a intenção morreu no nascedouro: viu Sadie pedindo-lhe silêncio, levando o dedo indicador aos lábios.

— Sei o que está pensando — disse, em voz baixa, aproximando-se de Poliana. — Não está vendo? Ele fica sentido, achando que não pode fazer o mesmo que os outros. Olhe só! Veja como agora está contente!

Poliana viu Jamie equilibrando o seu peso em uma das muletas e curvando-se para colocar seu fardo no chão. Viu a alegria em seu rosto e ouviu-o dizer, displicentemente:

— É uma contribuição da senhorita Sadie. Ela me pediu para trazer até aqui.

Sadie já tinha se afastado e Poliana ficou observando Jamie por algum tempo, mas com cuidado para que nem ele próprio e os outros notassem sua atenção. Chegou a sentir compaixão enquanto o olhava. Por duas vezes, o viu tentando executar uma tarefa sem o conseguir. Uma vez, não pôde carregar uma caixa mais pesada e, de outra, foi com uma mesa desmontável, que não podia ser armada sem que soltasse as muletas. Das duas vezes, Poliana notou como Jamie se virava, depressa, para ver se o seu fracasso fora percebido pelos demais. Era visível o cansaço em seu rosto; a despeito do sorriso, empalidecia, como se não estivesse passando bem.

"Acho que devíamos ter pensado melhor!", admitiu Poliana para si mesma, com os olhos marejados. "Devíamos ter pensado melhor antes de deixar que ele viesse a um lugar como este. Acampar com muletas! Por que não nos lembramos disso antes?"

Uma hora depois, quando se sentaram em torno da fogueira, após o jantar, Poliana viu sua pergunta respondida. Enquanto contemplava as labaredas e sentia o ar embalsamado com perfumes do campo, mais uma vez caiu sob o encantamento das histórias que fluíam dos lábios de Jamie. Mais uma vez se esqueceu das muletas.

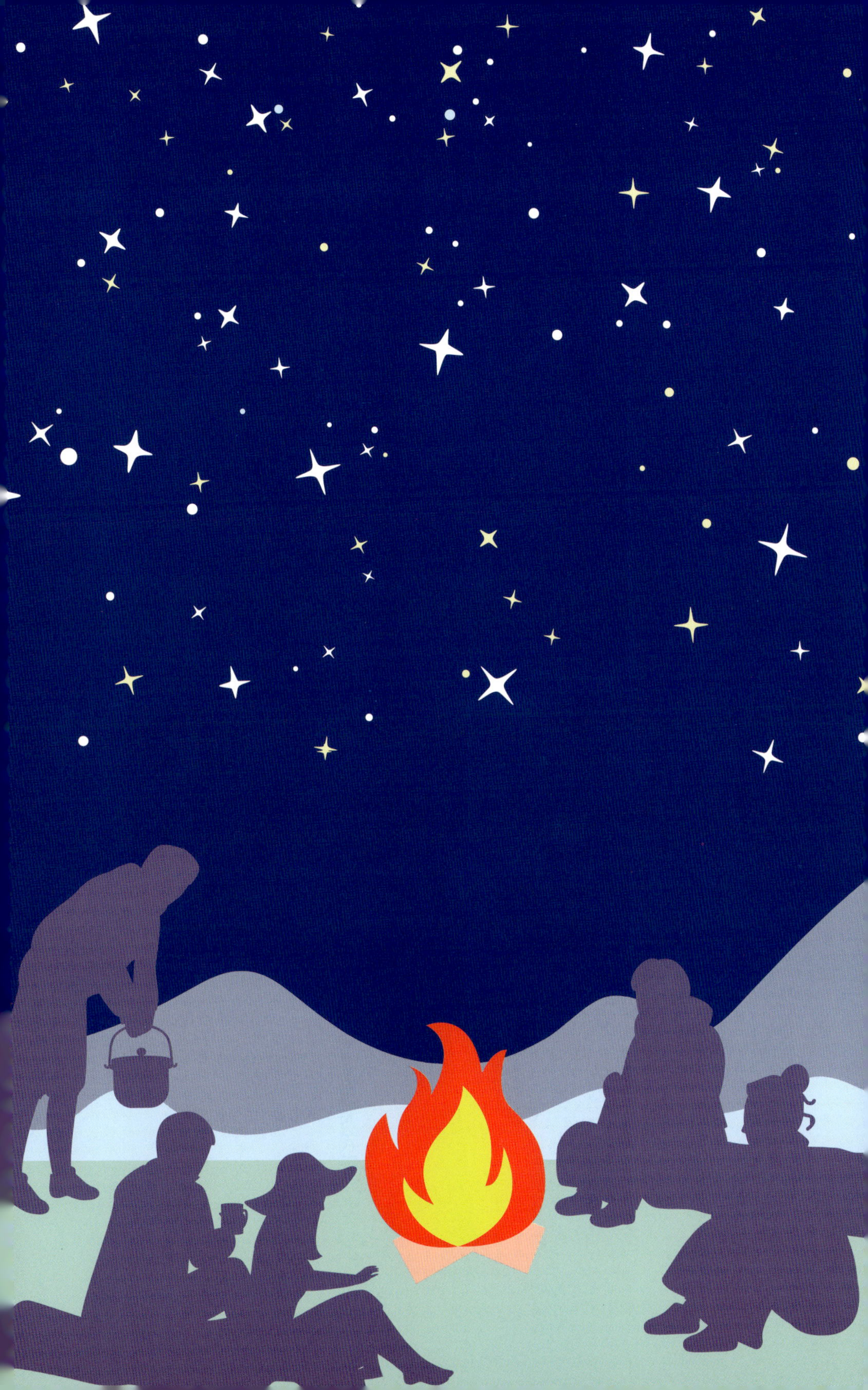

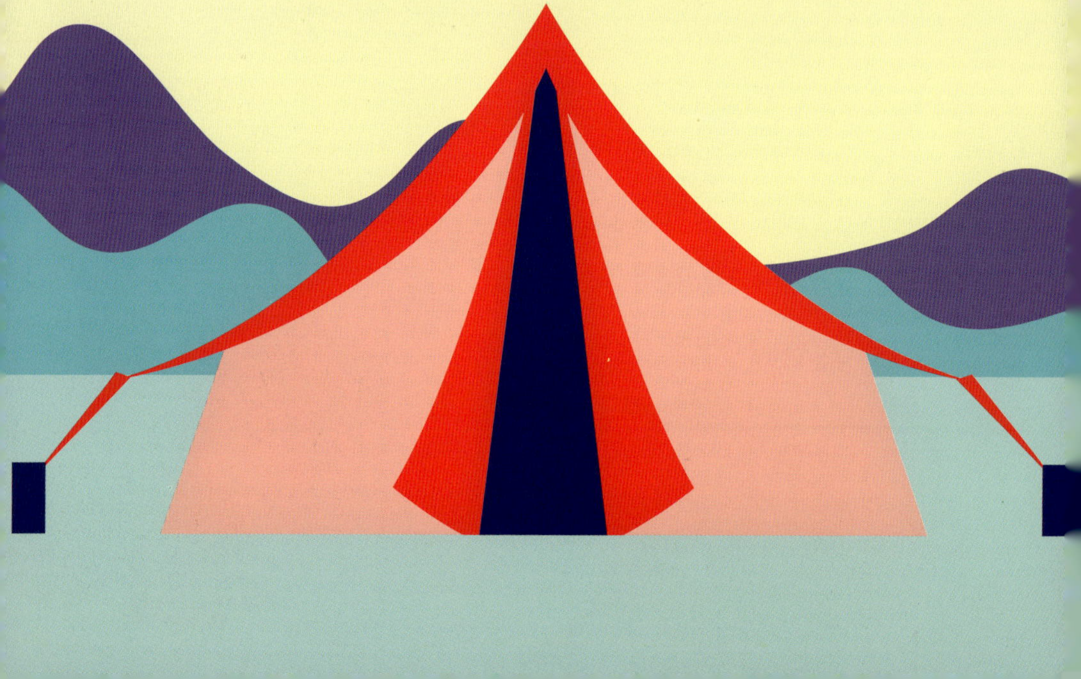

CAPÍTULO 22
CAMARADAGEM

Os seis formavam um grupo alegre e amigo. A cada dia apareciam motivos novos de prazer e um deles era a camaradagem que os unia. Jamie observou, quando sentaram certa noite em torno da fogueira:

— Já notaram? Parece que a gente fica se conhecendo melhor aqui no mato. Basta uma semana aqui para a gente ficar mais camarada do que em um ano na cidade.

— É mesmo — concordou Ruth Carew. — Por que será?

— É alguma coisa no ar, eu acho — disse Poliana. — Alguma coisa no céu, nas árvores, na lagoa... Acho que é isso.

— Você quer dizer que é porque estamos livres das imposições dos outros — disse Sadie Dean, com entonação diferente na voz. (Sadie fora a única que não rira com a conclusão imprecisa de Poliana.) — Aqui, tudo é real e a gente também. Aqui, a gente pode revelar nossa verdadeira personalidade. Não temos de fazer o que a sociedade nos dita porque somos ricos ou pobres, importantes ou humildes. Aqui, somos nós, realmente!

— Acho que o motivo é muito prosaico — opinou Jimmy. — Aqui não existe Dona Fulana de Tal e Seu Sicrano de Tal, sentados na varanda de suas casas, comentando cada um dos nossos movimentos e especulando sobre para onde vamos, o que vamos fazer e por quanto tempo pretendemos ficar!

— Nossa, Jimmy! Como você tira a poesia das coisas! — censurou Poliana, sempre risonha.

— É a minha função. Como é que você pensa que vou poder construir pontes e represas se não enxergar algo mais que a poesia das cachoeiras?

— Não pode, Jimmy! Uma ponte é a coisa mais importante do mundo! — disse Jamie, com uma entonação que fez com que todos se calassem, só por pouco tempo, é verdade, pois Sadie quebrou o silêncio:

— Eu prefiro uma cachoeira, sem nenhuma ponte por cima!

Todos riram, e o ambiente se desanuviou. Ruth se ergueu:

— Está bem, pessoal. Na condição de acompanhante responsável, anuncio que é hora de ir para a cama!

E com um alegre coro de boas-noites, o grupo se desfez.

Os dias se passavam e eram para Poliana maravilhosos, sobretudo pelo encanto daquela camaradagem. Conversou com Sadie sobre o novo Lar para Moças e o trabalho que Ruth Carew cumpria. E também para lembrar os velhos tempos, quando Sadie trabalhava por trás do balcão e de tudo o que Ruth fizera para ajudá-la. Sadie falou dos pais, "lá em sua terra", e de como a vida deles melhorara com a situação nova em que se encontrava a filha.

— Foi por sua causa que tudo começou — disse Sadie.

— Tolice! — contestou Poliana. — A senhora Carew, sim, tudo se deve a ela.

Com a própria Ruth, Poliana conversou a respeito do Lar e de outros planos que tinha em favor das moças que trabalham fora. E, tal como Sadie Dean, Ruth Carew concluiu:

— E tudo isso se deve a você... — O que fez Poliana mais uma vez protestar, pondo-se então a falar de Jamie. — É um rapaz de ouro — admitiu Ruth, com afeto. — Gosto dele como se fosse meu filho, como não gostaria mais dele se fosse mesmo o meu sobrinho.

— Acha então que não é?

— Não sei. Nunca chegamos a uma conclusão. Às vezes, penso que é, mas, depois, volto a duvidar. Acho que ele acredita que seja, e Deus o abençoe! De uma coisa tenho certeza: Jamie é de boa linhagem. Você sabe, ele sempre foi ajuizado e tem a capacidade de aprender facilmente, não importa o quê.

— Eu sei — concordou Poliana. — E já que a senhora gosta tanto dele, que importa se ele é ou não o verdadeiro Jamie?

— Nada no que tange a ele — disse Ruth, depois de pequena hesitação. — Fico pensando: se ele não é o nosso Jamie, onde, então, estará Jamie Kent? Estará bem? Será feliz? Alguém o ama? Quando penso nisso, quase enlouqueço. Daria tudo o que tenho para saber se esse rapaz é mesmo Jamie Kent.

Nas conversas que teve, depois, com Jamie, Poliana se recordou dessas palavras. Confiante, Jamie disse a ela, certa vez:

— Há coisas que a gente sente. Acho que sou Jamie Kent. Acredito nisso há bastante tempo, mas acho que não suportaria descobrir que não sou. A senhora Carew fez muito por mim. Imagine, afinal, se ela ficar sabendo que eu sou mesmo um estranho!

— Mas ela gosta de você, Jamie.

— Sei disso, e é o que me aborrece mais. Iria fazê-la sofrer. Ela quer que eu seja o Jamie verdadeiro, eu sei. Se eu pudesse fazer alguma coisa por ela, fazê-la orgulhar-se de mim! Se ao menos eu pudesse fazer alguma coisa para me sustentar! Mas que posso fazer com isto? — Jamie mostrou as muletas, ao lado.

Poliana ficou chocada. Era a primeira vez que ouvia Jamie falar sobre sua invalidez, desde que eram crianças. Aflita, tentou descobrir o que lhe poderia dizer. Mas, antes de articular uma palavra, o rosto de Jamie sofreu completa transformação:

— Deixe isso de lado! — exclamou. — Não queria falar nisso; uma heresia diante do jogo do contente, não é? Estou feliz porque posso andar de muletas. É melhor do que só poder andar na cadeira de rodas!

— E o Livro da Alegria? — indagou Poliana. — Continua a escrevê-lo?

— Claro! Já tenho uma biblioteca de Livros da Alegria, todos encadernados em couro vermelho escuro, menos o primeiro, que é o mesmo caderninho de notas que Jerry me deu.

— Jerry! É o cúmulo! — exclamou Poliana. — Até agora não tinha perguntado por ele! Por onde anda?

— Em Boston. Seu vocabulário continua pitoresco como sempre, só que às vezes tem de moderá-lo. Ainda mexe com jornais, mas colhendo notícias e não vendendo-as. É repórter. Tive oportunidade de ajudá-lo e a Mumsey, e você pode imaginar como isso me deixou alegre. Mumsey está no Hospital, tratando do reumatismo.

— Está melhor?

— Sim, vai ter alta em breve e voltará a morar com Jerry, que tem estudado bastante ultimamente. Ele aceitou minha ajuda, mas só como empréstimo. Fez questão de que fosse assim.

— E fez bem — disse Poliana. — É muito desagradável dever sem poder retribuir. Sei disso. No meu caso, quero ajudar tia Paulina por tudo o que ela fez por mim.

— Bem, você a tem ajudado bastante neste verão.

— Só tenho cuidado de alguns hóspedes. Acho que não falhei, não é mesmo? — Poliana sorria, confiante. — Nunca houve uma dona de pensão igual a mim! Você devia ouvir as previsões de tia Paulina sobre os nossos hóspedes!

— Quais foram?

— Não posso revelar. É um segredo mortal. Mas... — Parou no meio da frase, com um suspiro, e depois continuou: — Isto não vai durar, sabe — disse Poliana. — Hóspedes de verão só ficam durante o verão. Tenho de arranjar alguma coisa no inverno. Bem... acho que vou escrever histórias.

— Vai o quê? — perguntou Jamie, surpreso.

— Vou escrever histórias para vender. Não precisa ficar espantado. Conheci duas moças na Alemanha que faziam isso.

— Já experimentou alguma vez? — indagou Jamie.

— Ainda não — admitiu Poliana. — Até porque, agora, estou ocupada com os hóspedes e não se pode fazer duas coisas ao mesmo tempo.

— Claro que não — concordou Jamie, enquanto Poliana lhe dirigia um olhar de censura.

— Você acha que não posso escrever?

— Não disse isso.

— Mas pensou. Não sei por que não hei de poder. Não é como saber cantar. Para isso tem se que ter boa voz. Não é, também, como um instrumento, que a gente tem de aprender a tocar.

— Parece um pouco isso — disse Jamie, sem encarar Poliana.

— Que está dizendo? — quis saber a moça. — Ora, Jamie! Basta um lápis e papel! Não é como aprender piano ou violino!

Fez-se um silêncio e, depois, veio a resposta naquela voz abafada e os olhos voltados para outra direção:

— O instrumento que você toca, Poliana, será o coração do mundo e, para mim, é o mais maravilhoso instrumento de todos. Com a sua ajuda, este instrumento fará milagres e, de acordo com sua vontade, produzirá sorrisos ou lágrimas.

— Oh, Jamie! — exclamou Poliana, com os olhos úmidos. — Você se expressa com tanta beleza! Nunca pensei nisso. Mas é assim mesmo, não é? Eu gostaria muito de poder fazer isso! Talvez não seja capaz, mas tenho lido alguns contos nas revistas e acredito que sou capaz de escrever contos iguais. Gosto de contar histórias. Repito sempre as que você conta e rio e choro do mesmo modo quando é você que está contando.

— Será que eu fiz você rir e chorar, Poliana? Verdade? — perguntou Jamie, voltando-se para ela.

— Claro, e você sabe disso — respondeu a moça. — Desde aqueles tempos do Passeio Público. Ninguém sabe contar histórias como você. Você é que devia escrever, e não eu. Diga-me uma coisa: por que não escreve?

Não houve resposta: Jamie pareceu não ter ouvido, talvez porque, naquele instante, estivesse entretido com um esquilo que explorava uma moita ali perto.

Não foi sempre com Jamie, ou com Ruth e Sadie, que Poliana fez caminhadas e travou conversas. Muitas vezes foi com Jimmy ou com John Pendleton. Ela estava convencida agora de que não conhecera John Pendleton até então. O antigo mutismo e a tristeza haviam desaparecido, desde que chegaram ao acampamento. Ele andava, nadava e pescava com o mesmo entusiasmo de Jimmy, quase com igual vigor. À noite, em volta da fogueira, quase que rivalizava com Jamie como contador de casos, fossem divertidos ou emocionais, acontecidos com ele em suas viagens ao estrangeiro.

Melhor que isso, segundo Poliana, era quando John Pendleton, a sós com ela, falava de sua mãe, que conhecera e amara no passado. Isso causava alegria e surpresa a Poliana, pois jamais John Pendleton havia se referido com tanta franqueza à mulher que havia amado em vão. Talvez ele próprio se sentisse admirado, pois certa vez disse, pensativo, à moça:

— Nem sei por que falo disso a você...

— Foi bom o senhor ter conversado comigo.

— Eu sei. Só que nunca pensei em falar. Deve ser porque você se parece com ela, no tempo em que a conheci. Você me lembra muito sua mãe, minha filha.

— Como?! — exclamou Poliana. — Pensei que ela fosse muito bonita.

— E era — disse Pendleton, sorrindo com certa ironia.

— Então, como é que diz que ela se parecia comigo?

— Bem, Poliana, se algumas moças tivessem dito que... — Pendleton sorriu. — Ora, faz de conta que eu não disse. Coitadinha, tão feia, tão sem graça!

— Por favor! — exclamou Poliana, séria. — Não brinque comigo. Eu gostaria de ser bonita, embora seja tolice dizer isso. E tenho um espelho, sabe?

— Então, eu a aconselho a se olhar no espelho — retrucou John Pendleton, em tom sentencioso.

— Jimmy me disse a mesma coisa! — lembrou Poliana.

— Então, o malandro já lhe falou. — E Pendleton acrescentou, mudando de tom: — Você tem os olhos e o sorriso de sua mãe, Poliana. Para mim, você é linda.

Poliana emudeceu e lágrimas lhe chegaram aos olhos.

Por mais agradáveis que fossem aquelas conversas, não eram em nada semelhantes às que mantinha com Jimmy. De fato, Poliana e o rapaz não precisavam falar para se sentirem alegres quando estavam juntos. Jimmy se mostrava sempre bem-disposto e pouco importava se conversavam ou não — ele era sempre compreensivo. O afeto que a moça sentia por ele não se toldava com dó ou preocupação — Jimmy era forte e feliz. Não se imaginava um sobrinho desaparecido, não tinha de se mortificar arrastando um par de muletas. Com Jimmy, tudo podia ser alegre e despreocupado. Jimmy era um encanto. E sempre era o mesmo, sempre era Jimmy!

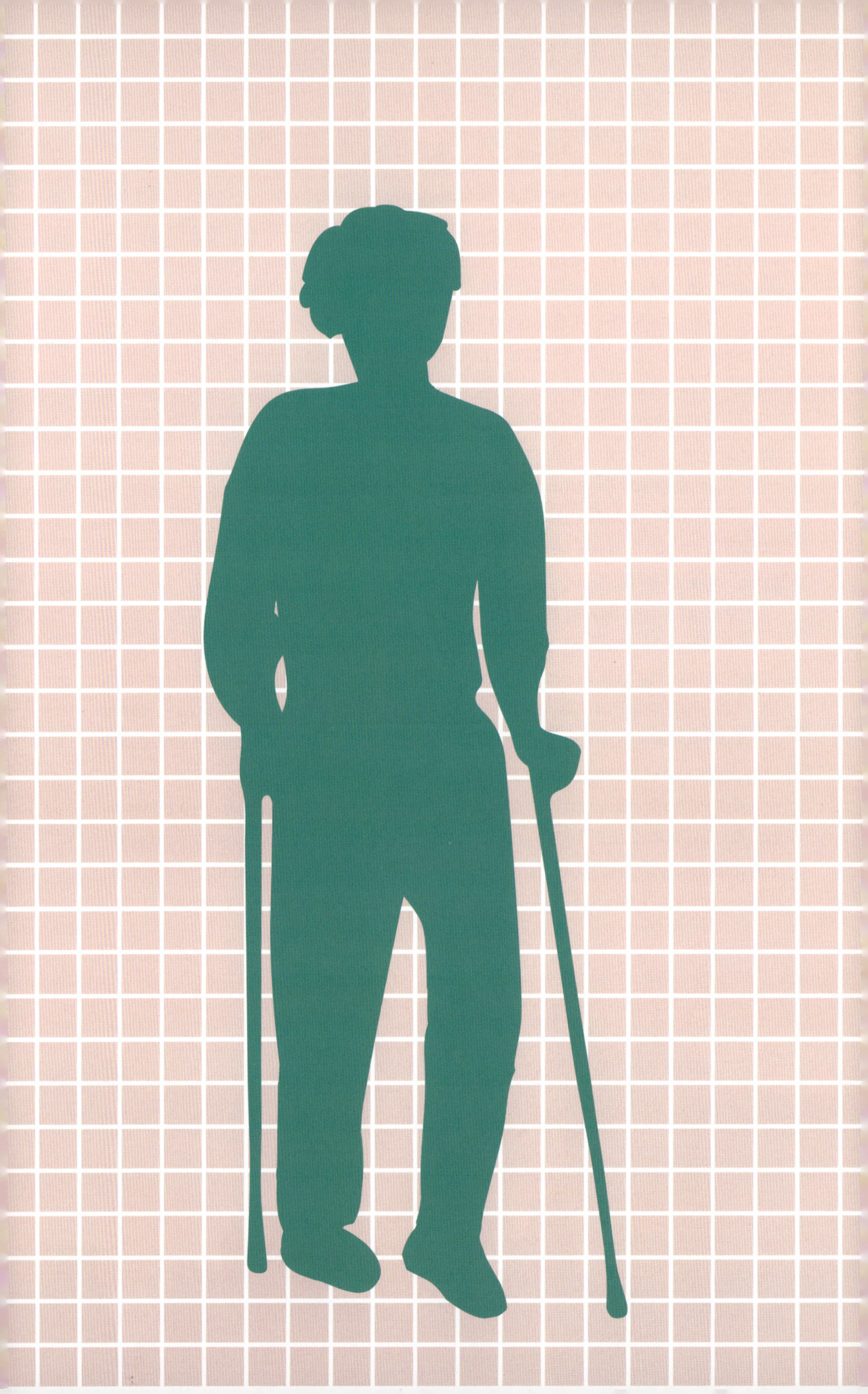

CAPÍTULO 23
PRESO A UM PAR DE MULETAS

O lamentável fato ocorreu no último dia de acampamento. Para Poliana, foi a primeira nuvem que lhe toldou o coração durante o passeio, tornando-a triste e fazendo-a murmurar para si mesma: "Por que não voltamos para casa ontem? Isso não teria acontecido..."

Só que não tinham voltado na véspera. Eis o que houve: pela manhã daquele último dia, os excursionistas iniciaram uma caminhada de pouco mais de meia légua, uns quatro mil metros, até a Bacia.

— Pescaremos mais uma vez antes de irmos embora — sugerira Jimmy, e todos concordaram de boa vontade.

Depois da primeira refeição e levando seus caniços, partiram cedo, seguindo o estreito caminho por entre os bosques e guiados por Jimmy, que o conhecia melhor.

Poliana, a princípio, seguia ao lado de Jimmy, mas, aos poucos, foi ficando para trás, juntando-se a Jamie, o último da fila. A moça notou no rosto do inválido a mesma expressão que vira antes, quando ele fazia um esforço maior. Sabia que nada o ofenderia mais do que deixá-lo perceber isso. E também sabia que dela, mais que de outro, ele aceitaria uma ajuda ocasional. Assim, na primeira oportunidade, começou a retardar os passos, até alcançar o seu objetivo, que era Jamie. Sentiu-se imediatamente recompensada pela alegria refletida nos olhos do rapaz e pela segurança com que ele enfrentou e venceu um obstáculo representado por um tronco caído no meio do caminho, com a lisonjeira observação (estimulada por Poliana) de que a estava "ajudando a passar".

Saíram do bosque e seguiram ao longo de um velho muro de pedra, avistando ensolaradas pastagens que subiam pelas encostas enquanto ao longe surgia uma pitoresca casa de fazenda. Em certo ponto, Poliana notou algumas flores do campo e gritou:

— Veja, Jamie! São lindas! Vou apanhá-las para enfeitar a mesa do piquenique. — E pulou para o outro lado do muro.

As flores eram atraentes e se espalhavam em quantidade pelo terreno. Pedindo a Jamie que ficasse esperando, Poliana, que usava um suéter vermelho bem-assentado, correu por entre as flores para aumentar a colheita. Tinha as mãos cheias quando ouviu o mugido apavorante de um touro, o grito aflito de Jamie e o tropel do animal descendo a encosta.

A moça não ficou sabendo ao certo o que depois lhe aconteceu. Sabia que tinha atirado fora as flores e corrido, como jamais acreditara que o pudesse fazer, em direção ao muro e a Jamie. Sabia que o tropel dos cascos se aproximava, cada vez mais. Vaga e desesperadamente, e bem à sua frente, viu o rosto angustiado de Jamie e ouviu seus gritos de horror. Depois, a voz de Jimmy, gritando para infundir-lhe coragem.

Poliana continuou a correr e, a certa altura, tropeçou e quase caiu. Equilibrou-se e prosseguiu em disparada. Sentia que as forças já lhe faltavam quando, de repente, perto dela, ouviu de novo a voz estimulante de Jimmy. Logo depois, viu-se erguida do chão e sentindo algo que pulsava com força. Percebeu que eram as batidas do coração de Jimmy, que a apertava contra o peito. O barulho das patas está mais próximo. E quando pensou que os cascos do animal iam esmagá-la, e sempre nos braços de Jimmy, viu-se empurrada para um lado, não distante o suficiente para que deixasse de ouvir a respiração do touro enfurecido, ainda a investir. Em seguida, sentiu como se estivesse do outro lado do mundo, com Jimmy debruçado sobre ela e implorando-lhe que dissesse que estava viva.

Rindo histericamente e soluçando ao mesmo tempo, desvencilhou-se de seus braços e se pôs de pé, dizendo:

— Estou viva, Jimmy! Graças a você. E estou bem. Você nem pode imaginar minha alegria quando ouvi sua voz! Como foi que conseguiu fazer isso?

— Ora... — protestou Jimmy. — Não foi nada. Eu só...

Um soluço abafado que vinha de perto interrompeu-o. Jimmy se voltou e avistou Jamie, no chão e com o rosto escondido. Poliana já correra para ajudá-lo.

— Que foi, Jamie? — perguntou, aflita. — Você caiu? Está machucado?

Não houve resposta.

— E então, meu velho? Você se machucou? — perguntou Jimmy, examinando-o de perto.

Ainda dessa vez não houve resposta. Depois, Jamie sentou-se no chão e se virou. Quando lhe viram o rosto, Poliana e Jimmy ficaram surpresos e consternados.

— Machucado? Se estou machucado? — Jamie estendeu os dois braços. — Vocês acham que não machuca a gente ver uma cena daquelas sem poder fazer coisa alguma? Permanecer inerte, preso a um par de muletas? Não há nada no mundo pior do que isso!

— Mas... mas... Jamie... — gaguejou Poliana.

— Não fale, por favor! — pediu o inválido em tom quase áspero e levantando-se com dificuldade. — Não queria fazer uma cena como esta. — E tomou o caminho que levava ao acampamento.

— Foi duro para ele! — exclamou Jimmy, logo depois.

— Eu não refleti e agradeci a você diante dele — lamentou a moça. — Viu como as mãos dele sangravam? Enterrou as unhas na carne. — E saiu pelo caminho tropegamente.

— Onde é que vai, Poliana? — perguntou Jimmy.

— Procurar Jamie. Não posso deixá-lo assim. Vamos!

Jimmy deu um suspiro, que por certo não era por causa de Jamie, e a seguiu.

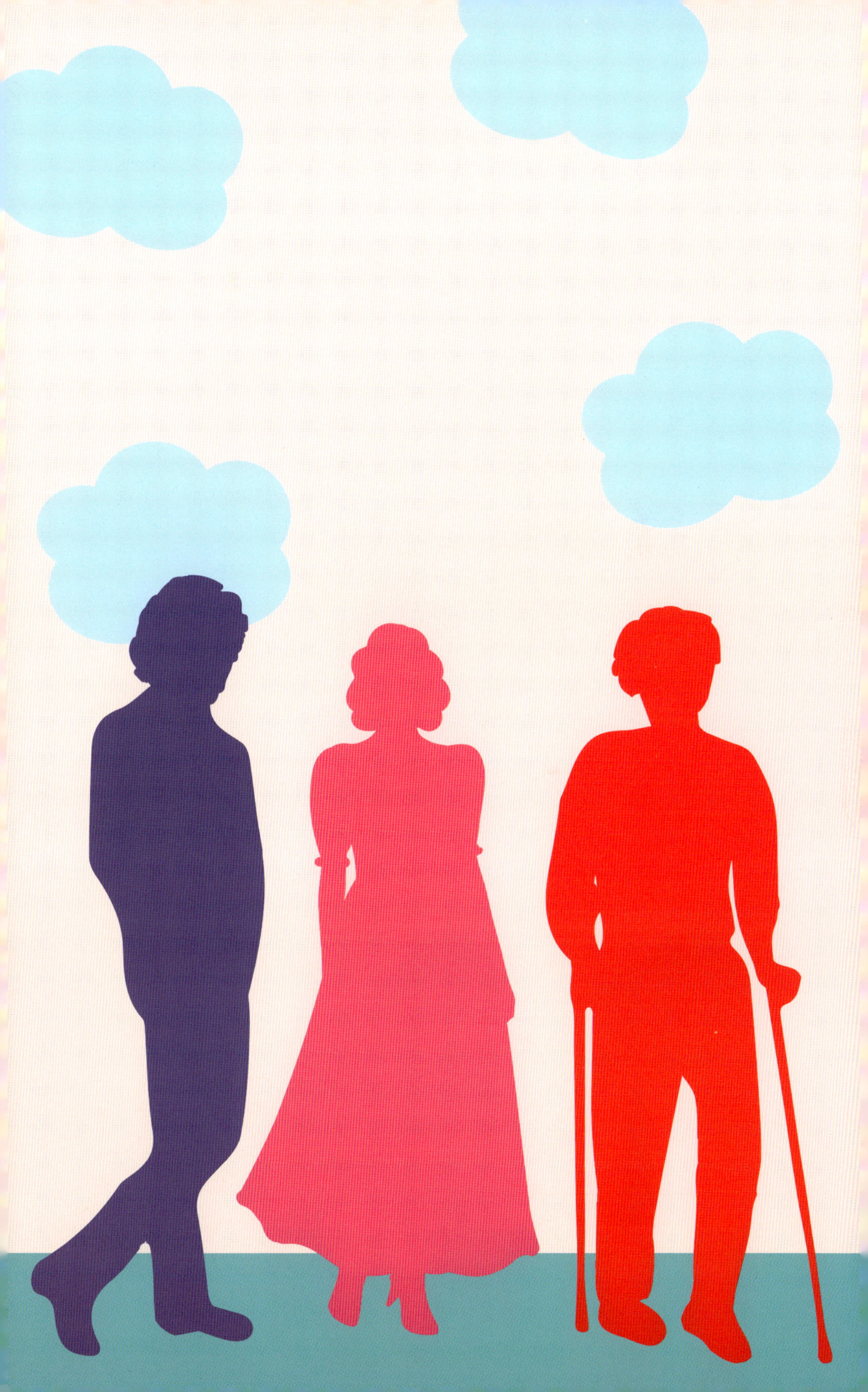

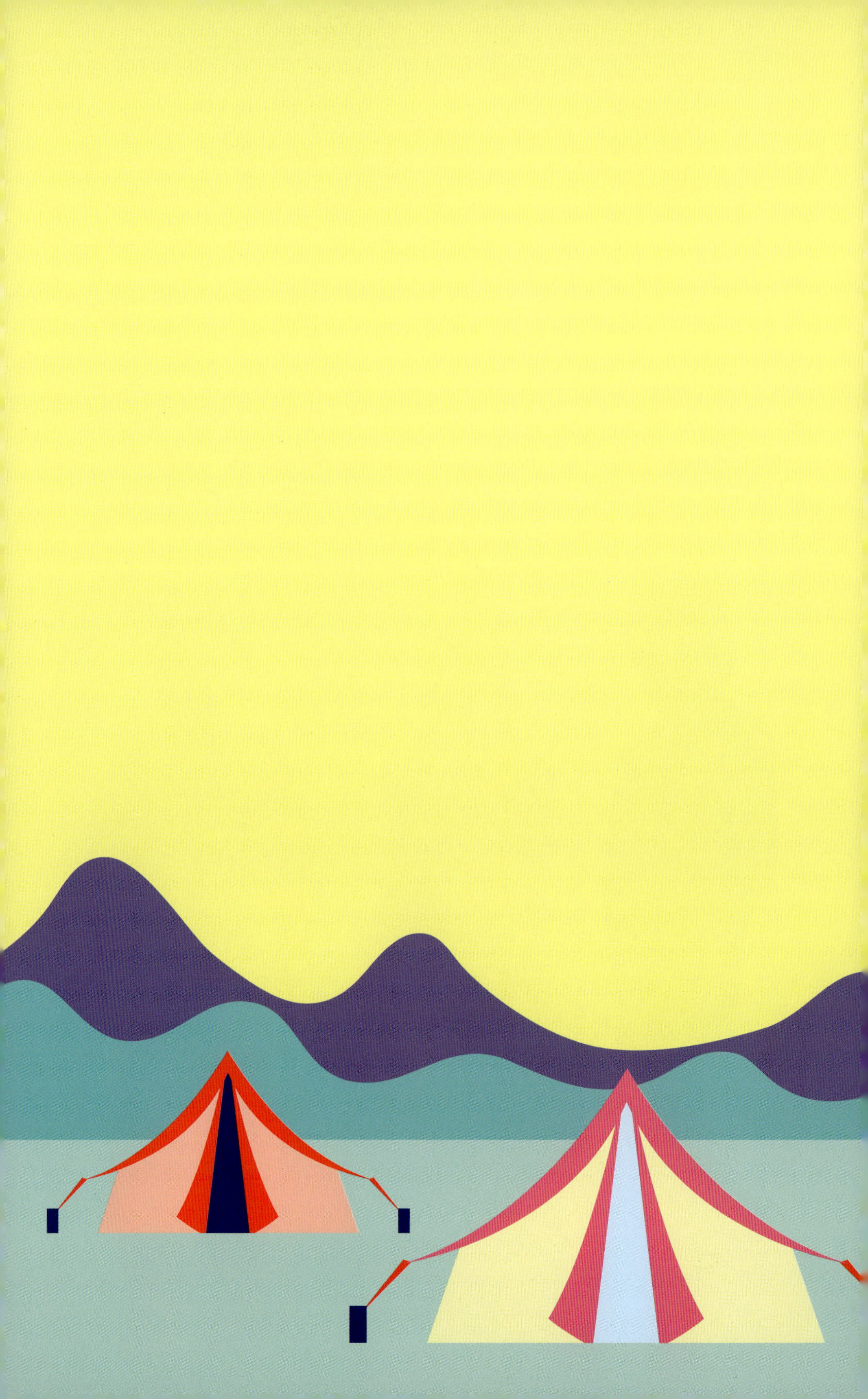

CAPÍTULO 24
JIMMY DESPERTA

Proclamou-se que o acampamento foi um sucesso. Mas na verdade… Às vezes, Poliana imaginava se fora só com ela ou se todos haviam sentido um constrangimento indefinível. Quanto à causa disso, sem hesitar ela atribuiu ao que acontecera no último dia, com o malfadado passeio à Bacia.

Era verdade que ela e Jimmy tinham alcançado Jamie e, depois de muita conversa, convenceram-no a voltar a reunir-se aos demais. E apesar dos esforços de todos para agirem como se nada de extraordinário tivesse ocorrido, ninguém pôde ser bem-sucedido na empreitada. Poliana, Jamie e Jimmy exageraram sua alegria. Os outros, sem saber o que havia acontecido, sentiam que algo não andava bem, embora tentassem fingir o contrário. Assim, em tal situação, era impossível desfrutar-se de tranquilidade e bem-estar. Mesmo o esperado jantar de peixe foi sem graça. Antes da hora, o grupo tratou de voltar para o acampamento.

De volta à casa, Poliana esperava que o episódio fosse esquecido. Só que não podia deixar de se lembrar do caso e, assim, não podia censurar os outros por se lembrarem também. Pensava naquilo sempre que olhava para Jamie. Via de novo o sofrimento em seu rosto, o sangue em suas mãos. Sofria por causa dele, a tal ponto que sua simples presença era um suplício para ela. Com remorso, teve de admitir, para si mesma, que já não sentia prazer em conversar com Jamie, o que não a impedira de estar muitas vezes com ele. De fato, ficava ao seu lado mais vezes do que antes. Com medo de que o rapaz percebesse seu estado de espírito, não perdia ocasião de corresponder às suas manifestações de afeto. Às vezes, ela própria tomava a iniciativa de procurá-lo. Não precisava fazer isso com frequência, até porque Jamie, com intensidade, tentava estreitar os laços de amizade com ela.

O motivo de tudo, acreditava Poliana, estava no incidente com o touro bravo e no socorro que lhe fora prestado. Não que Jamie se referisse ao caso diretamente — não o faria jamais. Mostrava-se mais alegre que de hábito. Mas Poliana tinha a impressão de sentir, por trás daquela expansão, uma amargura que antes não existia. Às vezes, Jamie evitava a companhia dos outros e não continha um suspiro de alívio quando tinha ocasião de ficar a sós com Poliana. Esta pensou que sabia o que o levava a agir desse modo, depois do que ele lhe disse, um dia, quando viam os outros jogando uma partida de tênis:

— Não há ninguém, Poliana, capaz de me compreender como você.

— Compreender? — A moça não entendeu, a princípio, o que ele estava querendo dizer.

Fazia cinco minutos que viam o jogo sem trocar palavras.

— É isso, Poliana — disse Jamie. — Você também já ficou sem poder andar.

— Ah!... sim... — gaguejou Poliana, percebendo que a expressão de seu rosto refletia perfeitamente o que lhe ia na alma, pois Jamie tratou de mudar de assunto, dando uma risada:

— Vamos, Poliana, por que não me pede para fazer o jogo do contente? Eu teria pedido, em seu lugar. Desculpe-me. Fui um idiota, fazendo você ficar assim. Esqueça isso!

— Não, não! Por favor! — protestou Poliana, esforçando-se para sorrir.

Não se "esqueceu" — não podia. E tudo a tornou ainda mais desejosa de ficar ao lado de Jamie e ajudá-lo como pudesse.

"De agora em diante, quero mostrar que só fico satisfeita quando estou ao seu lado!", pensou, quando, pouco depois, dispôs-se também a participar do jogo de tênis.

Poliana não era a única do grupo tocada pelo constrangimento. Jimmy Pendleton sentia o mesmo e procurava escondê-lo. De um jovem descuidado que encarava o futuro com confiança, transformara-se num moço ansioso que vê o rival lhe roubando a mulher que amava. Sabia agora que estava apaixonado por Poliana e que isso já vinha de muito tempo: via-se, porém, abalado e impotente diante do que tinha acontecido. Sabia que mesmo os seus projetos de ser um grande engenheiro de nada valiam em face da expressão dos olhos e das palavras que saíam dos lábios de uma mulher. Compreendeu que a maior preocupação de sua vida era aquele misto de temor e de dúvida que surgira em seu caminho: dúvida por causa de Poliana, temor por causa de Jamie.

Quando viu Poliana em perigo de vida, naquele dia no campo, compreendeu como o mundo — o seu mundo — ficaria vazio sem ela. E durante aquela corrida de vida ou de morte, com Poliana nos braços, pôde sentir quanto ela lhe era preciosa. Por um instante, apertando-lhe o corpo contra o seu, sentiu que realmente ela era sua. E mesmo naquele momento supremo de perigo teve a emoção da suprema ventura. Depois, mais tarde, vira o rosto de Jamie e suas mãos sangrando. Isso só podia significar uma coisa: Jamie também amava Poliana, e teve que permanecer inerte, "preso a duas muletas" — fora o que dissera. Jamie, inerte, "preso a duas muletas", enquanto outro homem socorria e salvava a mulher que ele amava.

Jimmy voltara para o acampamento, naquele dia, com um turbilhão na cabeça, mistura de temor e revolta. Imaginava se Poliana se interessava por Jamie — disso vinha o seu temor. E mesmo que ela não estivesse interessada, deveria ele próprio manter-se de lado, deixando que Jamie, sem esforço algum, fizesse-a interessar-se por ele cada vez mais? Aí residia a origem da revolta. Não, não poderia resignar-se, decidiu. Entre os dois deveria travar-se uma luta leal.

Tendo a si mesmo como único interlocutor, Jimmy não pôde deixar de corar. Poderia ser "leal" uma luta entre ele e Jamie? Sentiu-se de repente como anos antes, quando ainda menino desafiara outro garoto na disputa de uma maçã que ambos queriam, e viu que o adversário tinha um braço aleijado: deixou, de propósito, que o aleijado o vencesse. Agora, porém, o caso era diferente. Não estava em jogo uma maçã, e sim a felicidade de uma vida. Podia ser também a felicidade da vida de Poliana. Talvez ela não se interessasse por Jamie e sim por ele, Jimmy, seu velho amigo. Bastaria que ele lhe mostrasse que desejava o seu interesse. E ele iria mostrar...

Mais uma vez sentiu um fogo no rosto e fechou a cara, furioso. Se ao menos pudesse esquecer a desolação de Jamie quando lamentava viver "preso a duas muletas"! Se ao menos... De que adiantava, porém? Não era uma luta leal, e ele sabia disso. Ou melhor, ficou sabendo a partir de então. Sua decisão estava tomada: observar e esperar. Daria a Jamie uma oportunidade. E se Poliana mostrasse que se interessava mesmo, ele se afastaria de suas vidas e nenhum dos dois saberia quanto ele sofrera. Voltaria às suas pontes, como se elas pudessem se comparar a Poliana. Mas faria isso — tinha de fazê-lo.

Era uma decisão heroica, e Jimmy ficou tão exaltado que parecia quase feliz quando, afinal, adormeceu naquela noite. Mas o martírio em teoria difere bastante do martírio na prática, como se sabe desde tempos remotos. Uma coisa era resolver sozinho na escuridão do quarto que Jamie merecia ter sua oportunidade. E outra, muito diferente, era aceitar que Poliana e Jamie estivessem juntos sempre que os via. Além disso, ele se preocupava com a aparente atitude dela para com o inválido. Era como se ela se interessasse muito pelo rapaz, tão preocupada com o seu bem-estar e desejosa de demonstrar que gostava de lhe fazer companhia. Depois, como para esclarecer qualquer possível dúvida por parte de Jimmy, Sadie Dean lhe falou certo dia a respeito do assunto. Estavam na quadra de tênis e Sadie sentada, sozinha, quando Jimmy se aproximou dela e perguntou:

— Vai jogar na próxima partida com Poliana, não vai?

— Poliana não vai jogar mais esta manhã — disse a moça.

— E por quê? — estranhou Jimmy, que esperava disputar uma partida com Poliana.

Sadie ficou sem responder durante algum tempo e depois, com visível esforço, informou:

— Ela me disse ontem à noite que estamos jogando tênis em demasia. Não é bom para Jamie Carew, que não pode jogar.

— Eu sei, mas... — Jimmy não continuou, não sabia o que dizer e, logo em seguida, teve certa surpresa com a entonação da voz de Sadie Dean, que dizia:

— Mas ele não quer que nenhum de nós deixe de fazer as coisas por causa de sua invalidez. É o que mais o aborrece. Poliana não entende! Eu, sim, compreendo. Ela pensa que sabe o que está dizendo.

Algo nas palavras de Sadie ou no modo de pronunciá-las provocou súbita compaixão em Jimmy. Quis fazer uma pergunta, hesitou e, afinal, falou:

— Acha, por acaso, que existe algum interesse especial entre os dois, um pelo outro, ou não?

— Ainda não notou? — A moça lhe lançou um olhar sarcástico. — Ela o adora! Ou melhor: os dois se adoram.

Jimmy nada disse. Virou as costas e se afastou. Não desejava continuar a conversar com Sadie. E nem reparou que também Sadie Dean virara as costas e se pôs a olhar a grama a seus pés, como se tivesse perdido alguma coisa. Era evidente que também não queria falar daquele assunto.

Jimmy saiu pensando que não era verdade o que Sadie dissera. O fato é que, verdade ou não, aquilo não lhe saía da cabeça... E diante de seus olhos parecia uma sombra — sempre que via Poliana e Jamie juntos. Observava a fisionomia dos dois, prestava atenção ao tom de suas vozes. E concluiu que era verdade, sentindo no coração um peso mais forte. Fiel à sua promessa, afastou-se, resoluto. A sorte estava lançada — dizia a si mesmo. Poliana não lhe era destinada.

Os dias seguintes não trouxeram sossego a Jimmy. Não se atreveu a afastar-se de todo da mansão Harrington, com medo de ver o seu segredo descoberto, e mesmo sabendo que ficar com Poliana era, agora, uma tortura. Mesmo com Sadie era desagradável — não podia esquecer que fora ela que afinal lhe abrira os olhos. Jamie, é claro, poderia ser uma companhia amena em tais circunstâncias. Restava apenas Ruth Carew, e Jimmy só encontrava consolo em sua companhia. Alegre ou sisuda, ela sempre achava a atitude adequada e era surpreendente verificar como se mostrava bem-informada a respeito de pontes, as pontes que ele iria construir. Além do mais, era atenciosa e compreensiva, sabendo sempre a palavra certa que devia dizer.

Certo dia, Jimmy quase lhe falou do "embrulho", mas John Pendleton o interrompeu e a conversa mudou de rumo. Pendleton sempre os interrompia no instante errado, pensava Jimmy, às vezes, um tanto irritado. Mas, ao se lembrar de tudo que John Pendleton havia feito por ele, sentia remorso.

O "embrulho" era uma coisa que vinha da infância de Jimmy e que nunca fora mencionada a ninguém, exceto a John Pendleton, e somente uma vez, quando adotara o menino. O "embrulho", na verdade, era um enorme envelope branco, gasto pelo tempo e fechado com um selo vermelho. Fora entregue a Jimmy pelo pai e trazia, por fora, as seguintes instruções, escritas pela mão do pai:

Para meu filho Jimmy. Não deve ser aberto senão no dia em que ele fizer trinta anos, a menos no caso de sua morte, quando, então, deverá ser aberto imediatamente.

Em algumas ocasiões, Jimmy se punha a imaginar o que haveria dentro daquele envelope. Outras vezes, esquecia-se de sua existência. Quando estava no orfanato, vivia com medo de que o envelope fosse descoberto e furtado. Guardava-o sempre no forro da roupa. Nos últimos anos, por sugestão de John Pendleton, o "embrulho" foi recolhido ao cofre da casa.

— Não sabemos se é valioso — explicara. — De qualquer modo, eu queria que você o guardasse, e não se pode correr o risco de perdê-lo.

— Claro que não quero perdê-lo — concordou Jimmy. — Não acho, porém, que tenha grande valor. Meu pai nada tinha, eu sei.

Fora aquele "embrulho" que Jimmy quase estivera a ponto de mencionar à senhora Carew, certo dia. E o teria feito, se John Pendleton não o tivesse impedido.

"Afinal", pensou Jimmy, depois, quando voltava para casa, "talvez tenha sido bom não lhe ter falado. Ela podia pensar que meu pai procurava esconder, em sua vida, algo que não fosse correto. Não quero que façam este juízo de meu pai".

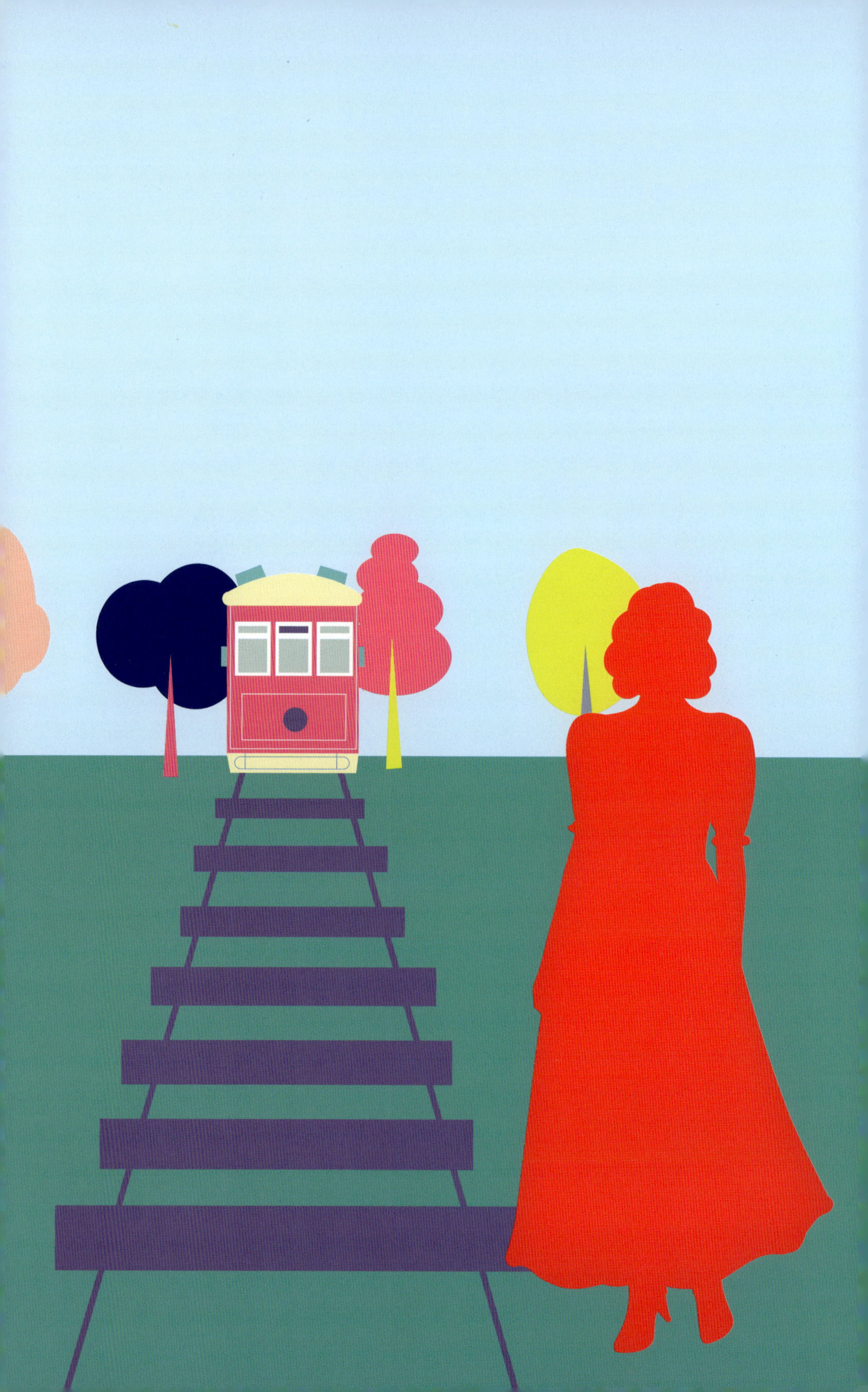

CAPÍTULO 25
O JOGO DO CONTENTE E POLIANA

Antes que setembro chegasse à metade, os Carew e Sadie regressaram a Boston. Embora sentindo separar-se deles, Poliana suspirou de alívio quando viu o trem se afastar, não querendo que ninguém percebesse que se sentia aliviada. E tratou de se desculpar, mentalmente: "Não é que eu não goste deles", pensou, enquanto o trem sumia de vista. "É que... eu sofria o tempo todo, com pena de Jamie... e estou cansada. Vai ser bom, por algum tempo, voltar à tranquilidade dos velhos dias, com Jimmy."

Não voltou à tranquilidade dos velhos dias, com Jimmy. Os dias que se seguiram à partida dos visitantes foram calmos, é verdade, mas não foram passados "com Jimmy". Este raramente aparecia e, quando aparecia, não era o mesmo Jimmy que Poliana conhecia. Mostrava-se calado, ou, então, alegre e falante, mas visivelmente nervoso, o que era intrigante. Pouco depois, Jimmy foi para Boston e, naturalmente, Poliana não o encontrou mais.

A moça ficou surpresa ao constatar que sentia a sua falta. Saber que ele se encontrava na cidade e que havia a possibilidade de vê-lo era melhor que o vazio da ausência. E mesmo sua nova atitude de mutismo e exuberância alternados era melhor que o silêncio do afastamento. Certo dia, de repente, a jovem sentiu que suas faces ficaram encaloradas. E disse a si mesma: "Então, Poliana Whittier, não me venha dizer que está apaixonada por Jimmy Bean Pendleton! Será que não pode pensar noutra coisa, senão nele?"

Dali em diante, fez esforços para ficar alegre e despreocupada e tirar Jimmy Bean Pendleton do pensamento. Embora sem intenção, tia Paulina ajudou-a. É que, com a partida dos Carew, também fora embora a principal fonte de receita da casa — e Paulina Chilton voltara a se preocupar com sua situação financeira.

— Não sei, Poliana, o que vai ser de nós — dizia com frequência. — Ainda temos um dinheirinho e uma pequena renda, mas não sei até quando isso vai durar. Se a gente pudesse fazer algo para ganhar dinheiro!

Depois de ter ouvido muitas lamentações semelhantes, Poliana leu por acaso um anúncio sobre um concurso de contos. Era sedutor, com numerosos e valiosos prêmios. Tinha-se a impressão de que ganhar o concurso era a coisa mais fácil do mundo. O anúncio incluía um convite especial, que parecia ter sido expressamente dirigido a Poliana:

Atenção, você que está lendo este anúncio. Você jamais escreveu um conto antes? Isso não quer dizer que você não possa escrever um. Experimente, só isso. Não gostaria de ganhar três mil dólares? Dois mil? Mil? Quinhentos, ou mesmo cem? Então, por que não tenta?

— Ótimo! — exclamou Poliana. — Foi bom eu ter visto o anúncio, eu também posso participar. Acho que posso, é só tentar. Vou dizer à tia Paulina que não precisamos nos preocupar mais.

Já a caminho, outra ideia lhe deteve os passos: "Pensando, bem, é melhor não contar", refletiu. "É melhor lhe fazer uma surpresa!" E naquela noite, Poliana foi dormir projetando o que iria fazer com os três mil dólares.

Começou a escrever o conto no dia seguinte. Cheia de si, arrumou uma boa quantidade de papel, fez a ponta em meia dúzia de lápis e sentou-se a uma escrivaninha na sala de estar. Depois de morder as pontas de dois lápis, escreveu no papel três palavras. Deu, então, um suspiro, atirou para um lado o segundo lápis estragado, e apanhou um lápis verde, de ponta bem-feita. Tinha uma ruga na testa.

"Que coisa!", pensou. "Não sei como eles arranjam os títulos. Acho melhor escrever o conto antes e depois pensar num título. De qualquer maneira, não vou desistir." Riscou as palavras que já havia escrito e preparou o lápis para nova investida.

Não recomeçou logo. Quando o fez, foi um falso começo, pois, ao fim de meia hora, o papel estava coberto de palavras riscadas — apenas aqui e ali algumas poucas que haviam sobrado para contar a história. A esta altura, tia Paulina apareceu na sala:

— Que é que você está aprontando agora, Poliana?

— Nada demais, titia — respondeu Poliana, rindo e desapontada. — Por enquanto ainda não fiz nada — admitiu com desalento. — É um segredo, e não posso dizer.

— Pois fique à vontade — disse Paulina. — Mas se está querendo decifrar algo diferente naquelas escrituras de hipoteca que o senhor Hart deixou, é inútil. Já as examinei duas vezes.

— Não é nada disso. Trata-se de algo mais interessante. — A moça voltou ao trabalho, estimulada pelo prêmio de três mil dólares.

Por uma meia hora, Poliana escreveu e rasurou o que havia escrito, mordendo alguns lápis. Depois, abatida mas não desanimada, juntou papéis e lápis e saiu da sala, pensando: "Acho melhor escrever lá em cima. Pensei que seria bom usar a escrivaninha porque se tratava de um trabalho literário. Mas isso de nada adiantou. Vou escrever em meu quarto."

Mas o quarto não lhe proporcionou maior inspiração, a se julgar pelo número de laudas rabiscadas e de lápis mastigados. Logo Poliana viu que era hora de jantar. E pensou: "É melhor preparar o jantar do que escrever um conto. Nunca imaginei que fosse tão difícil!"

No mês seguinte, Poliana trabalhou bastante, mas cada vez se convencia mais de que "escrever um conto" não era tarefa fácil. A moça não era dessas pessoas que desistem diante das dificuldades. E havia três mil dólares em jogo, ou um dos prêmios menores, se não conseguisse ganhar o primeiro. Cem dólares, mesmo, já significavam alguma coisa. Assim, dia após dia, ela escreveu, corrigiu, tornou a escrever e, finalmente, escreveu um conto. E, não de todo confiante, levou-o a Milly Snow para datilografá-lo.

"Até que está bom, isto é, tem sentido", ia pensando Poliana, ainda cheia de dúvidas, a caminho da casa de Milly. "É uma história verdadeira sobre uma moça encantadora. Mas estou com medo. Alguma coisa não me soa de todo bem. De qualquer maneira, é melhor não contar muito com o primeiro prêmio, para não ficar desapontada se ganhar um dos prêmios menores."

Poliana sempre se lembrava de Jimmy quando ia à casa dos Snow, que ficava longe da cidade, pois fora naquela estrada que havia conhecido, anos antes, o fugitivo do orfanato. Pensou nele de novo e sentiu o coração bater um pouco mais acelerado. Depois, num lance de orgulho, o que sempre ocorria quando pensava em Jimmy, apressou o passo, chegou à casa e tocou a campainha.

Como de hábito, foi recebida de braços abertos, manifestações de afeto e, em pouco tempo, todos conversavam sobre o jogo do contente. Em nenhuma outra casa de Beldingsville o jogo era praticado com tanto entusiasmo como ali.

— Como você está indo? — indagou Poliana, depois de explicar a razão de sua visita.

— Muito bem! — exclamou Milly Snow. — É o terceiro serviço que arranjo esta semana. Agradeço muito você me ter feito aprender datilografia... posso trabalhar em casa! Devo isso a você.

— Tolice! — protestou Poliana.

— Tolice, nada. Em primeiro lugar, eu não poderia fazer isso se não fosse o jogo do contente, pois mamãe melhorou e eu fiquei com mais tempo. Depois que me aconselhou a aprender datilografia, você me ajudou a comprar uma máquina. Devo ou não lhe devo tudo?

Poliana mais uma vez a contestou, mas foi interrompida pela senhora Snow, que estava perto da janela em sua cadeira de rodas:

— Escute, minha filha. Você nem sabe direito o que fez. Mas estou vendo, hoje, uma expressão em seus olhos que não me agrada. Deve estar preocupada com alguma coisa, estou vendo. Não é para menos: a morte de seu tio, a situação de sua tia, eu entendo. Prefiro não falar disso. Mas há algo que quero dizer e você precisa ouvir, pois não me conformo com essa angústia que vejo em seus olhos sem tentar afastá--la, dizendo-lhe o que fez por mim, por esta cidade e por muitas pessoas em tantos lugares.

— Que é isso, senhora Snow?! — protestou Poliana.

— Sei o que digo, e você sabe do que estou falando — insistiu a inválida. — Olhe para mim. Quando a conheci, não era eu uma pessoa lamurienta, que vivia querendo o que não podia ter e desesperada com o que tinha? Você então me abriu os olhos e me mostrou que o que eu tinha compensava aquilo que eu não tinha.

— Quer dizer que eu era tão impertinente assim? — perguntou Poliana.

— Claro que não, ora! Você não queria ser impertinente, eis a diferença. Você não queria pregar sermões, também. Do contrário, não teria conseguido que eu fizesse o jogo do contente. E veja como isso foi bom para mim e para Milly! Estou tão melhor que já posso me sentar numa cadeira de rodas e andar por toda a casa. Isso é formidável, não só para mim como, também, para Milly, que dispõe de mais tempo para trabalhar e repousar. O médico disse que tudo isso nós devemos ao jogo do contente. Muitas pessoas na cidade tiveram o mesmo resultado. Nellie Mahoney quebrou o braço e ficou tão alegre por não ter quebrado a perna, também, que nem se incomodou. A senhora Tibbits ficou surda, mas dá graças a Deus por não ter perdido a vista. Lembra-se daquele Joe, apelidado de Joe Encrenca por causa do seu mau gênio? Não briga mais com ninguém: ensinaram-lhe o jogo do contente, e ele agora é outro homem. Fique sabendo de uma coisa, minha filha. Não é só em nossa cidade, não. Ontem recebi uma carta de minha prima de Massachusetts e ela me falou sobre a mulher do Tom Payson, que morava aqui. Lembra-se dela? Morava no caminho que leva ao morro dos Pendleton.

— Sei quem é — disse Poliana.

— No inverno em que você foi para o Hospital, ele mudou-se para Massachusetts, onde mora minha prima, essa que me escreveu dizendo que a senhora Payson falou a seu respeito e contou como você a livrara de um divórcio. Agora, o casal pratica o jogo do contente e o tem ensinado a muita gente de lá. Como vê, minha filha, não é só aqui que o seu joguinho está fazendo bem às pessoas. Fiz questão de que você soubesse, pois acho que pode lhe fazer bem você mesma voltar a jogá-lo de vez em quando. Não há de ser difícil para você...

Poliana se levantou, sorrindo. Mas tinha lágrimas nos olhos quando se despediu:

— Obrigada. Às vezes é difícil. Talvez eu precise de alguma ajuda para praticar o meu próprio jogo. Mas, se não conseguir jogar, ficarei alegre sabendo que outras pessoas o praticam.

Poliana voltou mais tranquila andando para casa naquela tarde. Mesmo que enternecida pelas palavras da senhora Snow, ainda havia uma sensação de tristeza em tudo aquilo. Ela pensava na tia Paulina, que praticava o jogo tão pouco. Pensava também se ela própria jogava quando deveria.

"Talvez eu não esteja sendo sempre cuidadosa ao procurar o lado bom das coisas que tia Paulina diz", pensou, com certa culpa. "E talvez, se eu tivesse jogado melhor o jogo, ela também teria praticado um pouco. Bom, vou tentar. Se não conseguir, tenho todo mundo que joga meu jogo melhor que eu mesma!"

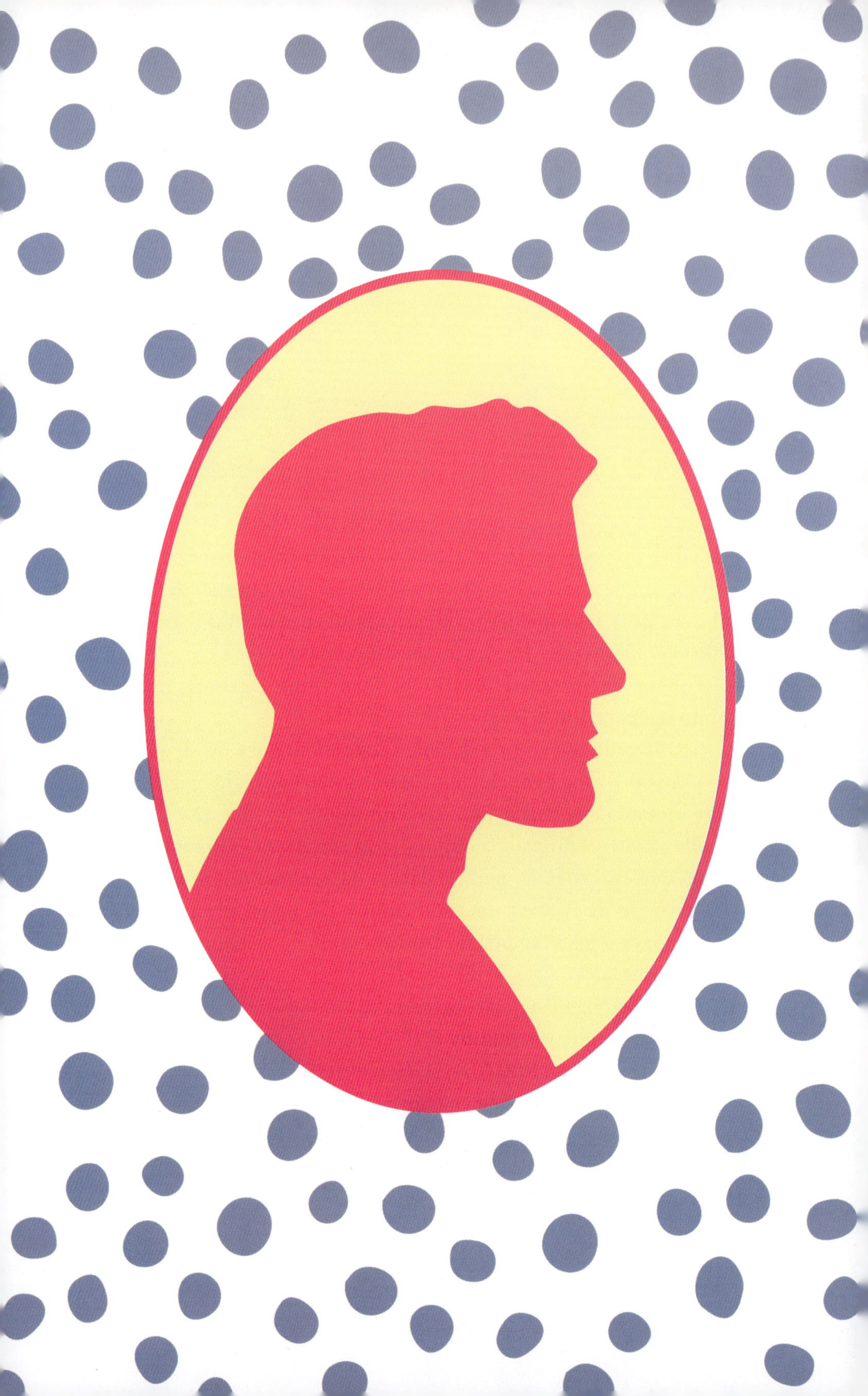

CAPÍTULO 26
JOHN PENDLETON

Uma semana antes do Natal, Poliana enviou o seu conto (agora bem-datilografado) para participar do concurso. Segundo a revista, o resultado só seria conhecido em abril e Poliana se preparou para a longa espera com a paciência de sempre, refletindo: "De qualquer maneira ficarei alegre durante muito tempo, na esperança de ganhar o primeiro prêmio. E, se não ganhar, terei pelo menos ficado alegre esse tempo todo e também poderei me alegrar por receber um dos prêmios menores." Em suas cogitações não entrava a hipótese de não ganhar prêmio algum: parecia-lhe até que o conto já estava publicado na revista.

O Natal não foi alegre na casa dos Harrington, naquele ano, apesar dos esforços de Poliana. Tia Paulina não permitiu qualquer celebração, e assim a moça não pôde dar presentes a ninguém.

Na véspera do Natal, John Pendleton apareceu. Paulina inventou uma desculpa para não recebê-lo, mas Poliana, cansada da enfadonha companhia da tia, acolheu-o efusivamente. Uma nuvem, porém, lhe toldou a alegria. Pendleton trouxera uma carta de Jimmy que não falava de outra coisa senão dos planos que ele e Ruth Carew faziam para uma grande celebração do Natal no Lar para Moças que Trabalham. Impedida de festejar ela própria o Natal, Poliana não estava disposta a ouvir falar de comemorações feitas por outra pessoa, especialmente quando essa pessoa era Jimmy. Só que John Pendleton não encerrou o assunto depois que leu a carta:

— Vai ser uma festa e tanto! — comentou, guardando a carta.

— Imagino — concordou Poliana, sem entusiasmo.

— É esta noite, não? Gostaria de estar lá.

— Claro… — murmurou a moça.

— A senhora Carew sabia o que estava fazendo quando convidou Jimmy para ajudá-la — insistiu Pendleton. — Já pensou? Jimmy bancando o Papai Noel para cinquenta moças de uma vez!

— Vai adorar! — disse Poliana, com algum esforço.

— Pode ser. Só que é diferente de aprender a construir pontes, não acha?

— Acho que sim.

— Jimmy é formidável. Aposto que aquelas moças nunca se divertiram tanto como vão se divertir hoje à noite.

— Sem dúvida. — Poliana não gostou de estar gaguejando, enquanto se esforçava para não comparar sua situação em Beldingsville, conversando com Pendleton, à situação em que se encontravam Jimmy e as cinquenta moças em Boston.

Fez-se um rápido silêncio e, olhando pensativo para a lareira, Pendleton disse, afinal:

— A senhora Carew é maravilhosa!

— Concordo! — E dessa vez o entusiasmo da moça era real.

— Jimmy me escreveu contando o que ela tem feito por aquelas moças — continuou Pendleton, sempre fitando a lareira. — Na última carta, ele falou muito de seu próprio trabalho e também a respeito dela. Disse que a admirava desde que a conheceu, não tanto quanto agora, que a conhece melhor.

— Realmente, a senhora Carew é uma mulher extraordinária — disse Poliana. — Gosto muito dela.

— Não é só você, minha filha. — E John Pendleton encarou a moça com uma expressão diferente na fisionomia.

Poliana sentiu um aperto no coração, ferida por súbito pensamento. Jimmy! Estaria Pendleton insinuando que Jimmy se interessava daquele modo por Ruth Carew?

— O senhor está querendo dizer... — Mas não pôde concluir a frase.

— Estou me referindo às moças, naturalmente — esclareceu Pendleton, levantando-se. — Não acha que aquelas cinquenta moças a adoram?

Poliana murmurou algo mais pertinente em resposta à explicação de Pendleton. Mas tinha os pensamentos tumultuados e deixou o resto da conversa por conta do visitante, enquanto durou a visita.

Pendleton não se deu por satisfeito. Andou pela sala, voltou a sentar-se e, quando falou, tornou ao mesmo assunto: a senhora Carew. Disse, olhando para Poliana:

— É engraçado... aquele Jamie, não é? Será que ele é o seu sobrinho, mesmo? — E, como Poliana não respondesse, continuou: — Ele é um bom rapaz. Fiquei gostando dele. Simpático, bem-educado. A senhora Carew gosta muito dele, seja ou não seu parente... — Fez-se nova pausa, e John Pendleton prosseguiu, com a voz ligeiramente alterada: — É engraçado também que ela não tenha se casado de novo, sendo tão bonita. Você não acha?

— É mesmo — concordou Poliana. — Ela é linda.

A voz da moça se modificou. Poliana viu sua imagem refletida no espelho, e não se achava "linda".

Pendleton continuou a falar, sem se preocupar em saber se estava sendo ou não ouvido, como se apenas quisesse falar. Até que, com relutância, se pôs de pé e se despediu. Fazia meia hora que Poliana estava ansiosa para que fosse embora e a deixasse sozinha. Mas, depois que ele saiu, desejou que voltasse. Sentiu que não podia ficar sozinha apenas com os seus pensamentos.

Para a moça, tudo estava maravilhosamente claro: Jimmy se interessava pela senhora Carew. Por isso é que ficara nervoso quando ela partira. Por isso é que passara a vir tão pouco a sua casa. Por isso é que... Pequenos episódios passados afloravam à sua memória, como testemunhos que não podiam ser negados.

E por que não haveria de interessar-se por uma senhora tão linda e encantadora? É certo que era mais velha do que Jimmy, mas era comum rapazes se casarem com mulheres mais idosas, desde que se amassem...

Naquela noite Poliana chorou antes de dormir.

Pela manhã, tratou de enfrentar a situação com coragem, pondo à prova o seu jogo do contente. Lembrou-se de algo que Nancy lhe havia dito alguns anos antes: "Há namorados que não têm jeito para fazer o jogo do contente... vivem brigando." E Poliana, então, pensou: "Não é que estejamos brigando ou mesmo que sejamos namorados, mas posso ficar alegre porque ele está contente e ela também, mas..." A moça enrubesceu, e nem mesmo para si própria pôde concluir o pensamento.

Convencida de que Jimmy e Ruth Carew se interessavam um pelo outro, Poliana se tornou sensível a tudo que fosse capaz de fortalecer aquela crença e, sempre alerta a tal respeito, não deixou de encontrar o que esperava. Primeiro, nas cartas de Ruth. Numa delas, a senhora Carew escrevera:

> Tenho estado muitas vezes com o seu amigo, o jovem Pendleton, e cada vez gosto mais dele. Desejaria (só de curiosidade) poder descobrir a origem dessa impressão que guardo de já tê-lo visto antes em algum lugar.

Depois dessa carta, frequentemente Ruth se referia a ele e, para Poliana, a casualidade de tais referências constituía prova indiscutível da assiduidade dos encontros entre os dois — não havia dúvida. Recebera também cartas de Sadie Dean, falando de Jimmy e do que ele fazia para ajudar a senhora Carew. O próprio Jimmy, que escrevia de vez em quando, concorreu para aumentar a preocupação da moça. Em certa carta, ele escrevera:

São dez horas da noite. Estou sozinho, esperando a senhora Carew. Ela e Sadie, como de costume, ocupam-se com as suas obrigações de assistência social, no Lar das Moças.

Se era o próprio Jimmy que lhe escrevia assim, Poliana achava que devia ficar muito alegre. Mas pensou: "Se não pode falar de outra coisa que não sejam a senhora Carew e aquelas moças, é melhor que não me escreva!"

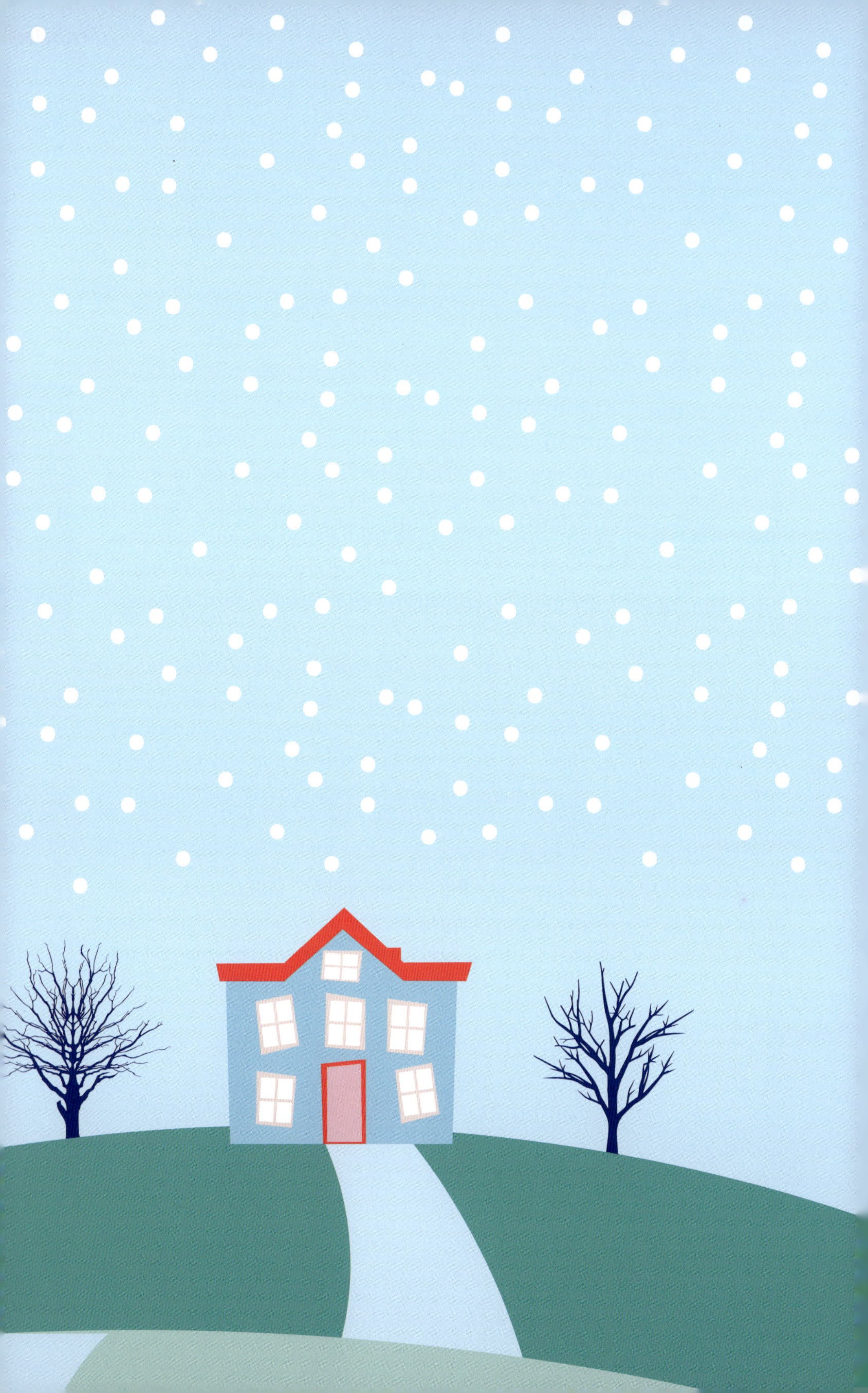

CAPÍTULO 27
O DIA EM QUE POLIANA NÃO JOGOU

Um após um, os dias do inverno se passaram, com neve e granizo. Março trouxe uma ventania que zunia em torno da velha casa, batendo portas e janelas. Poliana não achava fácil, naqueles dias, entregar-se ao jogo do contente, mas ainda assim o praticava. Tia Paulina não se interessava pelo jogo e isso não facilitava a Poliana fazê-lo. A tia andava abatida, não se sentia bem e se deixava dominar pela melancolia.

A moça ainda tinha esperança de ganhar o prêmio do concurso, mas transferira tal esperança do primeiro para os prêmios menores. Escrevera outros contos e a regularidade com que eram recusados pelas revistas começava a fazê-la duvidar de seu êxito como escritora.

"Assim mesmo, fico contente, porque tia Paulina não sabe disso", dizia Poliana para si mesma, enquanto rasgava mais uma carta que devolvia seus originais com agradecimentos. "Ela não tem de se preocupar com isso, não sabe de nada."

Naqueles dias, a vida de Poliana girava em torno de tia Paulina, mas duvidava de que a própria senhora Chilton percebesse como a sobrinha lhe era dedicada. Foi num sombrio dia de março que a situação chegou a um ponto quase insuportável. Ao levantar-se, a moça olhara para o céu e ficara desanimada. Em dias assim, tia Paulina piorava e se tornava mais difícil de ser tratada. Cantarolando, com forçada alegria, a jovem desceu para a cozinha e começou a preparar a refeição matinal.

— Acho que vou fazer bolinhos de fubá — disse ao fogão. — É a coisa de que tia Paulina mais gosta.

Meia hora depois, bateu à porta do quarto da tia:

— Que ótimo! Já de pé tão cedo. E já se penteou, a senhora mesma!

— Não consegui dormir — respondeu a tia. — Tive de me levantar cedo e pentear o cabelo sozinha. Você não estava aqui.

— Pensei que a senhora ainda estava deitada — explicou Poliana. — Mas a senhora vai gostar quando souber o que eu estava fazendo na cozinha.

— Como é que posso gostar de alguma coisa numa manhã assim? — resmungou Paulina. — Olhe, já está chovendo! É a terceira vez que chove esta semana!

— Até que isso tem uma vantagem — observou Poliana. — Não há nada mais bonito que um dia de sol depois de alguns dias de chuva.

E enquanto ajeitava a gola do roupão da tia, acrescentou:

— Agora, venha ver a surpresa que lhe preparei. Vai gostar.

Nem mesmo os bolinhos de fubá entusiasmaram Paulina naquela manhã. Queixava-se de tudo, sem cessar. E foi preciso que Poliana tivesse muita paciência para se mostrar bem-humorada até o final da refeição.

Para piorar ainda mais a situação, surgiu uma goteira no sótão e o correio trouxe uma carta desagradável. Fiel ao seu credo, Poliana disse que, de sua parte, sentia-se feliz com a existência de um telhado na casa, mesmo com uma goteira quando chovia. E quanto à carta, já a esperava fazia uma semana. Agora, não tinha que se preocupar com o medo de recebê-la.

Tudo isso, além de outros contratempos, fez com que o trabalho da manhã fosse adiado para a tarde, para desgosto da metódica tia Paulina — habituada a ordenar sua vida de acordo com os ponteiros do relógio.

— Sabe que já são três e meia, Poliana? E você ainda não arrumou as camas.

— Ainda não, titia, mas vou arrumar. Não se preocupe.

— Você ouviu o que eu disse? Olhe para o relógio, minha filha. Já passa muito de três horas!

— Eu sei, tia Paulina. Graças a Deus ainda não são quatro horas. Isso deve nos deixar contentes.

— Bem, você pode mesmo ficar contente — respondeu a tia.

— Sabe de uma coisa, titia? — E Poliana deu uma risada. — Os relógios são bons quando a gente sabe como agir com eles. Descobri isso há muito, no Hospital. Quando eu estava ocupada com alguma coisa agradável e não queria que o tempo passasse depressa, olhava o ponteiro das horas e achava que o tempo passava devagar. E quando eu fazia uma coisa desagradável, olhava para o ponteiro dos minutos e tinha a impressão de que o tempo voava. Agora, estou olhando para o ponteiro das horas: não quero que o tempo passe muito depressa. Compreendeu? — E saiu da sala antes que a tia tivesse oportunidade de replicar.

Foi um dia duro, sem dúvida. Quando a noite chegou, Poliana estava pálida e abatida. E isso preocupou Paulina:

— Você está muito abatida, minha filha! Não sei o que fazer. Acho que vai ficar doente!

— Não é nada, titia, que bobagem! — Poliana se estendeu no divã. — Só estou um pouco cansada. Nossa! Que divã gostoso! Estou alegre de me sentir cansada, pois é muito gostoso descansar!

— Alegre, alegre! — Paulina fez um gesto de impaciência. — É claro que você está alegre, pois só pensa em se sentir assim. É o tal jogo, eu sei. Só acho que você leva isso longe demais. Essa história de que "podia ser pior" está mexendo com meus nervos. Para falar com franqueza, eu me sentiria aliviada se você não ficasse contente com coisa alguma, por algum tempo, é claro!

— O quê, titia?! — espantou-se Poliana, levantando-se.

— Isso mesmo que eu disse. Experimente uma vez e veja.

— Mas, titia…

Poliana não continuou e olhou para a tia, pensativa. Um leve sorriso entreabriu-lhe os olhos. Paulina tinha virado as costas e voltado ao seu trabalho, desatenta. Um minuto depois, sem voltar a falar, Poliana tornou a se deitar no divã, com um sorrisinho nos lábios.

Chovia de novo quando Poliana se levantou na manhã seguinte. O vento continuava a uivar. A moça chegou à janela e deu um suspiro. Logo depois, sua fisionomia se alterou e ela disse:

— Estou tão feliz… — Levou as mãos aos lábios, apertando-os e murmurou: — Meu Deus! Já ia esquecendo! Não posso me esquecer, para não estragar tudo. Tenho que não ficar contente hoje com coisa alguma.

Não preparou bolinhos de fubá para a refeição matinal. Subiu ao quarto da tia, que ainda estava na cama.

— Está chovendo — disse Paulina, como se desse um bom-dia.

— Está, sim — confirmou Poliana. — É insuportável. A semana toda chovendo! Detesto chuva!

Paulina se virou, surpresa, mas Poliana olhava para o outro lado. Perguntou à tia, em tom indiferente:

— A senhora vai se levantar agora?

— Vou, sim — respondeu Paulina, ainda surpresa. — Por que pergunta, Poliana? Está muito cansada?

— Estou cansadíssima. Não dormi direito e o que mais odeio é perder o sono. É horrível levantar no dia seguinte sem ter dormido à noite.

— Eu sei — concordou Paulina. — Não preguei o olho, também, desde as duas horas da madrugada. E aquela goteira! Quando é que a gente vai poder consertar o telhado, com esta chuva que não para?

— O pior é que apareceu outra goteira! — disse Poliana.

— Outra goteira! Só me faltava isso!

Poliana quase disse que, afinal, havia a vantagem de consertar as duas goteiras de uma só vez, mas se conteve e falou:

— Estou com medo de que o telhado desabe! — E deliberadamente virando o rosto para o outro lado, Poliana saiu do quarto para a cozinha, dizendo a si mesma: "Vou acabar aprontando uma confusão. Não é fácil."

Em seu quarto, Paulina estava cada vez mais surpresa. E teve ocasião, até as seis da tarde daquele dia, de observar Poliana muitas vezes. Nada dava certo com sua sobrinha: o fogo não acendia, o vento rasgou uma cortina e uma terceira goteira apareceu no telhado do sótão. Chegou pelo correio uma carta para Poliana que a fez chorar (e, por mais que perguntasse, Paulina não conseguiu saber o que dizia a carta). Até o almoço ficou ruim e, à tarde, aconteceram coisas que provocaram queixas e lamentos.

A surpresa nos olhos de Paulina foi se transformando em suspeita. Mas se notou isso, Poliana fingiu que não. Antes das seis horas, porém, a suspeita de Paulina se fez convicção. Só que, curiosamente, passou a estampar no rosto uma expressão um tanto irônica. Até que, depois de uma queixa particularmente lamurienta de Poliana, ela ergueu os braços em gesto de desespero meio cômico:

— Chega, minha filha! Confesso-me derrotada em meu próprio jogo. Pode ficar alegre com isso, se quiser.

— Bem, titia, eu sei. Mas a senhora disse...

— Não vou dizer mais — interrompeu Paulina. — Que dia! Nunca mais quero passar por outro igual. — Hesitou, corou um pouco, e depois acrescentou, com dificuldade: — Além disso, quero... que você saiba que não fiz o jogo... muito bem, ultimamente. Agora, vou tentar... Cadê o meu lenço? — concluiu, nervosa.

Poliana se levantou e correu para ela:

— Tia Paulina, eu não queria... Foi só uma brincadeira. Não pensei que a senhora fosse ficar assim.

— Claro que não! — exclamou Paulina Chilton, com a aspereza de uma mulher severa, reprimida, uma mulher que detestava cenas e manifestações de sentimentalismo e não admitia que os outros soubessem que o seu coração fora afetado. — Acha que eu não sabia muito bem o que você queria? Acha mesmo que, se eu soubesse que você só tentava me dar uma lição, eu... eu...

Poliana a apertava nos braços e ela não pôde terminar a frase.

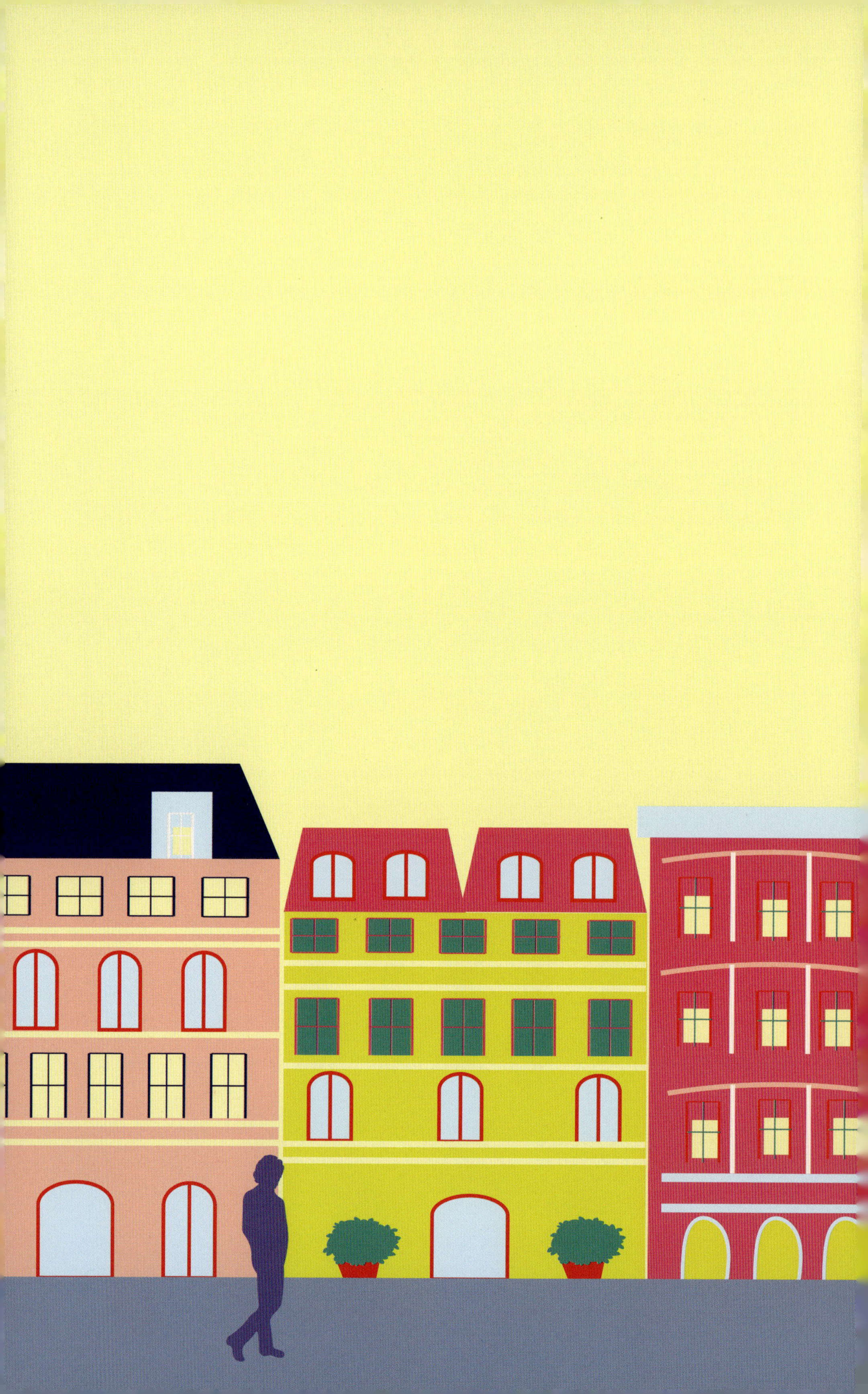

CAPÍTULO 28
JIMMY E JAMIE

Não era somente Poliana que achava que o inverno custava a passar. Em Boston, Jimmy Pendleton, apesar dos esforços para ocupar tempo e pensamentos, descobria que nada era capaz de apagar a visão de dois risonhos olhos azuis e nada o faria esquecer o som de uma voz alegre e muito querida. Jimmy dizia a si mesmo que, se não fosse a senhora Carew e o fato de poder ajudá-la, não suportaria uma vida tão castigada pela saudade. Mesmo na casa de Ruth Carew não conseguia se distrair, pois sempre Jamie estava lá, e Jamie o fazia pensar com tristeza em Poliana.

Convencido de que Jamie e Poliana se interessavam um pelo outro e de que a honra lhe impunha o dever de não apelar para a sua superioridade sobre o rival e afastá-lo da mulher amada, nunca lhe ocorreu a ideia de melhor se informar. Não gostava de falar ou de ouvir falar sobre Poliana. Sabia que Jamie e a senhora Carew recebiam notícias da moça e, quando eles falavam a seu respeito, tinha de ouvi-los, apesar de seu sofrimento. Sempre que podia, porém, mudava de assunto, e as cartas que escrevia a Poliana eram as mais resumidas possíveis. Para Jimmy, Poliana nada mais era que motivo de mágoa e desespero. Ficara contente quando chegara a hora de sair de Beldingsville e retomar seus estudos em Boston: era uma tortura estar perto de Poliana e sentir-se tão longe dela, contudo.

Em Boston, com a excitação de uma mente que procurava fugir de si mesmo, dedicou-se a ajudar a campanha da senhora Carew em favor de suas queridas jovens trabalhadoras: o tempo que poupava dos estudos era empregado nessa tarefa, com a gratidão de Ruth Carew.

Assim se passara o inverno para Jimmy e chegara a primavera, alegre, florida, com brisas suaves e rápidas pancadas de chuva, o ar embalsamado pelo aroma das flores que brotavam. Mas no coração de Jimmy reinava ainda o inverno.

"Se eles resolvessem as coisas, anunciando de uma vez o noivado!", pensava. "Se eu pudesse ao menos ter certeza de alguma coisa, acho que seria melhor!"

Em certo dia, quase no fim de abril, satisfez o seu desejo ou parte dele. Eram dez horas da manhã, e Mary o conduziu à sala de música da senhora Carew, dizendo:

— Vou dizer à senhora que o senhor está aqui. Ela está à sua espera.

Na sala de música, Jimmy, instintivamente, quase recuou ao ver Jamie ao lado do piano, a cabeça inclinada para a frente. O visitante ia afastar-se, mas, antes, lhe perguntou:

— Então, Carew, aconteceu alguma coisa?

— Se aconteceu! — exclamou o inválido, com os braços abertos e, agora, com uma carta aberta em cada mão. — Aconteceu, sim! Já imaginou alguém que esteve a vida toda numa prisão e, de repente, vê abrir-se a porta da cela? Já imaginou se, de repente, a gente pode pedir em casamento a mulher que ama? Pode imaginar se... Você deve estar pensando que fiquei doido, mas não fiquei. Talvez esteja doido de alegria. Quer ouvir? Tenho de contar a alguém!

Jimmy Pendleton ergueu a cabeça como se estivesse preparando-se para o golpe. Pálido, falou contudo com voz firme:

— Claro que quero ouvir, meu amigo. E com prazer.

Jamie Carew não esperou pelo consentimento e já falava:

— Pode ser que, para você, isso não signifique o mesmo que para mim. Você tem duas pernas e toda a liberdade. Tem as suas ambições, as suas pontes. Para mim, porém, isso é tudo. É a oportunidade de viver como um homem e de trabalhar como um homem, ainda que não seja construindo pontes e represas. Escute. Nesta carta veio a comunicação de que um conto meu ganhou o primeiro prêmio num concurso. Três mil dólares... Nesta outra, uma importante editora informa que quer editar o meu primeiro livro. As duas cartas chegaram hoje. Não é mesmo para deixar a gente doido?

— Claro! Parabéns, de todo o coração! — exclamou Jimmy.

— Obrigado. Há razões para comemorar. Imagine só o que representa para mim poder ganhar a vida, ser independente, poder, algum dia, fazer com que a senhora Carew se sinta alegre e orgulhosa de ter dado a um pobre inválido um lugar em seu lar e em seu coração. Imagine o que significa para mim poder dizer à mulher que amo que eu a amo!

— É claro, meu velho! — A voz de Jimmy ainda era firme, mas ele empalidecera.

— Bem, talvez não deva fazer isso agora mesmo — continuou Jamie, com uma sombra de tristeza nos olhos. — Ainda estou preso a isto. — E mostrou as muletas. — É claro que não posso me esquecer do que aconteceu naquele dia no campo, no verão passado, quando vi Poliana... Sei que sempre terei de correr o risco de ver a mulher que amo enfrentar um perigo e eu não poder socorrê-la.

— Mas, Carew... — começou Jimmy, mas Jamie ergueu o braço, num gesto enérgico:

— Já sei o que você vai dizer, mas não diga. Você não pode compreender, não vive preso a duas muletas. Foi você quem a salvou, não eu. Entendi, então, como será sempre comigo e Sadie. Tenho de ficar de lado e ver os outros...

— Sadie?! — perguntou Jimmy, espantado.

— Ela mesma, Sadie Dean! — exclamou Jamie. — Está surpreso? Não sabia? Não desconfiava de que eu gosto dela? Quer dizer que consegui esconder tão bem? Sempre procurei esconder, mas... — Jamie se calou, sorrindo e fazendo um gesto que tanto podia significar certo temor ou uma débil esperança.

— Sem dúvida, você soube esconder, e muito bem — disse Jimmy alegremente, recuperando a cor. — Então é Sadie Dean. Ótimo. Meus parabéns!

Jimmy não podia conter em si a alegria de descobrir que era Sadie e não Poliana a moça que Jamie amava. Este último, porém, balançou a cabeça com tristeza:

— Ainda não é caso para parabéns. Ainda não falei com ela. Claro, ela tem que saber. Mas quem foi que você pensou que fosse... em vez de Sadie?

— Pensei que fosse Poliana — disse Jimmy, depois de alguma hesitação.

— Poliana é encantadora — Jamie sorriu. — Gosto muito dela, mas não assim, e não mais do que ela gosta de mim. Depois, acho que há outro que gosta dela.

— É mesmo? — perguntou Jimmy, corando e tentando falar com naturalidade.

— É, sim. John Pendleton.

— John Pendleton? — exclamou Jimmy, estarrecido.

— Que é que estão falando a respeito de John Pendleton? — perguntou Ruth Carew, entrando na sala.

Jimmy custou a se refazer e a articular um cumprimento. Jamie, porém, respondeu confiante:

— Estava dizendo que só John Pendleton pode dizer se Poliana gosta de outra pessoa... que não seja ele mesmo.

— Poliana! John Pendleton! — exclamou Ruth Carew, deixando-se cair sentada em uma cadeira.

Se os dois rapazes não estivessem tão preocupados com os seus próprios casos, teriam notado que o sorriso desaparecera dos lábios da viúva e que uma expressão quase de temor surgira em seus olhos.

— É isso mesmo — confirmou Jamie. — Será que vocês estavam cegos no verão passado? Não viram como ele não a largava?

— Ora, pensei que a atitude dele era a mesma que tinha em relação a qualquer um de nós — murmurou Ruth Carew.

— Era muito diferente — insistiu Jamie, acrescentando: — Já esqueceram que, certo dia, quando falávamos sobre a possibilidade de John Pendleton se casar, Poliana enrubesceu e, gaguejando, disse que ele havia querido se casar um dia? Deduzi que havia alguma coisa entre eles. Será que não se lembram?

— Sim! Estou me lembrando, agora que você falou — murmurou a senhora Carew. — Só que tinha me esquecido.

— Posso explicar isso — interveio Jimmy. — John Pendleton teve realmente uma paixão, mas foi pela mãe de Poliana.

— Pela mãe de Poliana?! — exclamaram ao mesmo tempo os dois.

— Foi apaixonado por ela, mas não recebia dela a contrapartida que esperava. Gostava de outro, de um pastor com quem, afinal, se casou. O pai de Poliana.

— Ah, foi por isso que ele nunca se casou! — exclamou Ruth.

— Certo — disse Jimmy. — Como estão vendo, ele não gosta de Poliana, não é o caso. Gostava da mãe dela.

— Eu acho que isso quer dizer que ele gosta de Poliana — insistiu Jamie. — Gostou da mãe e não pôde se casar com ela. Não é natural que agora ame a filha e tente conquistá-la?

— Ora, Jamie! — discordou a senhora Carew. — Você é um incorrigível inventor de histórias. Não se trata de novela, é a vida real. Poliana é jovem demais para ele. Ele deve se casar com uma pessoa mais velha, não com uma mocinha. Se quiser se casar... — corrigiu, corando de súbito.

— Pode ser. Mas e se ela for a mulher que ele ama? — continuou Jamie. — Pense um pouco. Já viu uma só carta em que ela não fale nele? E, por sua vez, ele não está sempre falando a respeito de Poliana, em suas cartas?

Ruth Carew se pôs de pé e disse, fazendo um gesto como se estivesse jogando alguma coisa fora:

— Eu sei. Mas... — Não terminou a frase e logo depois retirou-se da sala.

Quando voltou, cinco minutos mais tarde, ficou surpresa ao verificar que Jimmy tinha ido embora:

— Pensei que ele ia conosco ao piquenique das moças...

— Também pensei — disse Jamie. — Mas ele se desculpou, dizendo que tinha de fazer uma viagem inesperada. E me pediu para dizer à senhora que não podia seguir conosco. Para falar a verdade, não dei muita atenção ao que ele disse, pois pensava em outra coisa... — E, jubiloso, mostrou as duas cartas, que ainda conservava nas mãos.

— Que bom, Jamie! — exclamou a senhora Carew, assim que terminou de lê-las. — Sinto muito orgulho de você!

Seus olhos se encheram de lágrimas, quando viu a alegria impressa no rosto de Jamie.

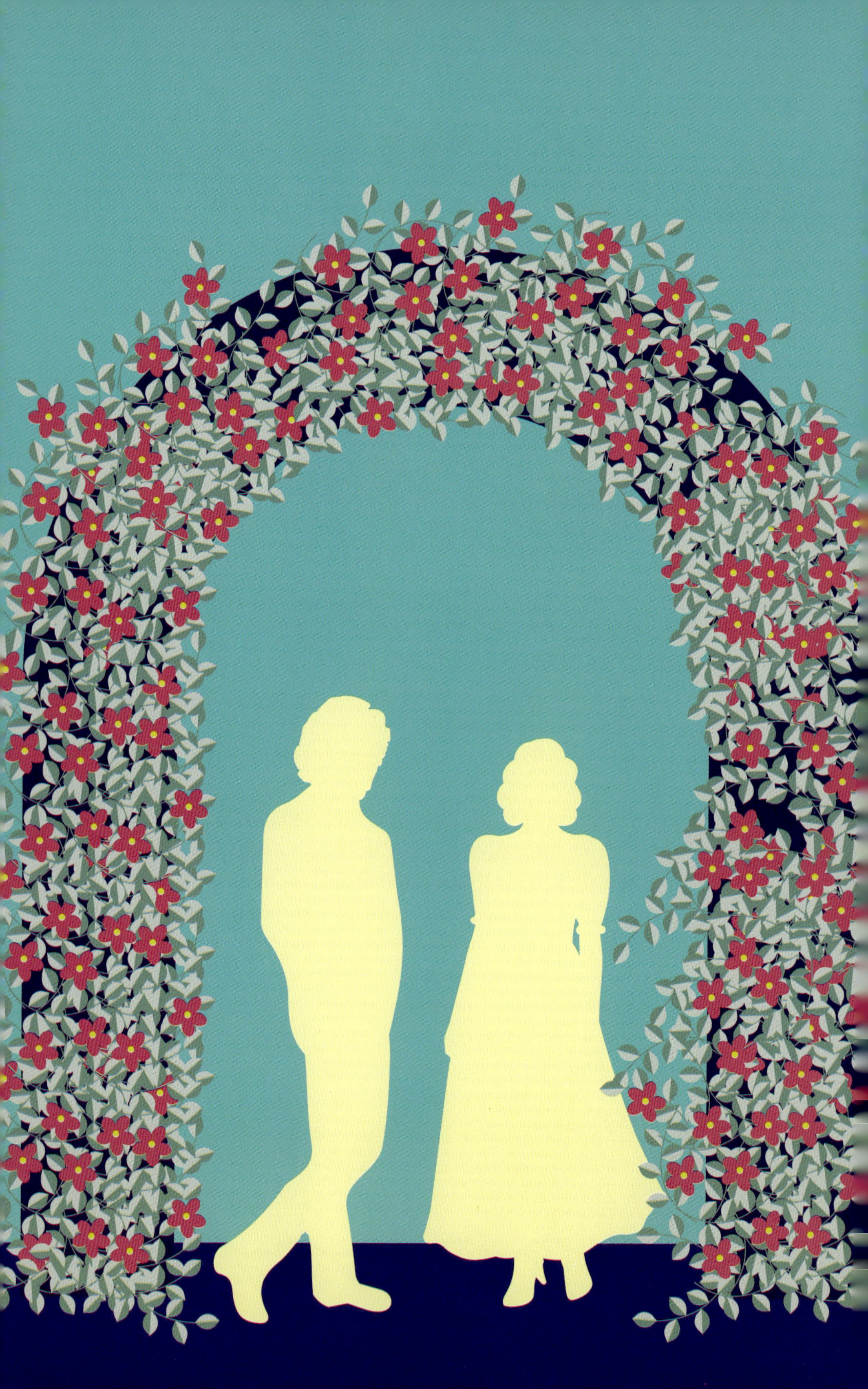

CAPÍTULO 29
JIMMY E JOHN

Um jovem sério, de fisionomia determinada, desembarcou na estação ferroviária de Beldingsville, tarde da noite de sábado. E foi o mesmo jovem, ainda mais sério e com aspecto mais enérgico, que atravessou as ruas tranquilas da pequena cidade e se encaminhou para a mansão dos Harrington, antes das dez horas da manhã do dia seguinte. Divisando uma cabecinha loura que acabava de desaparecer no caramanchão, o jovem não se deu ao trabalho de subir a escada da frente e tocar a campainha — atravessou o gramado e o jardim até que se viu frente a frente com a dona dos cabelos louros.

— Jimmy! — exclamou Poliana, espantada. — De onde veio?

— De Boston — respondeu o rapaz. — Cheguei ontem à noite e vim para vê-la, Poliana.

— Para me... ver? — indagou Poliana, tentando se refazer da surpresa e da emoção.

Jimmy era tão alto, forte e tão querido, ali, na entrada do caramanchão, que ela teve medo de que seus olhos refletissem, com demasiada evidência, a admiração, ou algo mais, que a dominava.

— Bem, Poliana — disse o jovem. — Eu queria… isto é… pensei… quer dizer, tive medo… Oh, Poliana! Não pude suportar mais. Tive de vir esclarecer de uma vez por todas. É só isso. Senti escrúpulos em falar antes, mas agora não importa. Não preciso ter medo de não ser leal. Ele não é inválido, como Jamie. Tem pernas e braços e cabeça, como eu, e, para ganhar, terá de lutar em condições de igualdade. Agora, eu tenho direito!

— Jimmy Bean Pendleton. — Poliana o encarou. — Que está querendo dizer com isso?

— Não me admiro de você não ter entendido — admitiu Jimmy, um tanto desapontado. — Acho que não fui muito claro, não é? Mas creio que estou assim desde ontem, quando fiquei sabendo pelo próprio Jamie.

— Ficou sabendo o quê, por Jamie?

— Foi por causa do prêmio. Sabe que ele acaba de ganhar um prêmio e…

— Eu já sabia — interrompeu Poliana. — Foi ótimo, não? Imagine só, o primeiro prêmio! Três mil dólares! Escrevi para ele ontem à noite. Quando soube que tinha sido Jamie, o nosso Jamie, fiquei tão excitada que me esqueci de procurar o meu próprio nome na lista dos premiados. E quando vi que não tinha ganhado prêmio algum, fiquei tão contente por causa de Jamie que nem me importei de ter perdido. Me esqueci de tudo, aliás — tentou corrigir a jovem a confissão que fizera de haver participado do concurso.

Só que Jimmy estava muito preocupado com o seu próprio problema para se incomodar com o dela. E disse:

— É claro. Gostei de Jamie ter ganhado o prêmio. Mas eu estava falando do que ele disse depois. Você, até então, eu achava que… bem, que ele se interessava por… quero dizer… que vocês dois se interessassem… digo…

— Você pensou que eu e Jamie estivéssemos interessados um pelo outro? — atalhou Poliana. — Que ideia, Jimmy. Ele gosta de Sadie Dean. Falava comigo, horas seguidas, sobre aquela moça. Acho que ela também gosta dele.

— É o que espero, mas eu não sabia. Pensei que vocês dois, sabe... E achei que, como ele é inválido, você podia considerar uma deslealdade de minha parte... se eu tentasse conquistar você.

Poliana abaixou-se e apanhou uma folha caída a seus pés. Ao se levantar, tinha o rosto voltado para o outro lado. E Jimmy continuou a falar:

— A gente não pode disputar uma corrida com alguém que não pode correr. Então, eu me afastei, para dar a ele uma oportunidade, embora isso me cortasse o coração. Mas, na manhã de ontem, fiquei sabendo a verdade. Jamie me disse que há outro envolvido no caso. Com este, não posso deixar de competir. Não posso, apesar de tudo o que ele fez por mim. John Pendleton tem as duas pernas para disputar a corrida. Está em igualdade de condições. Se você se interessa por ele... se é mesmo verdade que você se interessa por ele...

— John Pendleton?! — exclamou Poliana, estarrecida. — Que é que está querendo dizer, Jimmy? Que foi que disse a respeito de John Pendleton?

— Então, você não se interessa! — E uma intensa alegria apareceu na fisionomia de Jimmy. — Vi em seus olhos. Você não se interessa por ele!

Pálida e muito trêmula, Poliana perguntou de novo:

— Que está dizendo ou querendo dizer, Jimmy?

— Estou querendo dizer que você não se interessa por tio John, dessa maneira. Entende? Jamie acha que você se interessa por ele e ele por você. Então, comecei a pensar que talvez ele se interesse mesmo... Está sempre falando sobre você. E houve o caso com sua mãe...

Poliana escondeu o rosto nas mãos. Jimmy se aproximou, pôs a mão em seu ombro, acariciando-a de leve, mas ela retraiu-se.

— Não faça isso, Poliana! — implorou o rapaz. — Você não se interessa por mim? É isso que não quer me dizer?

— Você acha que ele se interessa por mim... dessa maneira, Jimmy? — murmurou Poliana, encarando-o.

— Não pense nisso agora, Poliana — respondeu Jimmy, em tom impaciente. — É claro que não sei, como havia de saber? O problema não é esse, mas você. Se você não se interessa por ele e me der uma oportunidade... meia oportunidade de tentar fazê-la se interessar... — Tentou segurar a mão da moça, mas ela o impediu de fazê-lo, dizendo:

— Não, Jimmy! Não devo! Não posso!

— Está querendo dizer que se interessa por ele, Poliana? — Jimmy empalideceu visivelmente.

— Não, ora! Não dessa maneira — gaguejou Poliana. — Mas, se ele se interessa por mim, preciso saber de algum modo.

— Poliana!

— Não me olhe assim, Jimmy!

— Quer dizer que você vai se casar com ele?

— Oh, não!... Quer dizer... não sei... acho que sim...

— Não faça isso, Poliana. Você me partirá o coração!

Poliana não conteve um soluço e outra vez escondeu o rosto nas mãos. Soluçou durante um instante e, depois, encarou Jimmy:

— Eu sei, eu sei! Vou partir meu coração também. Mas tenho que fazer. Vou sofrer muito, você também vai, mas não posso fazê-lo sofrer.

Jimmy levantou a cabeça, e seus olhos tinham um brilho diferente: passara por rápida e maravilhosa mudança. Com ternura, tomou Poliana nos braços e apertou-a de encontro ao seu peito, murmurando:

— Agora sei que você gosta de mim! Você disse que iria sofrer muito. Então você acha que eu deixaria que você fosse de qualquer homem no mundo? Querida, você não entende um amor igual ao meu se pensa que eu permitirei que isso aconteça. Diga que me ama, Poliana! Quero ouvir isso dos seus próprios lábios!

Por um longo minuto, a moça se entregou sem resistir aos braços que a cingiam. Depois, com um suspiro meio de contentamento e meio de renúncia, começou a se desvencilhar dele, dizendo:

— Sim, Jimmy, eu o amo.

O rapaz tentou mais uma vez tomá-la entre os braços, mas algo na expressão do rosto de Poliana o deteve. Ela repetia:

— Eu amo você, é verdade. Mas não posso ser feliz com você e pensar que... Não vê, querido? Preciso, antes, saber... se sou livre.

— Tolice, Poliana! — protestou Jimmy. — Você é livre!

— Não com essa preocupação me torturando, Jimmy. Você não compreende? Foi minha mãe, há muito tempo, que lhe amargurou a vida. Durante todos esses anos, ele viveu sozinho, sem amor, por causa de minha mãe. Se me pedir em casamento agora, não posso recusar. Você não vê?

Jimmy não via, não podia ver, por mais que Poliana argumentasse. Finalmente, a moça disse:

— Jimmy, querido, temos de esperar. É o mínimo que posso fazer. Espero que ele não esteja interessado por mim. Não creio que esteja, mas preciso saber, ter certeza. Só temos que esperar um pouco, até descobrirmos, Jimmy!

Embora a contragosto, o rapaz teve que se conformar:

— Está bem, querida. Faça o que está desejando. Mas fique sabendo que jamais no mundo um homem ficou aguardando a resposta da mulher que amava, e que também admitia amá-lo, até saber, antes, que outro homem a rejeitava.

— Mas esse outro homem de que você fala talvez não tivesse desejado se casar com a mãe dela — argumentou Poliana.

— Vou voltar para Boston. Não pense que desisti de você — disse Jimmy, com um olhar que fez bater mais forte o coração de Poliana. — Não desisti.

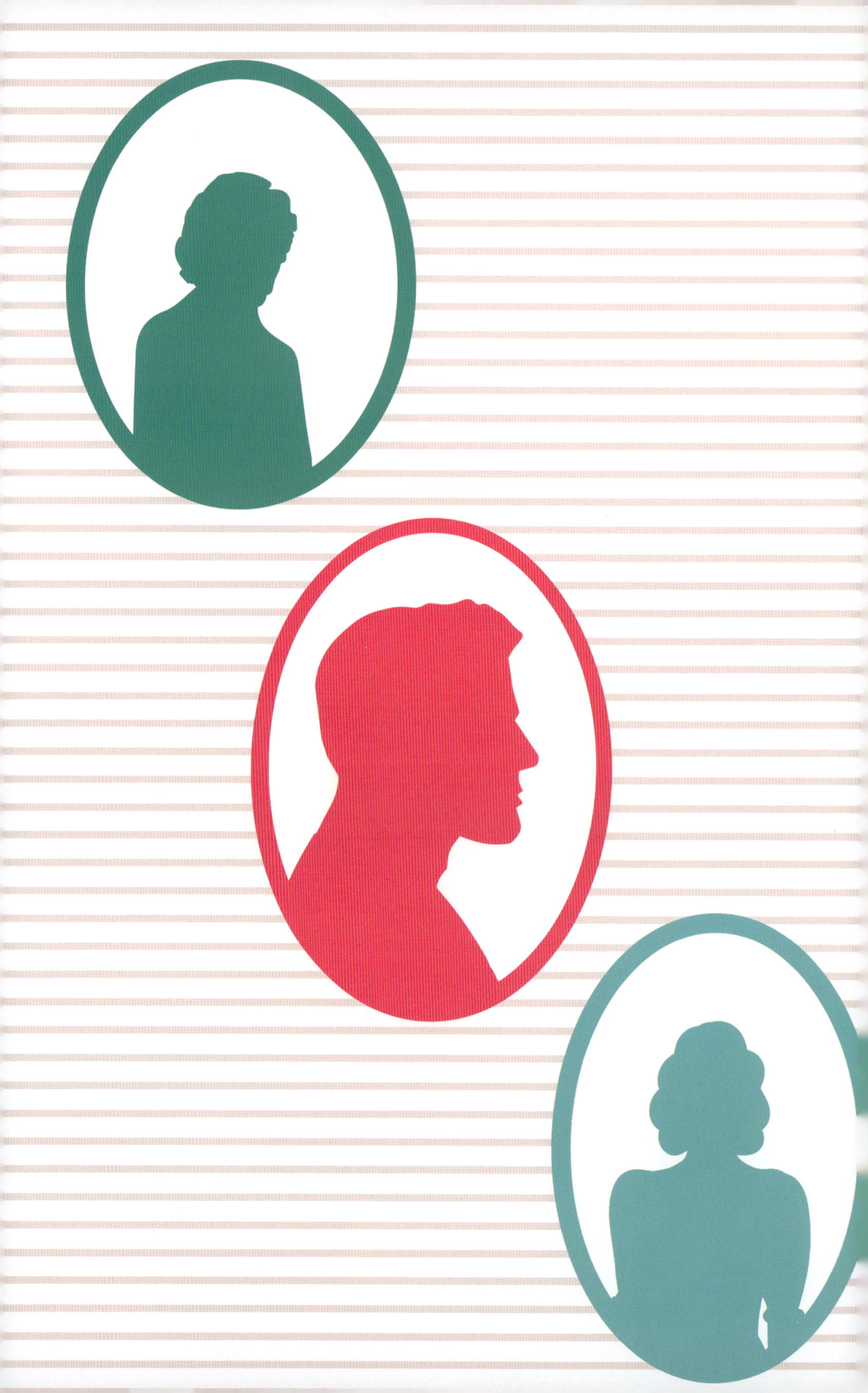

CAPÍTULO 30
JOHN PENDLETON ESCLARECE

Num estado em que se confundiam fidelidade, esperança, irritação e revolta, Jimmy voltou para Boston naquela mesma noite. Poliana não ficara em situação mais invejável: feliz por saber que Jimmy a amava, sentia-se, porém, aterrada ante a perspectiva de ser amada por John Pendleton. E o temor estragava qualquer pensamento alegre que lhe ocorresse.

Felizmente, isso não durou muito. Aconteceu que John Pendleton, único capaz de esclarecer as coisas, menos de uma semana depois da visita de Jimmy, acabou com a dúvida. Na tarde de quinta-feira ele procurou Poliana e, da mesma forma que Jimmy, encontrou-a no jardim e encaminhou-se em sua direção.

Ao vê-lo, a jovem sentiu um aperto no coração e murmurou:

— É agora! — E involuntariamente virou as costas, como se quisesse fugir.

— Por favor, Poliana! Espere um pouco — pediu o visitante, apressando o passo. — Vim à sua procura. Podemos conversar aqui mesmo? Preciso lhe dizer uma coisa.

— Está bem... — gaguejou Poliana, fazendo força para parecer alegre.

Tinha enrubescido e isso não lhe agradava, como também o fato de John Pendleton ter resolvido conversar no caramanchão, local agora sagrado para ela — ligado à lembrança de Jimmy. Pensava: "Por que havia de ser logo aqui?" Mas disse em voz alta:

— É uma linda tarde, não é mesmo?

Não houve resposta. Pendleton acomodou-se num banco, sem mesmo esperar que Poliana se sentasse, o que contrariava seus hábitos. A moça o olhou e notou tão gritante semelhança com a severidade e tristeza de uma fisionomia que conhecia desde que era criança que não conteve uma exclamação de espanto. O visitante não se deu conta: estava pensativo, cabisbaixo. Depois, ergueu a cabeça e encarou Poliana bem nos olhos.

— Poliana...

— Sim, senhor Pendleton.

— Você se lembra como eu era quando você me conheceu?

— Lembro, sim.

— Era um tipo de homem de presença agradável, não era?

Ainda que um tanto perturbada, Poliana conseguiu sorrir:

— Eu gostava do senhor... — E logo se arrependeu de ter dito isso, tratando de corrigir-se, mas sem o conseguir: — Isto é, eu gostava do senhor naquela época.

Esperou, com o coração apertado. As palavras seguintes de Pendleton não tardaram:

— Eu sabia que você gostava de mim, minha filha! E foi isso que me salvou. Não sei se poderia lhe mostrar como a amizade que você me tinha, a confiança que depositava em mim, quando era criança, me fizeram bem e me ajudaram tanto na vida.

Poliana tentou um confuso protesto, mas Pendleton, sorrindo, não deixou que ela falasse:

— É isso mesmo! Foi você, ninguém mais. Não sei se você se lembra de outra coisa — acrescentou, enquanto Poliana olhava para a saída do caramanchão, de modo furtivo. — Não sei se você se lembra de ter me dito uma vez que somente a mão de uma mulher e a presença de uma criança podem construir um lar verdadeiro.

— Sim... não... quer dizer, eu me lembro. — Poliana tinha o rosto corado. — Agora, penso de outra forma. Quer dizer... tenho certeza de que agora sua casa é um verdadeiro lar e...

— É justamente sobre minha casa que estou falando — interrompeu Pendleton, impaciente. — Você sabe que espécie de lar sempre desejei ter e como minha esperança se desfez. Não estou censurando sua mãe. Ela apenas obedeceu ao coração, no que andou certa. E fez a escolha que lhe pareceu mais sensata. Mas não é engraçado, Poliana, que tenha sido a sua filha que me mostrou o caminho da felicidade?

— Mas, senhor Pendleton... eu... eu... — E Poliana molhou com a língua os lábios secos.

Pendleton a interrompeu com um gesto e um sorriso:

— Foi você, minha filha, e há muito tempo. Você, com o seu jogo do contente.

— Ah! — exclamou Poliana, aliviada e com a expressão de temor já desaparecendo de seus olhos.

— Durante todos esses anos — continuou Pendleton —, fui me transformando num homem diferente. Mas numa coisa não mudei. Continuo a achar que é indispensável em um lar haver a mão e o coração de uma mulher e a presença de uma criança.

— Bem, a presença de uma criança o senhor conseguiu, com Jimmy — disse Poliana, sentindo que lhe voltava o medo.

— Eu sei — respondeu Pendleton, com uma risada. — Mas hoje não se pode dizer que a presença de Jimmy seja exatamente a presença de uma criança.

— É claro que não...

— Além disso, preciso também da mão e do coração da mulher — acrescentou o visitante, baixando a voz que, agora, quase tremia.

— É? — Poliana torceu as mãos, nervosamente.

John Pendleton não denotou ter visto ou ouvido coisa alguma. Levantara-se e caminhava, agitado, de um lado para outro. Depois, parou e encarou a moça, dizendo:

— Se você estivesse em meu lugar, Poliana, como pediria à mulher amada para fazer da minha velha casa um lar de verdade?

— Mas, senhor Pendleton... — E Poliana assustou-se. — Eu não faria coisa alguma. Acho que o senhor é mais feliz assim como é...

Pendleton ficou surpreso e deu um sorriso triste:

— Você acha então que o meu caso é desesperador?

— Desesperador? — estranhou Poliana.

— Isso mesmo. Você só está querendo dourar a pílula, está querendo, em outras palavras, dizer que ela não me aceitaria, não é isso?

— Não!... Não... — protestou Poliana, confusa. — Ela o aceitaria, sim. Eu estava pensando... bem, pensava que, se a moça não o amar, o senhor seria mais feliz sem ela. E... — A jovem parou de falar ao ver a expressão estampada no rosto de Pendleton.

— Se ela não gostar de mim, claro que não me casarei com ela.

— Eu sei... — articulou Poliana, de novo mais aliviada.

— Ela não é mais uma mocinha, mas uma mulher madura e que, naturalmente, sabe muito bem o que quer.

— Oh! — exclamou Poliana, tomada de alegria. — Então, o senhor ama uma... — calou-se antes de acrescentar "outra mulher".

— Claro que amo uma mulher — afirmou Pendleton. — É o que estou lhe dizendo. Quis saber sua opinião porque você a conhece tanto ou melhor do que eu...

— É mesmo? Claro que ela terá de gostar do senhor. Nós a faremos gostar. É capaz até de já gostar. Quem é ela?

Fez-se uma demorada pausa antes de vir a resposta.

— É... é... — Pendleton hesitou. — Ainda não adivinhou? É a senhora Carew.

— Oh! — Poliana tinha a mais intensa alegria estampada no rosto — Que ótimo! Estou tão alegre!

Uma hora mais tarde, Poliana fez uma carta a Jimmy. Uma carta confusa e incoerente — frases incompletas, sem lógica, entusiásticas. Graças a isso, Jimmy ficou sabendo muita coisa: menos pelo que a carta dizia e bem mais pelo que não estava escrito nela. Afinal, não precisava saber mais do que isto:

> Ele não gosta de mim, Jimmy. Gosta de outra. Não devo lhe dizer quem é ela, mas não se chama Poliana.

Jimmy apressou-se para não perder o trem das sete horas para Beldingsville.

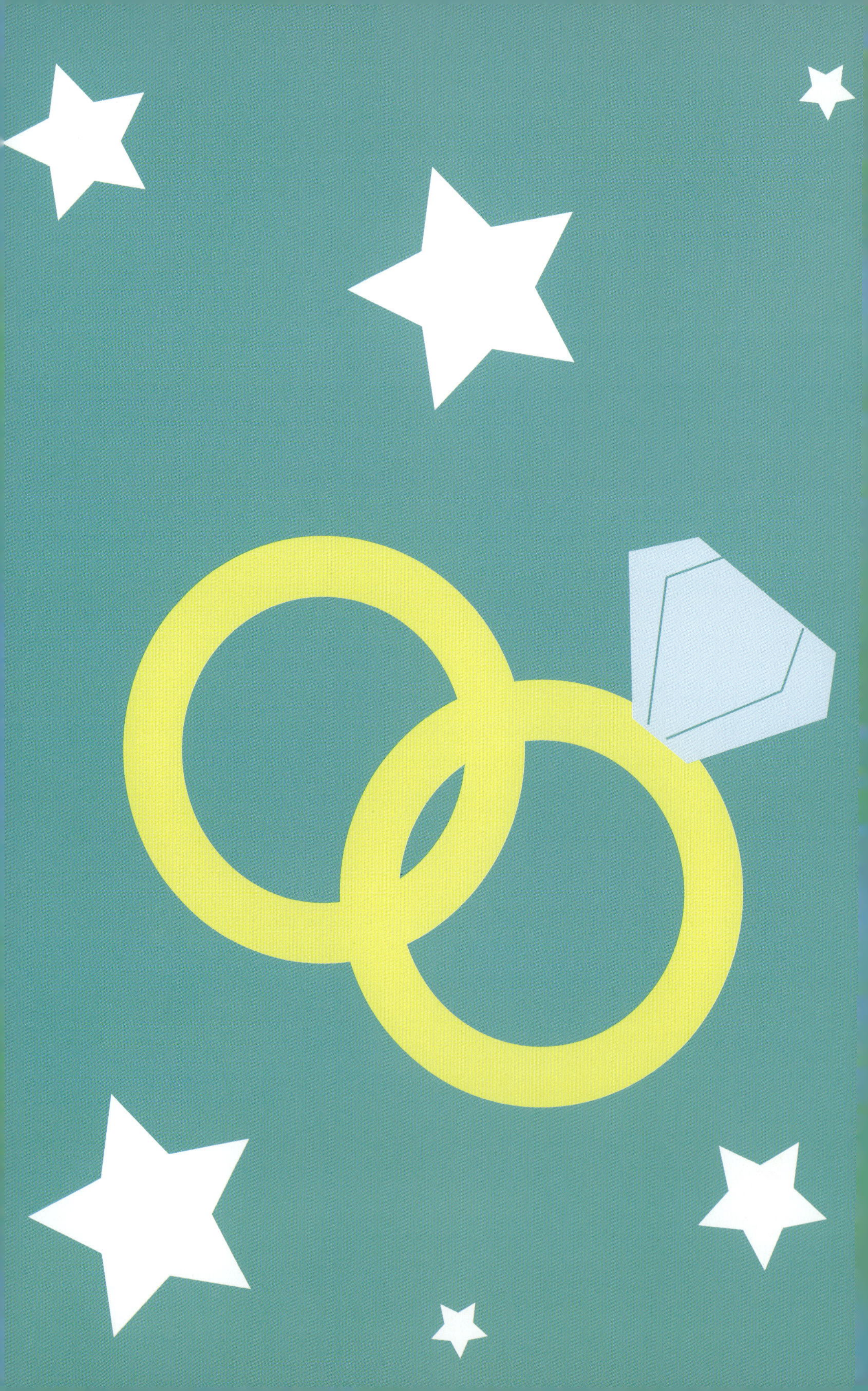

CAPÍTULO 31
LONGOS ANOS DEPOIS

Poliana se sentiu tão feliz naquela noite em que escrevera a Jimmy que não conseguiu guardar seu segredo consigo mesma. Sempre passava pelo quarto da tia, antes de se deitar, para ver se ela precisava de alguma coisa. Naquela noite, depois das perguntas habituais, já ia apagar a luz quando súbito impulso levou-a de novo à cama da tia. Ajoelhou-se à cabeceira, com a respiração ofegante. Disse:

— Estou tão feliz, tia Paulina, que tenho de falar com alguém. Posso contar à senhora?

— Contar o quê? Claro que pode. É boa notícia para mim?

— Acho que é, titia. Espero que fique feliz por minha causa. É claro que Jimmy vai lhe dizer, qualquer dia. Mas eu quero falar antes dele.

— Jimmy? — A senhora Chilton teve ligeira alteração na fisionomia.

— Sim, quando ele me pedir em casamento — disse Poliana, radiante. — Estou tão feliz que tive de lhe contar logo!

— Ele vai pedir você em casamento?! — surpreendeu-se Paulina Chilton, erguendo-se na cama. — Está dizendo que há alguma coisa séria entre você e Jimmy Bean?

— Pensei que a senhora gostasse de Jimmy — murmurou Poliana, sem esconder o desapontamento.

— Gosto, sim, mas em seu devido lugar. Ser marido de minha sobrinha não é o lugar dele.

— Tia Paulina!

— Por que esse espanto todo, minha filha? Isso tudo é uma tolice, e fico contente de ter acabado, antes que ficasse sério.

— Nesse caso, vou lhe dizer que já ficou sério, tia Paulina. Gosto muito dele.

— Pois trate de deixar de gostar, porque não vou permitir que você se case com Jimmy Bean.

— Posso saber por que, titia?

— Bem, em primeiro lugar porque nada sabemos a respeito dele.

— Como não sabemos? Eu o conheço desde que era criança!

— E o que era ele? Um menino sem eira nem beira, fugitivo do orfanato! Nada sabemos de sua família, do seu sangue, ora!

— Não vou me casar nem com a família dele, nem com o seu sangue.

Com um gesto de impaciência, tia Paulina voltou a recostar a cabeça no travesseiro, resmungando:

— Você está me fazendo sentir mal, Poliana. Meu coração disparou e não vou conseguir dormir esta noite. Não podia deixar isso para amanhã?

— Está certo. — Poliana se pôs de pé. — É claro, titia. Amanhã vai ser diferente, a senhora pensará melhor. — E, esperançosa, foi apagar a luz.

Só que tia Paulina não pensou melhor na manhã seguinte. Sua oposição ao casamento parecia firme. Em vão Poliana pediu e argumentou. Em vão mostrou até que ponto estava envolvida no caso a sua própria felicidade. Paulina se mostrava inflexível — não admitia a ideia e, com rispidez, advertia a sobrinha sobre os possíveis males da hereditariedade e o risco de se casar com alguém de família desconhecida. Apelou até para o dever de gratidão, lembrando-lhe os muitos anos que ela passara em sua casa, recebendo amor e carinho, e lhe pediu que não lhe partisse o coração, insistindo naquele casamento, como sua mãe fizera antes, casando-se contra a sua vontade.

Quando Jimmy apareceu, às dez horas, encontrou Poliana abatida e amedrontada, tentando, com mãos trêmulas, mantê-lo a distância. Empalidecendo, mas abraçando a jovem, Jimmy lhe pediu uma explicação.

— Que significa isto, querida?

— Oh, Jimmy! Por que você veio? — murmurou. — Ia lhe escrever dizendo que não viesse.

— Mas você me escreveu, querida. Recebi sua carta de tarde, a tempo de tomar o trem.

— Ia lhe escrever de novo. Eu não sabia que... que... não podia.

— Como não podia?! — exclamou Jimmy, com os olhos faiscando de raiva. — Não foi o que você me disse em sua carta, Poliana!

— Por favor, Jimmy! Não me olhe assim. Não suporto isso.

— Que aconteceu, então? Que é que você não pode fazer?

— Não posso me casar com você.

— Você me ama, Poliana?

— Sim. E muito.

— Então, vai se casar comigo! — insistiu Jimmy, tomando-a nos braços.

— Você não compreende, Jimmy. — Poliana tentou se desvencilhar dele. — É tia Paulina.

— Tia Paulina?

— Ela não quer que eu me case.

— Ora! — exclamou Jimmy, confiante. — A gente dá um jeito. Ela pensa que vai perder você, mas podemos lembrar-lhe que, ao contrário, vai ganhar um novo sobrinho!

Poliana continuou séria e quase desesperada:

— Você não está compreendendo, Jimmy. Ela... como posso dizer? Ela se opõe... a você... para mim.

— Bem — disse Jimmy, afrouxando o abraço e com voz abafada. — Talvez não devamos censurá-la por isso. Afinal, não sou lá essas coisas! Mas tentarei fazê-la feliz, querida!

— Eu sei. Você me faria muito feliz — concordou Poliana, com lágrimas escorrendo pelas faces.

— Então, por que não me dar uma oportunidade, ainda que ela não concorde a princípio? Talvez, depois que nos casarmos, poderemos convencê-la.

— Não pode ser... — gemeu Poliana. — Depois do que ela disse, não posso me casar sem o seu consentimento. Ela fez muito por mim e agora depende muito de minha ajuda. Ela não está bem, Jimmy. Ultimamente tem se esforçado muito para praticar o jogo do contente, apesar de todas as suas dificuldades.

Depois de um pouco de silêncio, e tomada de súbita decisão, Poliana disse, febrilmente:

— Escute, Jimmy! Se ao menos você pudesse dizer alguma coisa a tia Paulina a respeito de seu pai e de sua família...

— É isso? — perguntou o rapaz quase sem voz e empalidecendo.

— É... — confirmou Poliana, segurando seu braço com timidez. — Não pense... Não é por minha causa, Jimmy. Eu pouco me incomodo. Sei que seu pai e sua família devem ter sido gente muito boa e muito nobre, porque você é tão bom e tão nobre... Mas ela... Não me olhe assim, Jimmy!

Com uma espécie de gemido abafado, Jimmy afastou-se dela. Um minuto depois, dizendo algumas palavras quase ininteligíveis, ele saiu da casa. Seguiu à procura de John Pendleton e o encontrou na biblioteca. Perguntou logo que o viu:

— Tio John, o senhor se lembra do envelope que meu pai me deu?

— Claro — respondeu Pendleton. — O que há, meu filho?

— Preciso abrir aquele envelope, tio John.

— Mas... e as condições?

— Nada posso fazer. Preciso fazer isso. Vai abrir?

— Bem... claro que sim, meu filho, se você insiste. Mas... — E Pendleton se calou, constrangido.

— Tio John — continuou Jimmy —, o senhor já deve ter adivinhado que eu amo Poliana. Pedi sua mão em casamento, e ela aceitou.

Pendleton ia soltar uma exclamação de surpresa e alegria, mas Jimmy não lhe deu tempo:

— Aceitou, mas disse que ainda não pode se casar comigo, porque a senhora Chilton se opõe. Não me quer para marido de sua sobrinha.

— Como assim?! — reagiu John Pendleton, furioso.

— E fiquei sabendo por quê, quando Poliana me perguntou se eu podia revelar à sua tia algo sobre meu pai e minha família.

— Ora essa! — admirou-se Pendleton. — Pensei que Paulina fosse mais sensata. São todos assim... Os Harrington sempre foram orgulhosos e metidos a importantes, sempre com essa conversa de família e de sangue. E você não podia atender ao pedido de Poliana?

— Não podia? Já estava abrindo a boca para dizer a ela que nunca houve um pai melhor do que o meu, quando, de repente, me lembrei do envelope e de suas recomendações. Então, fiquei com medo. Não direi nada, até saber o que há naquele envelope. Há alguma coisa que meu pai não queria que eu soubesse antes dos trinta anos, idade em que um homem já pode enfrentar qualquer choque. Há um segredo em nossas vidas. Tenho de saber qual é esse segredo, e agora mesmo.

— Não seja tão pessimista, Jimmy — disse Pendleton. — Pode até ser um bom segredo, talvez algo que você vai gostar de saber.

— Pode ser. Então, por que ele fazia tanta questão de que eu esperasse até os trinta anos? Não, tio John! Deve ser alguma coisa tão desagradável que exigiria de mim bastante experiência para enfrentá-la. Não estou censurando meu pai. Garanto que é alguma coisa de que ele não teve culpa.

Tenho de saber de que se trata. Vá apanhar o envelope, por favor. Está no cofre, não é mesmo?

— Vou buscar — disse Pendleton, levantando-se.

Três minutos depois, o envelope estava nas mãos de Jimmy, mas este o devolveu a Pendleton:

— É melhor que o senhor mesmo leia e diga o que há aí.

— Mas, Jimmy... — o tio começou a protestar, mas se conteve. — Está bem.

Com uma espátula, John Pendleton abriu o envelope e espalhou o conteúdo na mesa. Havia muitos papéis amarrados num bloco e uma folha isolada, que parecia uma carta. Pendleton leu-a em primeiro lugar. Era visível a ansiedade de Jimmy, que não tirava os olhos do rosto do tio. Assim, pôde notar a expressão de surpresa, alegria e algo mais impressa na fisionomia de Pendleton.

— O que é, tio? — perguntou, ansioso.

— Leia você mesmo. — Pendleton lhe entregou a carta.

Jimmy leu:

Os papéis são a prova legal de que meu filho Jimmy é, na verdade, James Kent, filho de John Kent, que se casou com Doris Wetherby, filha de William Wetherby, de Boston. Há ainda uma carta em que eu explico a meu filho por que o mantive afastado da família de sua mãe durante todos estes anos. Se este envelope for aberto por ele quando fizer trinta anos, então ele lerá aquela carta, e espero que perdoe seu pai que, temendo perder o filho, tomou aquelas drásticas medidas para conservá-lo ao seu lado. Se o envelope for aberto por estranhos, em razão de sua morte, peço que a família de sua mãe, em Boston, seja notificada imediatamente e os documentos lhe sejam entregues.

John Kent

Jimmy estava pálido e trêmulo, ao levantar os olhos e encontrar os de Pendleton.

— Isso quer dizer que eu sou o Jamie desaparecido?

— Segundo a carta, há documentos naquele maço que provam tudo — lembrou o outro.

— Eu... o sobrinho de Ruth Carew.

— Claro.

— Não posso compreender... Por quê? — disse Jimmy, com o rosto expressando alegria. — Agora sei quem eu sou! Posso contar à senhora Chilton alguma coisa sobre minha família!

— Sem dúvida — concordou John Pendleton, secamente. — Os Wetherby de Boston descendem em linha reta dos Cruzados e não sei mais de quem do ano I da nossa era! Isso pode satisfazer a senhora Chilton. Quanto a seu pai, tinha bom sangue também, como a senhora Carew me disse. Era um homem excêntrico e não agradava à família, você sabe disso.

— Coitado de meu pai! Que vida levou todos aqueles anos, sempre temendo ser perseguido. Agora, compreendo o que tanto o intrigava. Certa vez, uma mulher me chamou de Jamie. Meu Deus, como ele ficou zangado! Agora sei por que ele me fez sair naquele dia, sem ao menos esperar a comida. Coitado! Logo depois disso ele adoeceu, ficou com as pernas e os braços paralisados e sem falar direito. Lembro-me de que, quando morreu, tentava me explicar algo a respeito deste envelope. Acho que ele queria me pedir para abri-lo e procurar a família de minha mãe. Na ocasião, pensei que ele me pedia para guardar o envelope com segurança. Prometi a ele que faria isso, mas vi que ele não pareceu se acalmar com a minha promessa. Mas eu não compreendi. Coitado de meu pai!

— Vamos dar uma olhada nos papéis — sugeriu Pendleton, em seguida. — Há uma carta de seu pai para você. Não quer lê-la?

— Claro que sim — concordou Jimmy, para, depois, acrescentar, sorrindo e consultando o relógio: — Só estou pensando na hora em que poderei voltar para junto de Poliana.

— Já sei, meu filho, e não o censuro por isso. Mas acho que, em tais circunstâncias, você deveria primeiro falar com a senhora Carew e mostrar a ela estes papéis.

Jimmy pensou um pouco e, resignado, concordou:

— Tem razão. É o que vou fazer.

— Se não se importar, vou com você — disse Pendleton. — Tenho um pequeno assunto pessoal e gostaria de ver... sua tia. Podemos seguir no trem das três horas.

— Ótimo! O trem das três! Então, eu sou Jamie! Nem posso acreditar! — exclamou o rapaz, levantando-se e começando a dar passos pelo aposento. — Qual será a atitude da... de tia Ruth?

— E eu fico pensando em mim mesmo. — Havia uma expressão de tristeza no rosto de Pendleton. — Como vai ser? Agora que você vai ficar com ela, onde é que fico eu?

— O senhor? Acredita que alguma coisa no mundo possa me separar do senhor? Ela não vai se incomodar. Tem Jamie e... meu Deus! Agora é que estou me lembrando de Jamie. Vai ficar arrasado!

— Já pensei nisso — disse John Pendleton. — Mas ele está adotado legalmente, não está?

— Está. Mas não se trata disso. É que ele não é o Jamie de verdade e, ainda por cima, inválido... Coitado! Isso vai arrasá-lo, já lhe disse. Ouvi o que ele falou a respeito. E tanto Poliana como a senhora Carew me disseram que ele está certo de que é mesmo o Jamie, sobrinho dela, e se sente feliz com a ideia. Nossa! Não posso fazer uma coisa assim com ele... Que fazer, então?

— Não sei — respondeu Pendleton. — Não vejo outra coisa, a não ser o que estamos fazendo.

Houve um demorado silêncio e Jimmy voltou à sua nervosa caminhada, de um lado para o outro. Até que seu rosto iluminou-se:

— Há um meio, e é o que eu vou fazer. Sei que Ruth Carew vai concordar. Não vamos contar! A ninguém, só a ela, a Poliana e a sua tia. Bem, a estas não podemos deixar de contar. É o que vou fazer.

— Certo, meu filho — concordou Pendleton. — Quanto ao resto... não sei...

— Não é da conta de ninguém.

— Não se esqueça de que você está se sacrificando. Pese bastante o que quer fazer.

— Já pesei tudo, e não há peso que resista... com Jamie no outro prato da balança. Não posso fazer uma coisa dessas, só isso.

— Não o censuro, acho que você está certo — disse Pendleton. — Acho que a senhora Carew também vai concordar com você, sobretudo sabendo que o verdadeiro Jamie foi encontrado.

— O senhor deve se lembrar de que ela sempre dizia ter a impressão de que me conhecia de algum lugar — observou o rapaz. — A que horas o trem parte? Já estou pronto.

— Mas eu ainda não estou. — John Pendleton sorriu. — Ainda temos muito tempo... Tempo de sobra para me aprontar.

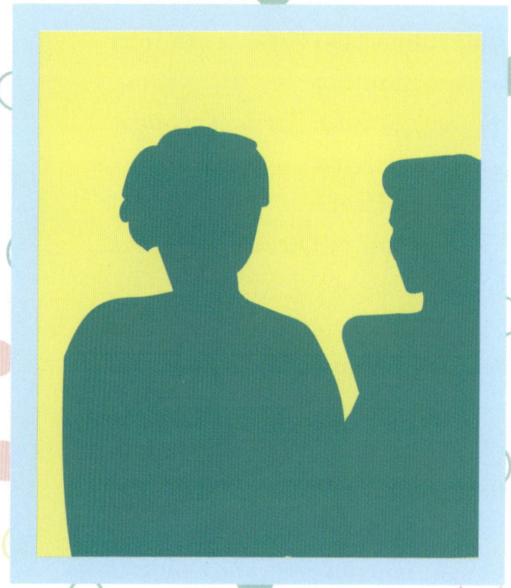

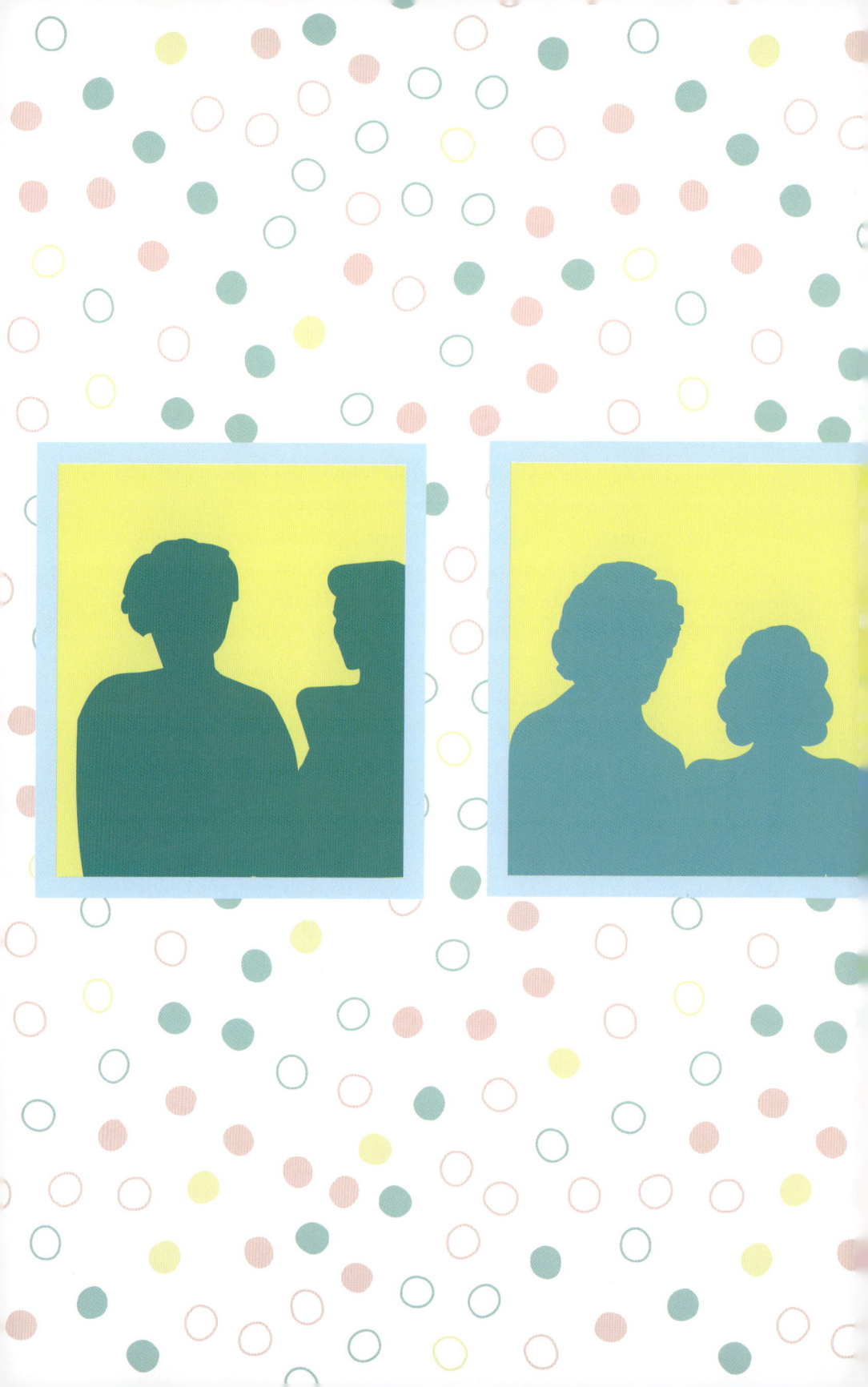

CAPÍTULO 32
UM NOVO ALADIM

Ainda que fossem muitos e variados os preparativos de Pendleton para a viagem, todos foram feitos às claras, com duas exceções. Duas cartas, uma dirigida a Poliana e outra à senhora Paulina Chilton. Com instruções cuidadosas e pormenorizadas, as cartas foram confiadas à governanta, Susan, para serem entregues depois que eles tivessem partido. Jimmy ignorava tudo isso.

O trem já se aproximava de Boston, quando John Pendleton disse a Jimmy:

— Quero lhe pedir um favor, ou melhor, dois favores. Primeiro: não diga nada à senhora Carew até amanhã de tarde. O segundo é que me deixe ir sozinho, como uma espécie de... de seu embaixador. Você só deve entrar em cena lá pelas quatro horas. Pode ser?

— Claro — respondeu o jovem, sem hesitar. — Fico até satisfeito em fazer tudo assim. Estive imaginando como iria conversar com ela e lhe fazer a revelação. Prefiro que outra pessoa o faça por mim.

— Ótimo! Amanhã cedo telefono para... para a sua tia e marco o encontro com ela.

Fiel à promessa, Jimmy não apareceu na casa dos Carew senão às quatro da tarde do dia seguinte. Assim mesmo, sentiu-se tão embaraçado que passou duas vezes diante da casa, antes de se animar a tocar a campainha da entrada. Uma vez na presença de Ruth Carew, porém, ficou à vontade, sobretudo em razão da atitude que a viúva adotou para enfrentar a situação. A princípio, é verdade, houve algumas lágrimas e exclamações incoerentes. Até Pendleton foi forçado a tirar um lenço do bolso para enxugar as lágrimas. Em pouco, porém, tudo voltou à normalidade — somente os olhares de ternura de Ruth e a alegria de Jimmy e de Pendleton deixavam transparecer que algo de extraordinário tinha acontecido.

— E saber que Jamie tem vivido tão bem! — exclamou a senhora Carew, depois de uma pausa. — Na verdade, Jimmy (é assim que vou continuar a chamá-lo, pois o nome lhe assenta bem), penso que você tem razão em agir assim. Eu também estou fazendo um sacrifício — acrescentou, sem conter as lágrimas. — Teria muito orgulho em apresentá-lo a todos como meu sobrinho.

— Bem, tia Ruth, eu... — começou Jimmy, sem todavia continuar em face de uma exclamação de John Pendleton.

Jamie e Sadie Dean tinham acabado de entrar na sala. Jamie estava lívido e exclamou:

— Tia Ruth! Tia Ruth! Quer dizer...

Jimmy e Ruth também empalideceram, mas Pendleton continuou calmo e disse:

— Isto mesmo, Jamie, por que não? Eu ia ter de lhe contar tudo, mais cedo ou mais tarde. É melhor contar logo.

Desconcertado, Jimmy fez menção de intervir, mas Pendleton o impediu com um gesto, acrescentando:

— Há pouco tempo, a senhora Carew me tornou o homem mais feliz do mundo, quando disse "sim" a um pedido que lhe fiz, e, se Jimmy me chama de "tio John", por que não terá direito de chamá-la "tia Ruth", de agora em diante?

— Oh! — exclamou Jamie, alegre, enquanto Jimmy tratava de comportar-se de acordo com as circunstâncias, atento ao olhar suplicante de John Pendleton e não revelando sua própria surpresa e contentamento.

Ruth Carew passou a ser o centro de todas as atenções, e o perigo passou. Somente Jimmy ouviu o que Pendleton lhe disse, pouco depois, falando em voz baixa ao seu ouvido:

— Está vendo, seu malandro? Não vou perdê-lo. Você é o sobrinho de nós dois, ao mesmo tempo.

Em meio a exclamações de congratulações, Jamie, com os olhos ainda mais radiantes, dirigiu-se a Sadie Dean:

— Vou lhes contar agora, Sadie!

Antes de prosseguir, Sadie entendeu logo o que ia ocorrer. E novas exclamações e congratulações se fizeram ouvir, numa alegria geral, todos rindo e apertando as mãos. Jimmy, contudo, mostrava certa tristeza:

— Tudo está bem para vocês. Os pares estão formados. Mas e eu? Posso lhes dizer que, se uma determinada moça estivesse aqui, também eu teria alguma novidade para anunciar a todos.

— Um momento, Jimmy — disse John Pendleton. — Vamos imaginar que eu sou Aladim e vou esfregar minha lâmpada maravilhosa. Senhora Carew, posso tocar a sineta para chamar Mary?

— Claro — murmurou a viúva, tão espantada quanto os demais.

Logo a seguir, Mary apareceu à porta e Pendleton perguntou:

— Ouvi dizer que a senhorita Poliana chegou. É verdade?

— Sim, senhor — respondeu a criada. — Ela está aqui.

— Quer fazer o favor de chamá-la?

— Poliana, aqui! — exclamaram todos em coro, enquanto Mary saía. Jimmy empalideceu e depois ficou corado.

— Ela está aqui, sim — explicou Pendleton. — Enviei-lhe ontem um bilhete por intermédio de minha governanta. Pedi a ela que viesse lhe fazer companhia por alguns dias, senhora Carew. A pobrezinha está precisando de um descanso, umas férias... Minha governanta ficou tomando conta da senhora Chilton. Também escrevi para ela — acrescentou, voltando-se para encarar Jimmy. — Naturalmente, ela permitiu que Poliana viesse. Tanto assim que a moça está aqui.

Poliana surgiu à porta, corada, os olhos arregalados e com uma expressão interrogativa na fisionomia.

— Poliana querida! — exclamou Jimmy, correndo para recebê-la e, num impulso, abraçando-a e beijando-a.

— Jimmy! Na vista de todo mundo! — protestou a moça.

— Ora, querida! — disse o rapaz. — Eu a teria beijado mesmo se estivesse no meio da rua Washington. Olhe para aqueles outros e veja se precisa se preocupar com eles, ou por causa deles.

Poliana olhou e viu. Debruçados numa janela, de costas, estavam Jamie e Sadie Dean. Em outra janela, também de costas, John Pendleton e Ruth Carew. Então, Poliana sorriu. E de um modo tão adorável que Jimmy tornou a beijá-la.

— Jimmy, querido! Tudo é maravilhoso! Tia Paulina já sabe, está feliz também. De qualquer maneira, as coisas tinham de acabar bem. Ela estava começando a ficar triste por minha causa. Agora, está muito alegre. E eu também, nem é preciso dizer. Jimmy, estou tão alegre, tão alegre, tão ALEGRE, agora, você nem imagina!

Jimmy apertou-a com mais força entre os braços.

— Peço a Deus que tudo continue sempre assim — murmurou.

— Vai ficar sempre assim, tenho certeza — disse Poliana, os olhos brilhantes e cheios de confiança.

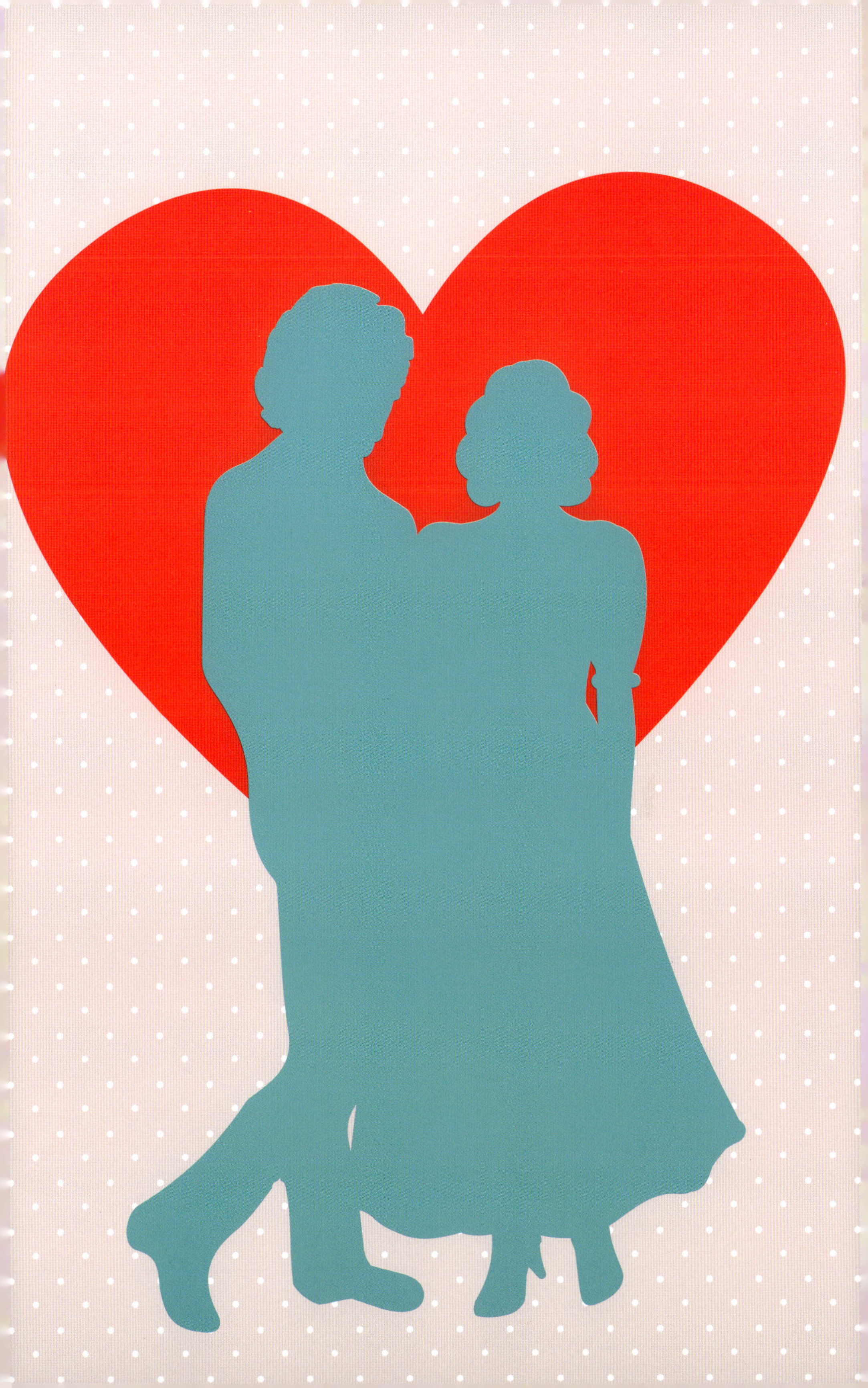

Direção editorial
Daniele Cajueiro

Editoras responsáveis
Ana Carla Sousa
Mariana Elia

Produção editorial
Adriana Torres
André Marinho

Revisão
Luisa Suassuna
Rita Godoy

Projeto gráfico de capa e miolo
Larissa Fernandez Carvalho

Diagramação
Leticia Fernandez Carvalho

Este livro foi impresso em 2019
para a Nova Fronteira.